Lichterloh

Geschichten unterm Weihnachtsbaum

Ausgewählt von Kati Hertzsch

Diogenes

Nachweis am Schluss des Bandes
Covermotiv: Illustration von Tomi Ungerer

Originalausgabe

www.diogenes.ch
200/16/44/1
ISBN 978 3 257 24379 6

Inhaltsverzeichnis

HANNS DIETER HÜSCH

Feiertage

Mutter ist nervös
Vater ist nervös
Kind ist nervös
Oma ist nervös

Oma ist gekommen
um Mutter zu helfen
Vater hat gesagt
sei nicht nötig gewesen

Kind steht im Weg
Mutter steht im Weg
Oma steht im Weg
Vater steht im Weg

Alle ham geschafft
mit allerletzter Kraft

Vater hat gebadet
Mutter hat gebadet
Kind hat gebadet
Oma hat gebadet

Alle ham gepackt
Und alle sind gerannt
Und schließlich hat
Der Baum gebrannt

Mutter ist gerührt
Vater ist gerührt
Kind ist gerührt
Oma ist gerührt

Und dann werden
Die Pakete aufgeschnürt

Mutter ist gekränkt
Vater ist gekränkt
Kind ist gekränkt
Oma ist gekränkt

Denn jeder hat dem anderen
Was Falsches geschenkt

Schwiegertochter kommt
Patentante kommt
Lieblingsbruder kommt
Großneffe kommt

Kuchen ist zu süß
Plätzchen sind zu süß
Marzipan ist zu süß
Und der Baum ist mies

Mutter ist beleidigt
Vater ist beleidigt
Kind ist beleidigt
Oma ist beleidigt

Friede auf Erden
Und den Menschen ein Unbehagen

Vater hats am Magen
Mutter hats am Magen
Kind hats am Magen
Oma hats am Magen

Kann nichts mehr vertragen
Nach all diesen Tagen

Mutter ist allein
Vater ist allein
Kind ist allein
Oma ist allein
Alle sind allein

Doch an Ostern
Wollen alle
In jedem Falle
Wieder zusammensein.

DANIELA KRIEN

Das Kind in dir

Den Bewohnern des Sturmhofs

Holm streckt die Beine aus, zieht sich die Wolldecke bis ans Kinn und schließt die Augen. Es ist Heiligabend; der Ablauf des Tages folgt dem klassischen Muster.

Am Morgen spürt er ein unangenehmes Frösteln, am späten Vormittag überkommt ihn ein Schwächegefühl, am Mittagstisch sitzt er in mehrere Schichten Kleidung eingepackt, sein Appetit ist mäßig, stattdessen hat er Kopfweh und Durst, nach dem Essen legt er sich hin, und schon ist das Fieber da. Es startet mit unentschiedenen 37 Grad, steigt dann rasch auf etwa 38 und legt noch einmal richtig zu, um die 39 vor der Bescherung zu erreichen.

Der Baum leuchtet, die Geschenke liegen sortiert darunter, und Holm glüht. So war es immer. So würde es auch diesmal sein.

In diesem Jahr hat er den Ablauf ein wenig modifiziert. Obwohl es noch nicht einmal Mittag ist und obwohl es ihm bestens geht, liegt er bereits. Sein Blick fällt auf die große, schwarze Pappkiste ganz oben auf dem Bücherregal. Wäre er allein zu Hause, würde er sie sich holen. Schon der Gedanke an ihren Inhalt bereitet ihm Vergnügen. Den Kindern hat er das Öffnen der Kiste streng verboten. Nur unter seiner Aufsicht dürfen sie die stattliche Sammlung Daumenkinos hervorholen und vorsichtig, mit gewaschenen und gut getrockneten Händen durchblättern. Die erotischen natürlich nicht, die liegen separat. In gut zwei Jahrzehnten hat Holm die lustigsten und kuriosesten Bildgeschichten zusammengetragen. Das Lieblingsstück der Kinder zeigt einen Mann beim Kacken. Anfangs noch vollständig angezogen, hockt er schon wenige Seiten später mit nacktem Arsch über einer dampfenden Kackwurst hinter einem Gebüsch. Fundort: Schottland 1998, Holm weiß es noch genau. Ebenfalls beliebt bei den Kindern: Der Löwe. Der Löwe liegt schlafend in der Savanne. Eine Gazelle kommt des Wegs. Der Löwe springt auf, reißt sein Maul auf und verschlingt sie. Dann legt er sich hin und schläft weiter.

Wäre er künstlerisch begabt, würde er sein eigenes Daumenkino zeichnen.

Die letzten fünfundvierzig Heiligabende im Leben des Holm Wasewitz.

Holm erst klein und mit üppiger Haarpracht, dann größer und mit Brille, später eher breiter und mit kahlem Schädel, auf wechselnden Sofas, mit wechselnden Weihnachtsbäumen, manche elektrisch illuminiert, aber die meisten mit Kerzen. Wechselnde Frauen mit kalten Kompressen stehen oder sitzen an seiner Seite, manche lächeln, manche schauen verdrießlich, doch auf den letzten fünfzehn Seiten bleibt die Frau dieselbe, stattdessen kommt ein Kind nach dem anderen dazu. Drei nun schon und ein weiteres im Anmarsch.

Das Daumenkino in seinem Kopf endet einstweilen heute und hier.

Sabine heißt die Frau. Leonie, Lara und Lars die Kinder.

Wenn er ehrlich ist, muss er zugeben, in manchem Jahr geschummelt zu haben. Es hatte Jahre gegeben, da wollte es nicht vorwärtsgehen mit der Krankheit. Da hatte er nachhelfen müssen, und die Mittel erwiesen sich als zahlreich, wenn auch mitunter schwierig in der Handhabung.

Ein Föhn, ein Strahl warmes Wasser, eine heiße Glühbirne.

Seine vorletzte Freundin – eine Medizinstudentin – war ihm auf die Schliche gekommen.

»Dreiundvierzig Grad Fieber!«, hatte sie höhnisch gerufen und, »Du bist tot, Holm«, hinzugefügt. »Deine körpereigenen Proteine sind denaturiert, die Organe haben versagt, dein Gehirn ist irreparabel geschädigt.«

Einen Mann, der es vorzog, scheinkrank im Bett zu liegen, statt mit ihr Weihnachten zu feiern, hielt sie für zutiefst gestört. Noch am selben Tag verließ sie ihn.

Doch schon im Jahr darauf saß Sabine an seinem Krankenlager.

Am zuverlässigsten waren die Weihnachtsfeste zwischen seinem sechsten und sechzehnten Lebensjahr gewesen. Das hysterische Zelebrieren dieses *doppelten Feiertags* machte ihn schon am Vorabend krank. Heiligabend selbst begann meist mit Durchfall. Er hasste diesen Tag. Gleich nach dem Aufstehen lamentierte seine Mutter über sein Schicksal, ausgerechnet an Heiligabend Geburtstag zu haben. Sie küsste und herzte ihn, sie versprach, alles zu tun, um diesen Tag zu einem *richtig schönen* zu machen, an dessen Ende er *glücklich und dankbar* ins Bett fallen würde. Aber nicht, ohne vorher beteuert zu haben, dass es ihm überhaupt nichts ausmache, den Tag nur mit ihr, seiner lieben Mami, verbracht zu haben.

Dabei ist sie es gewesen, die ihn an diesem Tag in die Welt geworfen und ihm somit jegliche Chance auf ein ganz normales Geburtstagsfest genommen hatte. Für alle Zeiten. Das wäre auch anders gegangen. Sie hätte auch aushalten oder einen Kaiserschnitt machen lassen können. Am 20. Dezember zum Beispiel. Da hätte er später anständig feiern können. Aber nein: Seine Hippie-Mutter hatte ihn an Heiligabend in einem kubanischen Krankenhaus aus sich herausgepresst. Vorher hatte sie in einer kommunistischen Landwirtschaftsbrigade mitgearbeitet. Hochschwanger und hochbescheuert. Und dann hieß es jahrelang *Mein armes Christkind! Da gibt's halt nur einmal Geschenke, ich kann ja jetzt nicht doppelt schenken, nur deswegen.*

Ja, warum eigentlich nicht?

Im Daumenkino verdiente die Kleidung der Mutter besondere Beachtung. Anfangs hätte sie lange Glockenröcke an, je älter sie würde, umso kürzer würden die Röcke und umso greller die Farben ihrer Strumpfhosen. Auf dem letzten Bild wären sie bunt geringelt wie bei Pippi Langstrumpf, und der Rock wäre eher ein Hüftwärmer. Auf diesem Bild müsste auch sein Geschenk zu sehen sein, das er von seiner Mutter bekommen hatte. Ein lilafarbener Skianzug. Es war sein sechzehnter Geburtstag. Nicht, dass er ihn je getragen hätte; im Gegensatz zu seiner Mutter war er nicht verrückt.

Eines der Kinder verlangt nach ihm.

»*Papa*«, ruft es. »Papa, kannst du mal *kooommen*!«

»*Neiiiin*! Ich habe *Fiiieber*!«, ruft er vergnügt zurück.

Nach der Sache mit dem lila Skianzug hatte Holm beschlossen, seinen ihm bis dato unbekannten Vater zu suchen.

Die Informationslage war dünn.

Vorname: Norbert,

Ort, an dem der Geschlechtsverkehr vollzogen worden war: eine Wiese nahe Memmingen,

Herkunftsort: Lachen,

besonderes Merkmal laut Aussage seiner Mutter: Steinzeitkopf.

Holm hatte selbst eine wuchtige Stirn, aber nicht den stark ausgeprägten Unterkiefer und die knollige Nase, die den Vater in der Erinnerung der Mutter so verwegen erscheinen ließ.

Ein paar Monate später stand er dem Vater gegenüber. Er war nicht so hässlich wie befürchtet, dafür mürrisch und wortkarg.

»Steuernummer?«, fragte er.

»Habe ich noch nicht, ich bin erst sechzehn«, erwiderte Holm.

»Anliegen?«

»Ich suche meinen Vater …«

»Einwohnermeldeamt«, unterbrach der Vater.

Dann klingelte das Telefon; der Vater hob ab.

»Hobel, Finanzamt Memmingen«, nuschelte er in den Hörer und verfiel gleich darauf in ein von vielen *Hms* und *Ahas* begleitetes, beständiges Nicken. Gleichzeitig schrieb er in Zeitlupentempo Zahlen auf einen Block. Holm schien er gänzlich vergessen zu haben.

Einen Augenblick lang versuchte Holm, sich sein Leben als Sohn des Finanzbeamten Hobel vorzustellen. Dann ging er leise hinaus und fuhr zurück nach Esslingen.

Schon wieder ruft ein Kind.

Das kleinste diesmal. Es hat das namentliche Rufen erst kürzlich gelernt.

»Papa! Aua!«, ruft es. Es steht neben dem Weihnachtsbaum, in der Hand hält es ein Messer.

Jetzt nicht einknicken, denkt er. Das Fieber wird kommen, das Sofa bleibt meins.

»*Sabiiine*!«, schreit er in Richtung Küche, »Lars hat ein Messer in der Hand!«

Sabine trägt eine Schürze über ihrem dicken Bauch. Mit Schürze liebt er sie besonders. Dieser Anblick weckt die zärtlichsten Gefühle in ihm. Die Haare lose zusammengesteckt, in der einen Hand einen Kochlöffel und in der anderen –

»Wieso tust du denn nichts?«, zerreißt sie ihm den schönen Gedanken.

»Ich bin krank«, keucht er und sieht ihr zu, wie sie Lars das Messer aus der Hand nimmt und seine kleinen Hände nach Verletzungen absucht. Nichts. Hatte er sich eh gedacht. Lars dackelt in Richtung Küche. Sabine tritt jetzt zu ihm ans Sofa heran. Er schließt die Augen. Gleich würde sie ihre Hand auf seinen Arm legen, und eine Welle der Fürsorge würde ihn durchströmen. Ja, er liebt diese Frau. Er ist krank, und da spürt er die Liebe noch stärker als sonst.

Er blinzelt ein bisschen, und sein Blick fällt auf einen Zipfel rot-weiß-karierten Schürzenmusters.

Der Mensch lernt besser durch Lob als durch Strafe, denkt er und sagt:

»Du bist die Beste!«

»Im Vergleich zu wem?«, fragt sie.

»Einfach so. Einfach die Beste. Ich bin einfach dankbar, dass du anders bist als meine Mutter.«

Jetzt ist er selbst überrascht. Die Dynamik im Dialog mit der Weiblichkeit ist unvorhersehbar. Da will er was Nettes sagen und zack, bricht das Eis, auf das er sich gewagt hat.

»Aha«, sagt Sabine.

»Aber das ist doch besser, als wenn ich sagen würde: Du bist *wie* meine Mutter«, versucht er sich zu retten.

»Ach so?«, sagt Sabine.

Diesen Blick kennt er.

»Weißt du, was besser wäre?«, fragt sie scharf, »wenn du aufstehen und mithelfen würdest.«

»Aber …«

»Ich habe es satt! Jedes Jahr das Gleiche. Seit –«

»Seit fünfzehn Jahren!«, springt er ihr bei.

»Seit fünfzehn Jahren mach ich das schon mit.«

Ihre Stimme gefällt ihm nicht. Sie streicht sich ein paar Mal über den gewölbten Bauch, hält inne, schaut ihn an, dann kneift sie die Augen zusammen und spitzt die Lippen. Ihr Blick geht ringsum und bleibt beim Fieberthermometer, das Holm auf den kleinen Tisch neben dem Sofa gelegt hat, hängen. Langsam hebt sie es hoch und liest die Temperatur ab.

»Zweiundzwanzig Grad? Zimmertemperatur?«

»Ich habe es runtergeschüttelt«, sagt er.

»Ich hol' das digitale«, erwidert sie trocken.

Mit dem Thermometer im Mund liegt er da. Ganz still. Nur seine Zunge fährt hektisch über die metallene Spitze. Reibung erzeugt Wärme, denkt er, während Sabines Hand seinen Arm streichelt. Ihr Blick ist fest auf sein Gesicht gerichtet. Sie lächelt.

»Wenn das Fieber zu hoch ist«, sagt sie, »hole ich dir eine Paracetamol.«

»Nein, nein«, nuschelt er. »Mein Körper ischt tschuu empfindlich für scho wasch. Isch musch dasch ausschwitzen, verschtehscht du?«

»Aber nein, selbst die Kinder vertragen das.«

»Es ist einfach ein schrecklicher Tag für mich«, jammert er, nachdem er das Fieberthermometer wie beiläufig aus dem Mund genommen hat. »Die Anspannung! Ich kann doch nichts dafür, dass ich –«

Sabine steckt ihm das Thermometer in den Mund zurück.

»Es gibt keinen Grund, angespannt zu sein. Keiner von uns benimmt sich hysterisch, nur weil du Geburtstag hast. Darum gibt es auch keinen Grund, krank zu werden.«

Dieser zwingenden Logik hat er zunächst nichts entgegenzusetzen. Vielmehr wundert er sich plötzlich, wieso Sabines scharfer Verstand sich erst jetzt zu Wort meldet. Wie viele Jahre schon trägt sie diesen Gedanken mit sich herum? Und warum bricht er jetzt aus ihr heraus? Ist es ein Zeichen nachlassender Liebe?

»Weißt du«, fährt sie fort, »solltest du dich wieder aus der Affäre ziehen und mich mit dem ganzen Weihnachtskram alleinlassen, dann … dann … dann werde ich …«

Nichts ist verloren, denkt er, sie weiß nicht einmal, womit sie drohen soll. Eifrig lässt er seine Zunge um die Spitze des Thermometers kreisen.

»Dann werde ich …«, wiederholt sie leise und sieht ihn entschlossen an, »… heute schon das Kind bekommen.«

Holm schluckt.

Eins steht fest: Jeder Tag zählt. Jeder Tag muss genutzt werden, bevor erneut katzenhaftes Gewimmer und Geschrei durch die Zimmer schallt, bevor die Nächte wieder stündlich vom Verlangen eines Säuglings nach Muttermilch unterbrochen werden, bevor Sabines Brüste wieder uneingeschränkt einem quäkenden Mangelwesen zur Verfügung stehen. Zum Liegen, Schlafen, Verweilen. Zum Lesen, Dösen und Filme schauen. Vierzehn Tage noch bis zur Geburt.

Das Fieberthermometer piept, und in der Küche scheppert es. Von hinten sieht man ihr die Schwangerschaft kaum an, denkt er, als sie sich erstaunlich flink in Bewegung setzt.

Holm nimmt das Thermometer aus dem Mund, das Display zeigt 36,5 °C an –, drückt das Off-Knöpfchen und hofft, vergessen zu werden. Ins

Schlafzimmer lässt er sich nicht abschieben. Wie ein Gegenstand möchte er inmitten seiner Familie ruhen. Ihre Stimmen und der Klang ihrer Schritte sollen um ihn herum sein. Was er jetzt braucht, ist Geborgenheit, und natürlich ist es Unsinn, was Sabine da gesagt hat. Sie mag über besondere Fähigkeiten verfügen, aber eine vorzeitige Geburt herbeiführen – nein. Daran glaubt er nicht. Falls doch, wäre es furchtbar. Noch ein Christkind in der Familie. Holm schließt die Augen.

An sich ist die Ehe eine Einrichtung, der Holm viel Gutes abgewinnen kann. Ein Geben und Nehmen, und heute, an seinem Geburtstag, möchte er Nehmer sein. Gegeben hat er genug in seinem letzten Lebensjahr. Zum Beispiel das vierte Kind im Bauch seiner Frau. Sie sehe ja gar nicht ein, hatte Sabine verkündet, als Lars ins Kindergartenalter kam, sich den Bedürfnissen des kapitalistischen Wirtschaftssystems zu unterwerfen und sich wieder – wie alle anderen Lohnarbeiter – in den menschenverachtenden Rhythmus eines Acht-Stunden-Arbeitstages einzufügen. Man dürfe dem System nicht die privatesten Entscheidungen überlassen. Sie schenke ihre Arbeitskraft lieber ihrer Familie. Und weil diese Familie mindestens von acht bis fünfzehn Uhr nicht zu Hause war, musste sie dafür sorgen, dass es ein neues Mitglied gebe, das ihre volle Aufmerksamkeit benötigte.

Holm mag Kinder. Aber erst, wenn sie laufen, sprechen und aufs Klo gehen können. Es macht ihm Spaß, mit Lars Häuser aus Legosteinen zu bauen, Lara Schach beizubringen und mit Leonie Kopfstand zu üben. Lediglich die ersten eineinhalb Jahre würde er gern überspringen.

Eine feuchte Kinderhand an seiner Wange lässt ihn zusammenzucken.

»Papa aufstehen«, sagt Lars.

»Papa Fieber«, sagt Holm.

»Wie viel Fieber hast du?« Leonie hüpft zu ihm aufs Sofa.

»Achtunddreißig zwei«, presst er heraus. »Lauf zu Mama und sag ihr das.«

Mit einem sanften Schubs befördert er sie vom Sofa, dreht sich um und zieht sich die Decke über den Kopf.

Der Gedanke an eine weitere Hausgeburt macht ihn müde. Die resolute Hebamme im Haus, die niemals das tut, was er aus Filmen kennt: den Mann hinausschicken, um ihm ein paar Stunden später ein gewaschenes und in weiße Tücher gehülltes Baby zu präsentieren.

Stattdessen würde er sich wieder einmal anhören müssen, dass er im Weg stehe, dass er Sabine stützen oder eines ihrer Beine halten solle. Sein Blick fiele beim Halten dieses Beins wider Willen in die offene Sabine hinein. Aber diesmal nicht, schwört er sich. Dieses Mal würde er das Bein zwar halten, seinen Kopf jedoch in den Nacken werfen und nach oben gucken. Den Anblick des Babyköpfchens, das sich aus einer viel zu kleinen Öffnung zwängt, braucht er nicht.

Auch die Zweckentfremdung des Ehebettes zum Ort des Gebärens trägt nicht zur Verbesserung seiner Laune bei. Der Tod der Erotik!

Und danach: Keinen Sex. Wochenlang, monatelang, im schlimmsten Falle Jahre. Jedes der Kinder wurde länger als das vorherige gestillt, und die Libido seiner Frau sank in diesen Zeiten auf annähernd null. Was nützt es, dass er weiß, warum? Dass ein Hormon Sabines Lust tötet. Dass dieses Hormon sich um den Zeitpunkt der Geburt herum gnädigerweise sogar in seinem Körper ausbreiten wird, wenn auch in viel zu geringer Dosis.

Auch weiß er genau, woher Sabines Abneigung gegen Krankenhäuser, Flaschennahrung und Berufstätigkeit kommt. Seine Frau ist ein Kind der DDR. In autoritärem Stil wurde ihre Mutter *von ihr entbunden*, in einem Kreißsaal mit mehreren anderen Frauen, nur durch nachlässig aufgestellte Paravents voneinander getrennt. Sabine war gleich nach der Abnabelung mit dem Kopf nach unten an den Beinen gehalten worden und hatte zur Begrüßung im Land des real existierenden Sozialismus einen Klaps auf den Po bekommen, bevor sie – samt den anderen Babys – in einen Raum weit entfernt von ihrer Mutter gebracht worden war. Alle vier Stunden hatte man sie in einem fahrbaren Bettchen zurückgeschoben, wo sie dann für eine exakt vorgeschriebene Zeit gesäugt wurde. Sechs Wochen später war sie abgestillt worden und verbrachte ihre Tage fortan in einer Kinderkrippe mit anderen häufig kranken, häufig schreienden Flaschenbabys.

Tatsächlich spürt er jetzt ein leichtes Frösteln und einen dumpfen Schmerz in seinem Kopf. Die Augen geschlossen und die Hände still halten, denkt er. Und: Warum muss ich büßen für etwas, für das ich nichts kann? Es gibt, stellt er bitter fest, einen direkten Zusammenhang zwischen Sabines spätem Protest gegen die Auswüchse eines totalitären Regimes und seinem vernachlässigten Schwanz.

Weil das Pendel in Sabines Kindertagen zu weit in Richtung Unnatürlichkeit ausgeschlagen hatte, schwingt Sabine nun mit Schwung in die entgegengesetzte Richtung. Erwerbsarbeit verweigern, Kinder kriegen, um dem neoliberalen Wirtschaftssystem ein Schnippchen zu schlagen, stillen, bis der

Arzt kommt. Das neue Kind wird vermutlich bis zur Einschulung am Busen seiner Frau nuckeln, während er nur zuschauen darf. Die Schuld an diesem Elend lässt sich weit zurückverfolgen – die DDR, der Krieg, Hitler, die Weimarer Republik, der Versailler Vertrag –, ihm wird ganz schwindelig. Halt, denkt er. Wäre Sabines Mutter nicht so feige gewesen, hätte sie ein bisschen zivilen Ungehorsam gezeigt, statt den Nährboden für Sabines Rebellion zu bereiten, dann wäre er vielleicht nur Vater von zweien. Sabine hätte einen Job, und mit der Sicherheit zwei voller Lehrergehälter ließe es sich leben! Sie würden reisen. Auf diesen Reisen würde sie ihn abends, wenn die Kinder schliefen, verführen, und ihr Körper wäre schlank und fest, und aus ihren Brüsten käme keine Milch. Ohne Höschen, nur mit einem leichten Rock bekleidet, würde sie sich auf ihn setzen, würde ihn bitten, sie zu –

Der Boden knarrt. Er blinzelt, und da stehen sie: Leonie, Lara, Lars und Sabine und das noch friedlich im Fruchtwasser schwimmende Baby L.

»Deine Mutter ist am Telefon«, sagt Sabine spitz. Sie hält ihm sein Mobiltelefon entgegen, dreht sich um und verlässt samt Gefolgschaft das Zimmer.

Seine Laune sackt rapide ab, während seine Körpertemperatur endlich zu steigen beginnt. Er kann es deutlich fühlen.

»Holm?«, hört er die Stimme seiner Mutter sagen. »Bist du da?«

»Ja.«

»Alles Gute zum Geburtstag und frohe Weihnachten!«

»Danke.«

»Holm?«

»Ja?«

»Du liegst doch nicht etwa krank im Bett?«

»Nein. Auf dem Sofa.«

»Hast du heute schon gelacht?«

Er schweigt.

»Holm?«

»Ja?«

»Ob du schon gelacht hast! Experten haben herausgefunden –«

»Mutter, bitte!«

»Es reicht, wenn du einfach die Mundwinkel nach oben ziehst. Das Gehirn versteht die Botschaft. Du musst nicht fröhlich sein. Einfach nur die Mundwinkel …«

»Mutter!«

»Hast du mein Geschenk schon bekommen?«

»Nein.«

»Dann geh zum Briefkasten. Da kommt auch dein Kreislauf in Schwung.«

»Ich muss jetzt auflegen.«

»Wann kommt eigentlich das Baby?«

»In zwei Wochen.«

»Stell dir vor, es käme heute schon. Dann wärt ihr alle beide Christkinder und –«

»Mutter, ich leg jetzt auf.«

Erschöpft sinkt er ins Kissen zurück.

Als Leonie mit einem Umschlag vor seinem Gesicht herumwedelt, war er gerade eingenickt.

»Für dich von Oma«, sagt sie fröhlich, »darf ich aufmachen?«

Er nickt. Leonie zieht eine Klappkarte aus dem Kuvert und reicht sie ihm.

Gutschein für einen Workshop steht auf der Vorderseite. Er klappt die Karte auf und liest:

Das Kind in dir. Free your inner child!

Darunter grinst ein schiefer Smiley, den seine Mutter gemalt haben muss. Um das Scheusal herum, kreisförmig angeordnet, stehen die Worte:

Lach mal wieder. Deine Mama.

Er steckt sich das Fieberthermometer in den Mund und wartet. Nach dem Erklingen des Pieptons schaut er auf das Display: 38,3 °C.

Na bitte. Geht doch.

»Geh zu Mama und zeig ihr das«, murmelt er, reicht das Thermometer an Leonie weiter und schläft kurz danach ein.

Ein französisches Chanson holt ihn aus einem Traum, den er Sabine selbst in angetrunkenem Zustand nicht erzählen würde.

Die Piaf an Heiligabend. Das ist neu, und es beunruhigt ihn. Er legt eine Hand auf seine Stirn und stöhnt. Das Fieber ist gestiegen.

Ein Tee wäre schön, denkt er.

»Sabine!« Seine Stimme ist zu schwach, um Schallwellen bis in entfernter liegende Zimmer der Wohnung zu schicken.

Er räuspert sich und startet einen zweiten Versuch.

»Sa-bi-ne!«

Nichts. Stattdessen kommt Leonie angerannt.

»Die Mama hat im Schlafzimmer auf den Fußboden gepullert«, ruft sie aufgeregt.

Bin ich wach?, fragt er sich und fasst sich erneut an die Stirn. Er glüht. Sein Kopf tut weh. Allein der Gedanke, je wieder aufstehen zu müssen, lässt ihn Mitleid mit sich selbst empfinden.

»Papa! Komm! Die Mama sagt, dass das Baby jetzt raus will.«

Jetzt weiß er, dass alles nur ein Traum sein kann. Er lächelt. Bevor er die Augen wieder schließt, sieht er auf die Armbanduhr. Es ist kurz nach drei, bald werden die Kerzen am Baum brennen. Es wird leuchten und knistern, wenn die Kinder die Geschenke auspacken. Das Daumenkino in seinem Kopf wird nochmals von einer unsichtbaren Hand durchgeblättert, der Stroboskopeffekt der laufenden Bilder schläfert ihn ein.

Später meint er, jemanden schreien zu hören. Irgendwo jammert ein Kätzchen. Energische Schritte hallen durch den Korridor. Als er wieder zu sich kommt, liegen die Geschenke unter dem Weihnachtsbaum. Draußen ist es dunkel, nur die Kerzen beleuchten den Raum, und eines der Geschenke bewegt sich. Es liegt in einem Körbchen, die Kinder umringen es und nennen es Luise.

Eine fremde Frau tritt an das Sofa heran und hält ihm ein Glas Wasser und eine Tablette hin.

Halt! Kennt er diese Person? In ihrem Blick liegt Verachtung, ihre Lippen formen Worte, die wie Befehle klingen. Das unter dem Weihnachtsbaum liegende Geschenk kräht und wimmert.

Holm schließt die Augen. Er phantasiert. Das Fieber gaukelt ihm Dinge vor. Es vergrößert den Raum, erhöht die Anzahl der Menschen und lässt ihn seltsame Töne vernehmen. Sein inneres Kind gerät in Panik. Ruhig, flüstert er ihm zu, es ist alles in Ordnung. Von irgendwoher kommt Musik, doch dann verschwimmen die Geräusche und schläfern ihn wieder ein.

ERICH KÄSTNER

Das Geschenk

Der 24. Dezember begann im Johann-Sigismund-Gymnasium mit einem Höllenspektakel. Die Jungen rasten wie die Wilden die Treppen hinauf und herunter. Der eine hatte seine Zahnbürste aus Versehen im Waschsaal liegenlassen. Der andere suchte den Kofferschlüssel wie eine Stecknadel. Der dritte hatte vergessen, die Schlittschuhe einzupacken. Der vierte holte Verstärkung, weil der Koffer zu voll war und nur schloss, wenn sich mindestens drei Mann daraufsetzten.

Die Primaner taten zwar, als ob sie es bei weitem weniger eilig hätten. Aber wenn sie niemand beobachtete, rasten sie ganz genau wie die Kleineren durch die Korridore.

Gegen zehn Uhr früh war die Schule schon halb leer. Die anderen, die später fuhren, machten zwar noch genügend Radau. Aber der Kenner spürte doch schon, dass die Auswanderung begonnen hatte.

Mittags zog dann der nächste Trupp durchs

weitgeöffnete Tor. Die Mützen saßen schief auf den Köpfen. Die schweren Koffer schleppten sie im Schnee.

Matthias kam ein paar Minuten danach hinterhergestolpert. Er hatte sich bei Uli verspätet. Johnny stand am Tor und gab ihm die Hand.

»Pass gut auf den Kleinen auf!«, sagte Matthias. »Ich werde ihm öfters schreiben. Und lass dir's gutgehen!«

»Gleichfalls«, meinte Johnny Trotz. »Ich passe schon auf. Aber nimm die Beine untern Arm. Sebastian ist bereits vorausgegangen.«

»Man hat's schwer«, stöhnte Matz. »Zum Bäcker Scherf muss ich auch noch. Sonst verhungere ich im Zug. Und das kann ich meinen alten Herrschaften doch nicht antun. Hör mal, Dichterfürst, wo ist denn eigentlich Martin Thaler, auch das Dreimarkstück genannt? Ich wollte mich nämlich von ihm verabschieden. Aber ich finde ihn nirgends. Und ohne ihn ist das unmöglich. Na, grüß ihn bestens. Und er soll mir einen Kartengruß zukommen lassen, damit ich weiß, mit welchem Zug er in unser Bildungsinstitut zurückfährt.«

»Schon gut«, sagte Johnny. »Ich werde es ausrichten. Nun halte aber den Mund und mach, dass du fortkommst!«

Matz hob den Koffer auf die linke Schulter, rief:

»Mensch, ich krieg 'nen Punchingball!«, und zog wie ein studierter Gepäckträger davon.

Der Bahnhof wimmelte von Gymnasiasten. Die einen wollten nach dem Norden fahren, die anderen nach Osten. Die zwei Züge, auf die man wartete, passierten Kirchberg kurz hintereinander.

Die Primaner spazierten mit ihren Tanzstundendamen die Bahnsteige entlang und plauderten weltmännisch. Man überreichte einander Blumen und Lebkuchen. Der schöne Theodor erhielt von seiner Tangopartnerin, einem gewissen Fräulein Malwine Schneidig, ein Zigarettenetui, das beinahe echt war. Er zeigte es stolz den anderen Primanern. Sie wurden hellgelb vor Neid.

Sebastian, der in der Nähe stand und einen Haufen Unterklassianer um sich versammelt hatte, riss auf Kosten der Primaner Witze und hatte großen Heiterkeitserfolg.

Endlich kam auch Matthias an. Er setzte sich auf seinen Koffer und aß sechs Stück Kuchen. Anschließend lief der erste der beiden Züge ein. Die Gymnasiasten, die nach Norden reisten, erstürmten ihn wie eine feindliche Festung. Dann schauten sie aus den Abteilfenstern und unterhielten sich so laut wie möglich mit denen, die noch warten mussten. Ein Sekundaner streckte eine Tafel aus dem Zug. Auf der Tafel stand: »Parole Heimat!« Ein Sextaner kletterte heulend wieder aus dem Zug heraus. Der kleine Trottel hatte seinen Koffer auf dem Bahnsteig stehenlassen. Er fand ihn aber und kam noch zurecht.

Als der Zug abfuhr, schwenkten alle die Mützen. Und die Tanzstundendamen winkten mit ihren winzigen Taschentüchern. Man rief: »Frohe Weihnachten!« Andere brüllten: »Prost Neujahr!« Und Sebastian schrie: »Fröhliche Ostern!« Dann fuhr der Zug aus der Halle.

Es ging auch weiterhin außerordentlich fidel zu. Und außer dem Stationsvorsteher waren alle guter Laune. Er atmete erst auf, als auch der zweite Zug hinausschnaufte und als weit und breit kein Gymnasiast mehr zu sehen war. Von seinem Standpunkt aus hatte er ja recht.

Das Schulhaus war wie ausgestorben. Das Dutzend Schüler, das erst am Nachmittag fuhr, spürte man überhaupt nicht.

Da zog der Justus seinen Wintermantel an und ging in den stillen weißen Park hinunter. Die Gartenwege waren zugeschneit. Unberührt lagen sie da. Verschwunden waren Lärm und Gelächter. Johann Bökh blieb stehen und lauschte dem raschelnden Schnee, den der Wind von den Zweigen pustete. Na also, die große Ruhe und die große Einsamkeit konnten beginnen!

Als er in einen Seitenweg einbog, bemerkte er

Fußstapfen. Es waren die Abdrücke von einem Paar Knabenschuhen. Wer lief denn jetzt allein im Park umher?

Er folgte den Spuren. Sie führten zu der Kegelbahn hinunter. Der Justus schlich auf den Zehenspitzen durch den Schnee, an der Schmalseite des Schuppens entlang, und blickte vorsichtig um die Ecke.

Auf der Brüstung saß ein Junge. Er hatte den Kopf an einen der hölzernen Pfeiler gelehnt und starrte zu dem Himmel hinauf, über den die schweren Schneewolken hinzogen.

»Hallo!«, rief der Justus.

Der Junge zuckte zusammen und drehte sich erschrocken um.

Es war Martin Thaler. Er sprang von der Brüstung herunter.

Der Lehrer ging näher. »Was machst du denn hier unten?«

»Ich wollte allein sein«, meinte der Junge.

»Dann entschuldige die Störung«, sagte der Justus. »Aber es trifft sich ganz gut, dass ich dir begegne. Warum hast du denn gestern früh so saumäßig schlecht gelesen, hm?«

»Ich dachte an etwas anderes«, antwortete Martin betreten.

»Hältst du das für eine passende Entschuldigung,

wie? Und warum hast du gestern Abend so miserabel Theater gespielt? Und warum hast du gestern und heute im Speisesaal fast nichts gegessen?«

»Da hab ich auch an etwas anderes denken müssen, Herr Doktor«, erwiderte Martin und schämte sich in Grund und Boden.

»So. Woran musstest du denn denken? An Weihnachten?«

»Jawohl, Herr Doktor.«

»Na, besonders drauf zu freuen scheinst du dich ja nicht!«

»Nein, nicht besonders, Herr Doktor.«

»Wann fährst du denn heim? Mit dem Nachmittagszug?«

Da liefen dem Primus der Tertia zwei große Tränen aus den Augen. Und dann noch zwei Tränen. Aber er biss die Zähne zusammen, und da kamen keine Tränen weiter. Schließlich sagte er: »Ich fahre gar nicht nach Hause, Herr Doktor.«

»Nanu«, meinte der Justus. »Du bleibst während der Ferien in der Schule?«

Martin nickte und wischte mit dem Handrücken die vier Tränen fort.

»Wollen denn deine Eltern nicht, dass du kommst?«

»Doch, Herr Doktor, meine Eltern wollen.«

»Und du? Willst du denn nicht?«

»Doch. Ich will auch, Herr Doktor.«

»Na, zum Donnerwetter noch einmal!«, rief der Justus. »Was soll das denn heißen? Sie wollen! Du willst! Und trotzdem bleibst du hier? Woran liegt das denn?«

»Das möchte ich lieber nicht sagen, Herr Doktor«, meinte Martin. »Darf ich jetzt gehen?« Er drehte sich um und wollte fortlaufen.

Aber der Lehrer hielt ihn fest. »Moment, mein Sohn!«, sagte er. Dann beugte er sich zu dem Jungen hinab und fragte ihn sehr leise, als dürften es nicht einmal die Bäume hören: »Hast du etwa kein Fahrgeld?«

Da war es mit Martins tapferer Haltung endgültig vorbei. Er nickte. Dann legte er den Kopf auf die schneebedeckte Brüstung der Kegelbahn und weinte zum Gotterbarmen. Der Kummer packte den Jungen im Genick und schüttelte und rüttelte ihn hin und her.

Der Justus stand erschrocken daneben. Er wartete eine Weile. Er wusste, dass man mit dem Trösten nicht zu früh beginnen darf. Dann nahm er sein Taschentuch, zog den Jungen zu sich heran und wischte ihm das Gesicht ab. »Na, na«, sagte er. »Na, na.« Er war selber ein bisschen mitgenommen. Er musste ein paarmal energisch husten. Dann fragte er: »Was kostet denn der Spaß?«

»Acht Mark.«

Der Justus holte seine Brieftasche heraus, nahm einen Geldschein und sagte: »So, da hast du zwanzig Mark. Das reicht für die Heimfahrt und für die Rückreise.«

Martin starrte entgeistert auf die Banknote. Dann schüttelte er den Kopf. »Nein, das geht nicht, Herr Doktor.«

Der Justus steckte ihm den Schein in die Jackettasche und meinte: »Willst du gleich folgen, du Lümmel?«

»Ich habe aber selber noch fünf Mark«, murmelte Martin.

»Ja, willst du denn deinen Eltern nichts schenken?«

»Doch, sehr gern. Aber …«

»Siehst du wohl!«, sagte der Hauslehrer.

Martin rang mit sich. »Vielen, vielen Dank, Herr Doktor. Aber ich weiß nicht, wann Ihnen meine Eltern das Geld zurückzahlen können. Mein Vater hat nämlich keine Stellung. Hoffentlich finde ich Ostern einen Sextaner, dem ich Nachhilfe geben kann. Hat es so lange Zeit?«

»Willst du gleich den Mund halten?«, sagte Doktor Bökh streng. »Wenn ich dir am Heiligen Abend das Reisegeld schenke, dürft ihr mir's gar nicht wiedergeben! Das wäre ja noch schöner!«

Martin Thaler stand neben seinem Lehrer und wusste nicht, was er tun und wie er sich bedanken sollte. Endlich griff er zaghaft nach der Hand des Mannes und drückte sie leise.

»Na, nun pack aber deinen Koffer!«, sagte der Justus. »Und grüße deine Eltern schön von mir. Vor allem deine Mutter. Die kenne ich ja schon.«

Der Junge nickte. Dann erwiderte er: »Und grüßen Sie, bitte, auch Ihre Mutter vielmals!«

»Das wird leider nicht möglich sein«, meinte Doktor Bökh. »Meine Mutter ist seit sechs Jahren tot.«

Martin machte eine Bewegung. Es sah fast aus, als wolle er seinem Lehrer um den Hals fallen. Er tat es natürlich nicht, sondern trat respektvoll zurück und blickte den Justus lange und treuherzig an.

»Schon gut«, sagte Doktor Bökh. »Ihr habt mir ja den Nichtraucher beschert. Mit dem werde ich heute Abend Weihnachten feiern. Drüben in seiner Eisenbahnvilla. Und um Uli und dessen Eltern und um Johnny Trotz muss ich mich auch ein bisschen kümmern. Du siehst, sehr viel Zeit zum Einsamsein werde ich gar nicht haben.« Dann klopfte er dem Jungen auf die Schulter und nickte freundlich: »Glückliche Reise, Martin!«

»Und nochmals vielen Dank«, sagte der Junge leise. Dann drehte er sich um und rannte davon.

HANSJÖRG SCHNEIDER

Vom Licht der Sonne

Soeben ist hinter dem Dach des Hauses gegenüber die Sonne untergegangen. Schlagartig ist das Licht weg, Kälte greift um sich. Die hohe Stechpalme an der Ecke steht noch in der Helle. Ihre Blätter funkeln wie eine Sonnenbahn, von oben über das Meer geworfen bis hin zu mir. Ich sitze immer noch am offenen Fenster, erfasst vom plötzlichen Schauder der Kühle. Mitte Dezember, die Sonne steht tief. Sie wird noch tiefer fallen, bis sie ihren Wendepunkt erreicht. Ich sitze jeweils nach Mittag eine Stunde am Fenster im Licht, um die Schatten aus der Seele zu vertreiben. Oder wenigstens, um diese Schatten ein bisschen aufzuhalten, bis sie mich endgültig ergreifen.

Unten liegt die Straße mit den geparkten Autos. Leute gehen vorbei, man hört das Lachen einer Frau, den Schrei eines Kindes. Wenn gerade kein Auto vorbeifährt, ist von rechts, von der Kreuzung her, das Plätschern eines Brunnens zu vernehmen. Muschelkalk, auf dem Brunnenstock hockt eine

Eichel. Daneben wächst eine Platane. Darunter drei Bänke, auf denen zur Sommerzeit Frauen aus dem nahen Altersheim sitzen.

In meiner Kindheit lag von Anfang November bis Ende Februar Nebel über dem Tal. Er hing in den Gassen des Städtchens, über den Wiesen, in den Baumkronen der umliegenden Wälder. Er kam aus der nahen Aare. Eine dunkle Decke, die schwer auf den Menschen lag. Man nannte es Schwermut. Er ist schwermütig geworden, sagte man, wenn jemand zur Aare hinunterging und von der Brücke sprang, um nicht wiederzukehren. Tage später saß man beim Leichenmahl zusammen, mit grauen Gesichtern.

Manchmal am Sonntag fuhren wir mit dem Bummelzug nach Olten und nahmen das Postauto auf den Hauenstein hoch. Von hier stiegen wir auf den Belchen. Erst an alten Jurahöfen vorbei mit meterdicken, feuchten Mauern. Dann über den fahrbaren Weg, der vom Militär in den Fels gehauen worden war. Der Nebel kam noch näher heran, er füllte Nase und Lunge mit Nässe. Dann plötzlich ein Lichtstrahl, die Sonnenkugel leuchtete auf. Nach wenigen Metern ging man im Sonnenlicht. Links lag das Nebelmeer über dem Mittelland, südlich begrenzt durch die weißen Berge. Wärme ergriff uns, wir rochen den Harzduft der Föhren.

Meist war es so. Und ich habe gestaunt über die Schärfe der Trennung zwischen Nebel und Licht. Wie mit dem Lineal gezogen, sagte man. Wie zwischen Leben und Tod.

Vor Jahren hab ich das uralte Heiligtum Newgrange in Irland besucht. Eine leicht ansteigende, runde Pyramide, älter als die Pyramiden von Gizeh. Megalithkultur. Geheimnisvoll, weil ohne Schrift. Von Südosten her führt ein enger Gang hinein, aus stehenden Steinen errichtet, wie ein versteinerter Wald. Er endet in der Mitte der Pyramide. Ein hoher Raum ist da, mit Kuppel, eine Vierung wie in einer Basilika. Hier hat man menschliche Knochen gefunden. War es ein Grab? Haben die Menschen der Megalithkultur hier ihre Toten beerdigt? Dazu ist der Raum offensichtlich zu klein. Also ein Königsgrab? Oder ein Grab für Priester, wie der Petersdom in Rom?

Über dem Eingang ist eine Fensteröffnung ausgespart. Durch dieses Fenster fallen am Morgen der winterlichen Sonnenwende auf der Nordhalbkugel am 21. oder 22. Dezember die Strahlen der aufgehenden Sonne. Sie scheinen durch den langen Gang und treffen auf den Fußboden der Vierung, die hell aufschimmert.

Die Botschaft ist klar. Die Sonne ist nicht tot, lautet sie. Sie fällt nicht endgültig hinter den Horizont hinunter. Sondern sie steigt wieder hoch in den Himmel hinauf.

In unserer christlichen Kultur ist dies die Nacht, die der Hoffnung geweiht ist. Die Weihnacht. Wobei die Sonne in den vier Evangelien keine Rolle spielt, Sonnenanbeter galten als Heiden. Die uralte Hoffnung auf Auferstehung, in der Auferstehung der Sonne symbolisiert, wird im Neuen Testament vermenschlicht. Es wird ein Kind geboren, das Christkind. Maria wickelt es in Windeln, legt es in eine Krippe. Die Hirten auf dem Feld kommen, um es anzubeten. Den Weisen aus dem Morgenlande zeigt ein Stern den Weg nach Bethlehem, zum Licht der Welt. Was für eine wunderbare Geschichte.

CHRISTIAN MORGENSTERN

Neuschnee

Flockenflaum zum ersten Mal zu prägen
mit des Schuhs geheimnisvoller Spur,
einen ersten schmalen Pfad zu schrägen
durch des Schneefelds jungfräuliche Flur –

kindisch ist und köstlich solch Beginnen,
wenn der Wald dir um die Stirne rauscht
oder mit bestrahlten Gletscherzinnen
deine Seele leuchtende Grüße tauscht.

NORA GOMRINGER

Tiefkühl

»Sterben möchte ich. Ja, ganz richtig. Noch bei guter geistiger Gesundheit und ohne Ersatzteile im Leib.« Opas Stimme war klar, die Nachricht deutlich. Sie saßen trotzdem da, als wäre nichts klar und die Nachricht eine statische Störung im Autoradio. Das Baby rettete sie alle aus ihrer Starre, es krähte.

»Und wie hast du dir das alles vorgestellt? Ich meine, wir wollten doch in den Urlaub und du hattest gesagt, dass die Zwillinge zu dir …«

»Nein, das will ich jetzt nicht mehr. Ich habe mir das alles überlegt. Ihr werdet brieflich unterrichtet. In zehn Jahren per Einschreiben!«

Thomas, der gerade die Aussicht auf einen Urlaub mit seiner neuen Freundin schwinden sah, blieb der Mund offen stehen. Marie nahm das Baby von ihrer Brust, die nun entblößt und marienhaft im Raum hing. Frauen verschwanden einfach hinter ihren Brüsten, schien es Peter. Selbst wenn diese Frauen Schwestern waren. Das Baby gurgelte, blubberte, und Marie legte es über ihre Schulter. Sofort rülpste es. Das Baby und alle Luft in ihm waren so frei.

Opa schmunzelte. Für ihn war's ein gutes Fest. Er hielt die Geflügelschere in der Hand, war aber in seinen Sitz zurückgesunken. Opas Thron. Sein Haus. Sein Tisch. Seine Regeln.

»Ich glaub das jetzt nicht«, stammelte Marie, die sich wieder bedeckte und das Baby auf den Boden gelegt hatte und den kleinen Körper sehr sanft unter ihrem besockten Fuß fixierte. »Du willst echt nicht mehr leben? Was haben wir denn gemacht, dass du wegwillst? Ich meine, das ist schon echt mal 'ne Ansage.«

Peter schwieg. Er beobachtete seine Familie lieber, als dass er ihr seine Gedanken mitteilte. Bis heute hielt sich bei ihm die Annahme, er sei diesen Leuten an einem hohen Festtag in einem Weidenkörbchen auf die Schwelle gelegt worden. Thomas hatte als Erster wieder seinen Anwaltskopf auf den Schultern. »Das geht doch so nicht. Papa, du musst doch da ein Vertragswerk aufsetzen!«

»Hab ich!«, triumphierte Opa. »Hab ich längst gemacht. Ist mit der Firma alles abgekaspert. Ich schlafe ein, die wecken mich, wenn die Welt Cyborgkörper in Serie herstellt und ich mit einem jüngeren Model ausgestattet werden kann. Ich hab die Variante FH gewählt.«

»Wofür steht das denn?«, unterbrach ihn Thomas.

»Für Frozen Hero. Fand's auch ein bisschen übertrieben, aber ich bin durchaus ein Pionier. Das begreife ich. Ich nehme das so hin und will da auch nicht weiter mit euch drüber streiten. Ist alles geregelt. Ich schneide jetzt den Vogel an.« Opa erhob sich, setzte die Schere an und teilte den Brustkorb des Vogels mit krachendem Knacken, was allen Kindern in die Glieder fuhr. Opa in Eis. Teile von Opa von künstlichem Eis umschlossen. Opa auf einem Cyborgstahlkörper. Opa wie RoboCop. Opa tot und alles schon abgekaspert. Opa, der Trancheur.

»Ist ja schließlich Weihnachten«, jammerte Marie. »Ich wünsch mir mal ein Weihnachten ohne Hiobsbotschaften. Das Baby wird ganz ein heikler Esser, wenn das so weitergeht. Und was soll das denn überhaupt heißen, du schläfst ein?«

Opa erzählte beim Austeilen von Keulen, Flügeln, Brustfleisch und sogar Hals vom Besuch der adretten Frau Minz, die extra aus der Schweiz angereist war, um das Konzept von Freeze Future zu erklären, und sich viel Mühe gegeben hatte, ihm alle seine Fragen zu beantworten. Auch die Frage, weshalb in der Gegenwart und für die Zukunft in Englisch formuliert werden musste. Die Antwort allerdings war firmenphilosophisch begründet und bot wenig Stichhaltiges. Opas Erzählung ließ Frau Minz vor aller Augen zu einer Art Lady Macbeth erstehen, die es auf den verwirrten Alten wie auf Banquo abgesehen hatte.

»Man mietet sich sozusagen eine Garage aus Eis. Und wird dann dort eingelagert, bis es Zeit ist.«

Peter nickte. Das leuchtete ihm ein.

»Na, und wie schläfst du ein? Das ist doch Mord. Mindestens Beihilfe zum Selbstmord!«, schimpfte Thomas.

Eine Tablette würde Opa in Schlaf versetzen, dazu gab es eine Spritze mit einem Defroster fürs Blut. Wie sie es alle vom Tod des Hundes kannten, den ersten Teil zumindest. Opa wie Henry, der Labrador. Opa war in seinem erzählerischen Element. Er schien es zu genießen, seine viel beschäftigten Kinder einmal zur Aufmerksamkeit zu zwingen. Weihnachten spielte ihm in die Hände. Da kamen sie alle. Mit ihren eigenen Kindern, aber ohne ihre Partner, weil die entweder Reißaus genommen hatten oder unsichtbar waren. Wie im Fall von Peter. Peters Freundin Claudi war eine Maßnahme seines Therapeuten, der Peter angeraten hatte, vor dem

Betrachten und Berühren einer echten Frau das Vokabular der Zweisamkeit am Exempel zu etablieren. Üben sollte er das Mit-einer-Frau-Sein an einer imaginären Freundin, und so begann Claudis langer, weil zögerlicher Einzug bei Peter. Da man sie nicht sah, musste man immer bei Peter nachfragen, wie es denn gerade um die Beziehung stand und ob sie denn bereits ein paar Sachen in die gemeinsame Wohnung gebracht hatte. Er sagte dann immer, dass es bereits zwei Zahnbürsten im Glas gebe. Und er ein zweites Kissen angeschafft habe. Thomas nannte Peter einfach nur wahnsinnig und hatte den Zwillingen jeden Umgang mit dem Spinner verboten. Peter war das recht. Kinder waren undenkbar. Claudi hatte keinen Uterus mehr. Ein schlimmer Unfall hatte sie entstellt und dafür gesorgt, dass ihr ganzer Unterleib völlig vernarbt war. Innen wie außen. Claudi hatte auch keine Hände und nur wenig Haare. Gottseidank war Peters Freundin unsichtbar.

»Hast du das denn irgendwie mit dem Pfarrer besprochen? Also ich meine, du bist doch gläubig? Steht da in der Bibel, dass das Himmelreich zu uns kommt, wenn wir in eine Tiefkühltruhe investieren?«

Opa blickte Thomas zornig an. »Ungläubiger! Ungläubiger Thomas, du.« Opa kaute trotzig am

Vogel, Marie rollten Tränen über die Wangen, aber auch sie kaute, Thomas hatte eine Verlorenheit im Blick, Peter hatte vergessen, mit dem Nicken aufzuhören nach Opas Kommentar über die Zeit. Das Baby lag wie ein junges Exemplar eines großen Tieres auf dem Rücken, hatte die kleinen Fäuste erhoben und schnarchte ein bisschen. Henry, der Labrador, fehlte. Er hätte sich spätestens jetzt neben es gelegt und für eine Art natürlicher Begrenzung für Babys Körper auf der Decke gesorgt.

»Frau Minz hat alles geregelt. Ich bin jetzt noch so fit. Sie hat sogar gesagt, dass es fahrlässig wäre, würde ich mich nicht für die Zukunft der Menschheit einsetzen mit diesem erprobten 70er-Model, meinem Körper eben.«

Thomas wollte wissen, wo das alles vonstattengehen sollte und wo Opa von nun an – und wann eigentlich genau – eingefroren werden würde.

»Ich sage doch, ihr kriegt alle einen Brief. Aber es ist nicht in Europa. So viel schon mal. Ich reise in drei Tagen. Wir haben also schön die Feiertage miteinander.«

»Schöööön?«, jaulte Marie, die das Baby in sein Bettchen gelegt hatte.

Alle drei Kinder waren an jedem Weihnachtsfest zum Vater gefahren. Sie hatten sich im Laufe der 364 Tage des Jahres nicht viel zu sagen, fanden sich aber beim Vater zu einem gottlob zivilisierten Trupp zusammen, aßen den Vogel, den der alte Mann ausgesucht und gebraten hatte, und staunten über seine Eigenständigkeit, die Gepflegtheit seines Äußeren und der Wohnung. Opa war gut dran, auch alleine. Auch ohne sie. Fest stand aber auch, dass sie keine Ahnung hatten, wen sie da besuchten. Nicht wirklich. Wer auszieht, verwirkt das Recht, den anderen weiter zu erfahren, von ihm, von seinem Leben zu erfahren und Anteil zu nehmen. Da war Opa sehr streng mit den Informationen, die über ihn in die Welt wanderten. Das waren seine, und er bestimmte, soweit es ihm möglich war, selbst darüber, weshalb auch Handys und Tablets in einem Körbchen am Eingang abgelegt werden mussten. Bei Opa war man *im Moment*. Opa und das Baby waren gut darin. Die anderen versagten regelmäßig, schlichen sich auf dem Weg zur Toilette am Körbchen vorbei, angelten ihr Handy heraus und setzten sich auf die Klodeckel und vergaben Likes, tippten Weihnachtsgrüße und Herzchen in Nachrichten an Freunde und Verwandte. Dass nun ausgerechnet ein Mann des Moments sich einfrieren und für die Ewigkeit konservieren und bereithalten wollte, das war schwer nachzuvollziehen. Opa forever.

»Ja wisst ihr, ich bin so etwas wie das Christkind

bei diesem Weihnachtsfest. Ich liege in der Krippe. Mit mir kommt die neue Welt!«

Thomas raunte etwas davon, was er tun würde, wenn er diese Frau Minz in die Finger bekäme. Peters Freundin Claudi musste etwas gesagt haben, was allen der Logik nach unhörbar war, denn er antwortete in die Stille hinein: »Vielleicht ja auch ein Esel.« Keiner wunderte sich. Marie jaulte noch einmal. Diesmal schüttelte sie dazu mit dem Kopf: »Christkind?«

Thomas versuchte noch einmal in abgeklärterem Ton dem Vater in seiner Narretei Herr zu werden. Er redete von Bedürfnissen im Alter, die vielleicht nicht geklärt wären, Besuchen, die sie alle häufiger unternehmen würden, Taten, die bisher unterlassen, aber jetzt natürlich erst zu erdenken und zu erledigen wären. Alles sollte getan werden, um Opa im Leben zu verankern, ihn im Moment zu halten.

»Eine neue Frau vielleicht?«, warf Marie ein. Thomas verstummte in seinem Monolog. Opas Kauen stoppte. Sein inneres Leuchten leuchtete ein kleines bisschen weniger. Sein Lächeln fror ein, die Backen voll, sagte er starr dreinblickend und mit Gans im Mund: »Sei still.«

Marie, Thomas und Peter – wahrscheinlich auch Claudi, aber bei ihr wusste man nie so genau –, selbst das Baby hielt still. Was nun folgte, waren die letzten Stunden des letzten Weihnachtens, das die Familie Sachte miteinander verbrachte.

Nach zehn Jahren erhielten Thomas Sachte, Peter Sachte und Marie Scheller mit ihrer Tochter, die den Namen Sophie Sachte selbst gewählt hatte – sie kam in Beherztheit, Sturheit und Geradlinigkeit ganz nach ihrem Großvater –, einen Brief per Einschreiben. Alle drei, die sie sich nur noch einmal zum Abschied von ihrem Vater eingefunden hatten, den sie aufgebahrt in einem belgischen Kältestudio vorfanden, in dem Frau Minz, sehr apart, sehr schmal und auch irgendwie etwas kalt, den Ratschlag gab, die Haut des Vaters ab jetzt nicht mehr zu berühren, und dann selbst das Ausräumen des Hauses, der privaten Dinge von Fremden hatten bestellen lassen, setzten sich in ihren Wohnungen in Hong Kong in schwüler Hitze, in Dortmund bei sonnigen siebzehn Grad und in Den Haag bei stürmischer See auf einen Stuhl in ihren Küchen und begannen in ihren jeweiligen Zeitzonen zu lesen:

»Liebes Kind, nun sind es zehn Jahre im Eis. Ich bin sicher nicht wahnsinnig gewesen, als ich dachte, die Zukunft wäre besser als die Gegenwart, sei versichert. Auch trägst Du keinerlei Schuld an den Erwägungen Deines Vaters und seiner Lebensplanung. Doch musst Du sie wohl oder übel mittragen. Ich wollte nicht mehr. Ihr fehltet mir und schient es nicht zu bemerken. Ihr kamt einmal im Jahr, wart fremde Leute und nicht sehr unterhaltsam. Ich behielt die Einsamkeit für mich wie eine Krankheit, die keinen durch ihre Erwähnung ängstigen soll. Als der Hund tot war, wollt ich nicht mehr. Aber keinem konnte ich das erzählen. Keiner will das hören, wenn einer vor seiner Zeit gehen möchte. Also hab ich mich erkundigt und Frau Minz' Firma gab alle Auskünfte, die ich brauchte. Meine Entscheidung, mich in 60 Jahren wecken zu lassen, wenn Ihr, meine Kinder, vielleicht – höchstwahrscheinlich – nicht mehr seid, soll keine Grausamkeit gegen Euch sein. Es soll meine eigene Zukunft bedeuten. Ein Mann ohne Kinder, ohne Vergangenheit. Vielleicht tötet das Eis auch die Erinnerung an Eure Mutter, die ich zu jeder Stunde jedes Tages vermisse und deren Bild nicht weichen will. Ich erstehe also aus dem Eis wie ein Mammut, das man heute noch findet, und lerne Neues, sehe Niegesehenes und freue mich unsäglich darauf. Ich habe keine Zweifel, dass Ihr gut leben werdet. Wir haben Euch zu denen erzogen, die Ihr seid. Eure Mutter und ich – behaltet uns im Gedächtnis als Wegweiser, als gütige Erzieher. Ich wollte nicht mehr, ich wollte mehr.«

Ironischerweise hatte die Nanny im Haushalt von Thomas das Tiefkühlfach just an diesem Tag abgetaut, da der eingeschriebene Brief den vielbeschäftigten Expat ausnahmsweise einmal persönlich und unmittelbar in seiner vollklimatisierten, geräumigen Wohnung im Stadtinneren erreichte. Es tropfte und tropfte. Der Boden war nass. Des Sohnes Tränen für den Vater machten ihn noch nasser. In irgendeiner Zeitzone war Weihnachten.

ANTON ČECHOV

Wanjka

Der neunjährige Wanjka Schukow, der seit drei Monaten beim Schuster Aljachin in der Lehre war, ging in der Weihnachtsnacht nicht schlafen, sondern wartete, bis der Meister und die Gesellen zur Messe gegangen waren, holte dann Tinte und Feder aus dem Schrank des Meisters und breitete ein zerknittertes Stück Papier vor sich aus, um zu schreiben. Ehe er den ersten Buchstaben hinmalte, blickte er ein paarmal scheu auf Tür und Fenster, schielte auch zum dunklen Heiligenbild, das zwischen den Gestellen mit den Leisten hing, und seufzte mehrmals. Das Papier lag auf der Bank, er selbst kniete davor auf dem Boden.

»Liebes Großväterchen Konstantin Makarytsch!«, schrieb er. »Ich schreibe Dir einen Brief. Ich wünsche Dir ein schönes Weihnachtsfest und alles Gute vom lieben Gott. Ich habe ja keinen Vater und kein Mütterchen mehr, nur Du bist mir geblieben.«

Wanjkas Augen hingen an dem dunklen Fenster, wo das Spiegelbild seiner Kerze flackerte, und er stellte sich seinen Großvater Konstantin Makarytsch, der beim Gutsbesitzer Schiwarjow als Nachtwächter diente, leibhaftig vor. Er war ein kleiner, magerer, aber ungewöhnlich flinker und beweglicher Mann von ungefähr fünfundsechzig Jahren mit lachendem Gesicht und trunkenen Augen. Tags schläft er in der Gesindeküche oder schäkert mit den Köchinnen; nachts aber schreitet er, in einen weiten Schafspelz gehüllt, die Besitzung ringsum ab und klopft auf sein Holzbrett. Hinter ihm trotten mit gesenktem Kopf die alte Kaschtanka und der kleine Wjun (Teufelchen), so genannt, weil er ganz schwarz und so lang und schmal wie ein Wiesel ist. Dieser Wjun tut immer ungemein unterwürfig und zärtlich, er schaut sowohl die eigenen Leute als auch fremde gleich freundlich an; trotzdem ist er nicht beliebt. Hinter seiner Zutraulichkeit und Demut verbirgt sich nämlich die tückischste Hinterlist. Niemand versteht es besser als er, sich rechtzeitig anzuschleichen und nach einer Wade zu schnappen, in den Eiskeller einzudringen oder den Bauern ein Huhn zu stehlen. Man hat ihm schon oft mit nachgeworfenen Knüppeln die Hinterbeine fast gebrochen, zweimal hat man ihn gehängt, jede Woche wird er beinahe tot geprügelt, doch immer kommt er mit dem Leben davon.

Gewiss steht der Großvater jetzt beim Hoftor, blinzelt zu den erleuchteten Fenstern der Dorfkirche hinüber, tritt in seinen Filzstiefeln von einem Bein aufs andere und scherzt mit dem Gesinde. Sein Klopfbrett hängt am Gürtel. Er reibt sich die Hände, schüttelt sich vor Kälte und zwickt mit greisenhaftem Gekicher bald eine Zofe, bald die Köchin.

»Eine kleine Prise?«, sagt er und bietet den Weibern seine Schnupftabaksdose an. Und die Weiber schnupfen und niesen. Das freut den Großvater über alle Maßen, er bricht in belustigtes Lachen aus und ruft: »Feste! Ist es eingefroren?«

Auch die Hunde müssen schnupfen. Kaschtanka niest, rümpft die Nase und verzieht sich beleidigt. Wjun hingegen niest aus Ehrfurcht nicht, sondern wedelt mit dem Schwanz. Das Wetter ist herrlich, die Luft still, klar und erfrischend. Die Nacht ist dunkel, doch man sieht das ganze Dorf mit seinen weißen Dächern und den Rauchwölkchen, die aus den Schornsteinen aufsteigen, die silberbereiften Bäume und die Schneewehen. Der Himmel ist übersät mit fröhlich blinkenden Sternlein, und die Milchstraße zeichnet sich so deutlich ab, als wäre sie vor den Feiertagen mit Schnee gewaschen und blankgerieben worden …

Wanja seufzte, tauchte die Feder ein und schrieb weiter.

»Gestern bekam ich Prügel. Der Meister zog mich an den Haaren auf den Hof und verbleute mich mit dem Knieriemen, weil ich eingeschlafen war, als ich denen ihr Kindchen in der Wiege schaukeln sollte. Und vorige Woche trug mir die Meisterin auf, einen Hering zu putzen, aber ich fing beim Schwanz an, und da nahm sie den Hering und stieß mir den Kopf an die Nase. Und was die Gesellen sind, die verspotten mich, ich muss für sie in der Schenke Schnaps holen und bei den Meistersleuten Gurken stehlen, aber der Meister prügelt mich dann mit allem, was ihm gerade in die Hände fällt. Und das Essen ist ganz schlecht. Morgens gibt es Brot, mittags Grütze und abends wieder Brot, was aber Tee und Kohlsuppe ist, das fressen sie selbst. Und schlafen muss ich im Flur, wenn aber denen ihr Kindchen schreit, schlafe ich überhaupt nicht, dann muss ich die Wiege schaukeln. Liebes Großväterchen, tu mir um Himmels willen die Liebe und nimm mich von hier fort, ins Dorf nach Hause, ich kann es hier nicht aushalten … Ich bitte Dich auf den Knien, ich werde ewig für Dich beten, nimm mich von hier fort, sonst muss ich sterben …«

Wanjka verzog den Mund, rieb sich mit der schmutzigen Faust die Augen und schluchzte auf.

»Ich will Dir den Tabak kleinhacken«, fuhr er

fort, »und zum lieben Gott für Dich beten, und wenn ich etwas nicht recht mache, dann prügle mich nur tüchtig. Glaub nicht, dass ich nichts zu arbeiten hätte. Ich werde den Verwalter bitten, ihm die Stiefel putzen zu dürfen, oder ich kann an Fedjkas Stelle die Schafe hüten. Liebes Großväterchen, ich halte es nicht aus, es ist wirklich zum Sterben. Ich wäre gern zu Fuß ins Dorf zurückgelaufen, aber ich habe keine Stiefel, und ich fürchte mich vor dem Frost. Und wenn ich groß bin, werde ich Dir dafür zu essen geben und nicht zulassen, dass Dir einer etwas zuleide tut, und wenn Du stirbst, werde ich für Dich beten wie für Mütterchen Pelageja. Und Moskau ist eine große Stadt. Lauter hohe Herrschaftshäuser und viele Pferde gibt es hier, aber keine Schafe, und die Hunde beißen nicht. Hier ziehen die Kinder nicht mit dem Stern herum, und man wird auch nicht auf den Kirchenchor zum Singen gelassen; aber einmal sah ich im Schaufenster, dass die Angelhaken fixfertig mit der Leine gehandelt werden, für alle Fische, sehr schön, und ein Haken war dabei, mit dem könnte man einen Wels von einem halben Zentner festhalten. Und in einem Laden sah ich alle möglichen Gewehre, wie der gnädige Herr sie hat, so dass jedes hundert Rubel kosten mag. Und in den Fleischerläden hängen Auerhähne und Rebhühner und Hasen, aber wo sie geschossen werden, das sagen die Leute im Laden nicht.

Liebes Großväterchen, wenn bei der Herrschaft Weihnachtsbescherung ist, nimm für mich eine vergoldete Nuss vom Christbaum mit und leg sie in Dein grünes Kästchen. Bitte Fräulein Olga Ignatjewna darum, sag ihr, es ist für Wanjka.«

Wanjka seufzte krampfhaft und blickte wieder aufs Fenster. Er dachte daran, wie der Großvater jedes Jahr die Tanne für die Herrschaft im Wald holte – stets hatte er mitgehen dürfen. Das war immer ein schöner Tag! Der Großvater ächzte, und der Frost ächzte, und wenn Wanjka das hörte, musste er auch ächzen. Ehe der Großvater die Tanne fällt, bleibt er lange Zeit stehen, raucht sein Pfeifchen, schnupft bedächtig und neckt den frierenden Wanjuscha … Die reifbedeckten Tannen warten regungslos, welche von ihnen ihr Leben lassen muss. Plötzlich rennt irgendwoher ein Hase pfeilschnell über die Schneewehen. Da kann der Großvater nicht an sich halten und ruft: »Fang ihn, fang ihn! Ach, der kurzschwänzige Halunke!«

Die gefällte Tanne trug der Großvater ins Herrenhaus, und dort wurde sie geschmückt … Am meisten kümmerte sieh Fräulein Olga Ignatjewna darum, Wanjkas Gönnerin. Als Pelageja, Wanjkas Mutter, noch lebte und bei der Herrschaft Stubenmädchen war, konnte Olga Ignatjewna dem kleinen Wanjka oft Süßigkeiten geben, und aus lauter Langeweile lehrte sie ihn schreiben, lesen, bis hundert zählen und sogar Quadrille tanzen. Aber nach Pelagejas Tod wurde das Waisenkind Wanjka zum Großvater in die Gesindestube gesteckt und kam dann nach Moskau zum Schuster Aljachin …

»Komm zu mir, liebes Großväterchen«, schrieb Wanjka weiter. »Ich flehe Dich an, nimm mich um Christi willen von hier fort. Hab Mitleid mit dem armen Waisenkind, denn hier prügeln mich alle, und ich leide auch Hunger, und alles ist so traurig, dass ich immerzu weinen muss. Und neulich schlug mich der Meister mit dem Leisten auf den Kopf, dass ich hinfiel und kaum wieder aufstehen konnte. Mein Leben ist unglücklich, schlimmer als das irgendeines Hundes. Und dann lasse ich Aljona grüßen und den einäugigen Jegorka und den Kutscher, und was meine Mundharmonika ist, die darfst Du keinem geben. Ich verbleibe Dein Enkel Iwan Schukow, liebes Großväterchen, komm mich holen.«

Wanjka faltete das beschriebene Papier viermal zusammen und steckte es in den Umschlag, den er gestern für eine Kopeke gekauft hatte … Nach längerem Nachdenken tauchte er die Feder ein und schrieb die Adresse:

Ans Großväterchen im Dorf.

Er kratzte sich den Kopf, überlegte und setzte hinzu: »Konstantin Makarytsch«. Zufrieden, dass niemand ihn am Schreiben gehindert hatte, stülpte er die Mütze auf und lief, ohne erst sein Pelzmäntelchen anzuziehen, in Hemdsärmeln auf die Straße.

Er hatte die Leute im Fleischerladen tags zuvor gefragt und erfahren, Briefe müssten in Postkästen geworfen werden, von dort würden sie von betrunkenen Kutschern im Dreispänner mit hellklingelnden Glöckchen über die ganze Erde befördert. Wanjka lief zum nächsten Postkasten und steckte den kostbaren Brief in den Schlitz ...

Von süßen Hoffnungen eingelullt, schlief er eine Stunde später frohgemut ein. Er träumt von einem großen Ofen. Auf dem Ofen sitzt der Großvater, mit den bloßen Füßen baumelnd, und liest den Köchinnen den Brief vor ...

Wjun schleicht um den Ofen herum und wedelt mit dem Schwanz ...

OTTO JÄGERSBERG

Weiße Weihnacht und die Frau, die alles tragen konnte

Irgendwann wurden die Versicherungsprämien für Weiße Weihnachten so teuer, dass es sich lohnte, eine Schneeberieselungsanlage anzuschaffen. Weil wir im letzten Jahrzehnt keinmal Weiße Weihnachten hatten, war die Anlage nahezu gänzlich durch die Entschädigungszahlungen finanziert. Ich schau heute nicht mal mehr zum Thermometer, wenn ich Heiligabend die Anlage einschalte. Unser Schnee rieselt bei jedem Wetter. Die Kinder liegen im Fenster, haben sich Pelzmützen aufgesetzt und freuen sich. Allerdings nicht lange. Wenn im Weihnachtsprogramm die alten Schneefilme kommen, sind die Kinder schnell weg vom Fenster. Unsere Schneekanone kann eben nicht mit den Filmstudios konkurrieren. Trotzdem, verzichten will keiner auf den Zirkus. Schnee zu Weihnachten muss sein, wie das Amen in der Kirche. Es geht ja gar nicht so sehr um den Schnee, denke ich. Schnee ist ein Symbol, ein Symbol für den Sand in der Wüste, durch den die Heiligen Drei Könige ritten, Schnee mahnt an die Vergänglichkeit des Lebens, Schnee … Als ich ein Kind war, mein Gott, wie habe ich den Schnee zu Weihnachten herbeigebetet …

Unseren Frauen war die Mode nie recht, ihre Vorschriften passten ihnen nicht, sie diktierten ihnen nur Fehler an den Leib, und überhaupt waren ihre Leiber nicht für die Mode geschnitten. Monika hatte ein Kinn wie Onkel Johannes, Doris schlug ganz nach der Bottroper Linie – und das hieß Oberschenkel und Hintern sozusagen in einem Streich –, über Margas Busen wurde nur andeutungsweise gesprochen, es hieß bloß, Margas Busen »gehe unter«, Blusen schienen nur dazu gemacht, dass Margas Busen sich darin verlor. Die Männer in meiner Familie gewöhnten sich die Sicht der Frauen an, sie sprachen von Schrittschiefstellung, Wulstbildung, stirnfliehender Hutlage und dergleichen, wie die Viehhändler. Die Viehhändler sah man auf den Auktionen mit ihren Bewertungsbögen von Kuh zu Kuh gehen und die Beinhaltung, die Kruppe, das Auge und so weiter mit Minuspunkten versehen. Genauso machten es mein älterer Bruder und mein Vater, sie saßen im Wohnzimmer, wenn sich unsere Damen vor Ausgängen herausgeputzt hatten, und kreuzten die Fehler an.

In der Nachbarschaft, in der Villa Monbijou, gab es eine Frau, die diese Sorgen nicht hatte. Es war »die Frau, die alles tragen konnte«. Der Frau von Monbijou »stand einfach alles«, sie sah »immer picobello« aus, schön, modisch, elegant. Bei ihr hatte Gott den Lehm, aus dem er sonst die Menschen knetete, beiseitegelegt und feineres Material genommen. Ein Meisterwerk. Und eine Haut darüber gezogen – Maßarbeit! Wenn die Frau aus der Villa Monbijou auf die Straße trat, liefen alle ans Fenster, die Münder vor Staunen offen, solange sie zu sehen war, und dann sagte meine Mutter, oder Doris, oder Marga, oder Monika: »Die kann einfach alles tragen.« Der Vater und mein Bruder sagten nichts, nur strich sich manchmal einer mit der Zunge über die Lippen. Den Mann der Frau von Monbijou sah man nie. Es hieß, er sei an den Rollstuhl gefesselt, sehr reich, in seiner alten Heimat hätten ihm sagenhafte Ländereien mit Zuckerrüben gehört, deswegen hieß er bei meinen Schwestern der »Zuckerbaron«, und mein Bruder nannte die Frau von Monbijou auch die »Zuckerpuppe«, mein Vater sprach nur von »landlosen Ostpreußen«.

Um den Nikolaustag herum begann ich meine Gebete nicht mehr an Gott zu richten, sondern direkt ans Christkind. Ich teilte dem Christkind mit, dass ich durchaus auf die Geschenke meiner Schwestern Monika, Marga und Doris zu verzichten bereit sei, wenn es nur schneien würde. Aber ich bekam jede Weihnachten den selbstgestrickten Schal von Monika, die gehäkelte Mütze von Marga und den geschneiderten Schulkittel von Doris, das heißt, es schneite nie.

Bis auf einmal, einmal hat es doch geschneit. Ich war acht oder neun Jahre alt. Es wurde Heiligabend, und noch war kein Schnee gefallen. Schnee, Schnee, wo bleibst du? Warum wurden meine Gebete nicht erhört? »Es liegt am Golfstrom«, sagte mein Vater, und meine Schwestern schenkten wieder Schal, Mütze und Kittel. In der Nacht weckte mich mein Bruder, tat sehr geheimnisvoll, nahm mich an die Hand und führte mich auf den Dachboden. Durch eine Luke konnten wir die erleuchtete Villa Monbijou sehen. Auf der Terrasse lag – Schnee. Seine Kristalle funkelten im Licht. Die ganze Terrasse war voller Schnee. »Schnee!«, rief ich freudig. »Du Idiot«, sagte mein Bruder, »das ist Zucker.« – »Zucker?« – »Haben sie eben hingekippt, einen Lastwagen voll.« Wer, das Christkind? Hatte die Frau von Monbijou, genau wie ich, um Schnee gebetet, und das Christkind hatte sie erhört, und jetzt war ein Fehler passiert? »Wer hat den Zucker gebracht?«, fragte ich. »Nordzucker«, sagte mein Bruder. Ich konnte es nicht glauben: »Ein LKW von Nordzucker?« – »Halt's Maul«, sagte mein Bruder, »es geht los!« Im Zimmer hinter der Terrasse gingen die Lichter aus und Kerzenschein flammte auf. Nach einer Weile wurde die Terrassentür geöffnet, und heraus trat »die Frau, die alles tragen konnte«, vollständig nackt. Hinter ihr war der alte Baron im Rollstuhl zu sehen, er trug einen Kranz aus Tannenzweigen, mit vielen Kerzen besteckt. In ihrem Schein machte die Frau von Monbijou einige Tanzschritte, und hin und wieder bückte sie sich, grub mit beiden Händen in dem Zucker und warf ihn in die Luft, dass er über sie zurückrieselte. Dann ließ sie sich fallen und wälzte sich im Zucker hin und her. Der alte Baron saß unbeweglich in seinem Rollstuhl, den Tannenkranz mit den brennenden Kerzen auf dem Kopf. Ich verstand das alles nicht und begann mich zu fürchten und wollte wieder in mein Zimmer, aber mein Bruder hielt mich am Arm fest. »Gleich kommt's«, flüsterte er aufgeregt, und seine Augen starrten gierig. Die Frau, die alles tragen konnte, stand jetzt auf und ging ganz langsam auf den alten Baron zu. Ihr Körper war über und über von einer Zuckerschicht umhüllt. Sie nahm dem alten Baron den Kranz vom Kopf und stellte ihn auf den

Boden. Dann setzte sie sich auf seinen Schoß, und so blieb sie, lange, lange Zeit. Mein Bruder seufzte und sagte: »Jetzt schleckt er sie ab.«

Ich ging zum Schalter und machte die Schneeberieselungsanlage aus. Meine Frau und die Kinder sahen Oliver Twist beim Schneeschaufeln zu, oder war es Micky Maus? Jedes Jahr die gleichen Filme, dieselben Erinnerungen.

NINO HARATISCHWILI

Marthas Fest

Nein, ich weiß nicht, warum ich hier bin, und ich habe bereits oft genug gesagt, dass ich zu tun habe. Und nein, ich gedenke nicht, Fragen zu beantworten!

Ausgerechnet heute, also wirklich, ich muss noch Antons Geschenk kaufen, und der Baum ist auch noch nicht fertig geschmückt, und wenn …

Wie, bitte?! *Was* ich zu tun habe? Ich muss ein Kind versorgen, wissen Sie, was das bedeutet, Herr Doktor? Oder wissen Sie es nicht? Sie wissen es anscheinend nicht. Nicht jeder sitzt in diesem schönen Sessel, den ganzen lieben Tag über, und hört sich irgendein Gebrabbel von irgendwelchen Idioten an. Ich muss arbeiten, ich bin alleinerziehend, mein Junge ist erst vier, er braucht einiges an Aufmerksamkeit, an Zeit, an Zuwendung. Und nebenbei muss ich auch noch unseren Unterhalt verdienen.

Und morgen, morgen ist Heiligabend, das mag vielleicht für Sie keine Bedeutung haben, was weiß ich, vielleicht haben Sie außer diesem Zimmer und Ihrer Arbeit nichts anderes im Kopf, vielleicht freut sich keiner auf Sie, wenn Sie heimkommen, aber in meinem Fall ist es etwas anders, da muss ich Sie leider enttäuschen.

Sein Arschloch von Vater hat sich nicht mehr blicken lassen, seit Anton ein Jahr alt ist. Ja, Anton. Ja, finde ich auch, dass es ein schöner Name ist, hab ich ihm ja ausgesucht. Nein, was für Alimente? Sein Vater ist ein Säufer vorm Herrn, und in den letzten Jahren hat er keinen einzigen Job länger als drei Monate behalten können. Ich war aus lauter Verliebtheit schlichtweg verblödet, anders ist es nicht zu erklären, dass ich mich auf ihn eingelassen habe. Aber was soll's. Ich hab ja Anton. Und er wünscht sich diesen gelben Bagger vom Weihnachtsmann, den Bagger mit der blauen Schaufel, und ich muss noch vor Ladenschluss … Anton, ja, der prächtigste Kerl auf Erden. Wenn ich könnte, würde ich ihm gleich zehn solche Bagger kaufen.

Wenn er morgens in mein Bett hüpft, seine Arme um mich legt und mich anfängt abzuküssen – dann weiß ich, dass es richtig war, ihn zu bekommen, sein Vater hin oder her. Er ist so lieb und so ganz anders als die anderen Kinder im Kindergarten. Er weiß, wie schwer es Mami hat, er ist so aufmerksam und so dankbar. Diese Dankbarkeit in seinen

Augen, die bricht mir manchmal das Herz. Dann denke ich mir, warum hat mein Sohn keinen besseren Vater verdient? Warum keine besseren Großeltern, die uns unterstützen, warum müssen der arme Junge und ich uns so mutterseelenallein durch diese scheiß Welt durchschlagen, aber ich will nicht herumjammern. Hauptsache, wir haben uns.

Was mich aber am meisten freut: Er hasst den Geruch von Alkohol. Ja, sicherlich ist er noch zu jung, und sicherlich wird er mit 15, 16 irgendwelche hirnlosen Sachen mitmachen, halt das, was dazu gehört, wenn man erwachsen wird, aber mit solch einer Abneigung wird er nie wirklich trinken, da bin ich mir sicher. Das tröstet mich.

Kann ich jetzt gehen? Ich muss es zum Spielzeugladen schaffen, heute arbeiten sie ja nur bis 14 Uhr, und dann schnell zum Kindergarten hetzen, und später darf er mir beim Baumschmücken helfen. Das liebt er. Ist dann immer so aufgeregt.

Wo ich arbeite? Was hat das jetzt damit zu tun? Ich arbeite als Putzfrau bei den Gilberts, was für abartige Schnösel, mein Gott, wenn Sie das wüssten. Drei Mal die Woche, in der Frühschicht und abends kellnere ich im Jo's. Da zahlen sie wenigstens gut.

Ich habe schon viele Jobs gehabt. Eigentlich habe ich auf Sekretärin gelernt und habe auch damals in einer feinen Firma gearbeitet. Ich kann sogar noch Steno, mussten wir lernen, lernt heute kein Schwein mehr, ist aber wichtig gewesen, ich war mal die Schnellste, ja, wirklich. Es war eine Containerfirma, sie haben große Häfen beliefert, sehr wichtig und seriös das alles, und die Bezahlung war auch gut. Ja, ja, nicht jeder kann in solchen Sesseln sitzen und faulenzen. Ich musste schon als Kind arbeiten, bei uns auf dem Land. Mein Vater hat meine Brüder windelweich geprügelt, wenn sie auf dem Hof nicht mit anpacken wollten, und ich hab auch ab und an was abbekommen. Meine Mutter war ja daran fast gewöhnt, ja, ja. Ihr ist es gar nicht mal mehr aufgefallen, wenn man sie geschlagen hat.

Eine Schweinezucht war das. Ne, ich meine, wir hatten Schweine. In welchem Sinne? Was für Metaphern? Ich sage Schweine, also meine ich Schweine. Tiere. Sind Sie Vegetarier oder was? Weiß man heutzutage alles nicht. Gilt ja fast als *schick,* Vegetarier zu sein. Na dann, ist ja gut, wenn Sie Fleisch essen. Bentheimer hatten wir auch, 'ne hübsche Rasse, mit schwarzen Flecken. Mit denen habe ich gern gespielt, als ich noch so klein war wie Anton. Aber die meisten habe ich gehasst. Ja, ja, bis heute hasse ich die Viecher wie die Pest. Stinken und machen unerträglichen Lärm. Und wenn sie geschlachtet wurden, war auch kein schöner Anblick.

Mein Vater meinte damals, ich solle auf dem Land bleiben. Am besten heiraten, irgendeinen hirnamputierten Bauern aus dem Dorf, dann könnte ich weiterhin im Haushalt aushelfen, Mutter war auch nicht mehr die Jüngste. Aber da hat er sich geschnitten, ne? Bin abgehauen. Und dann hat sich mein ältester Bruder in der Scheune erhängt, bums und hing da, mein Vater hat ihn gefunden, ja, ja, hat er extra so gemacht, dass er ihn findet, als Rache dafür, dass er solch ein Arschloch war. Hat ihm auch einen Strich durch die Rechnung gezogen. Er tat mir schon leid, auch wenn wir nie viel geredet haben, aber irgendwie habe ich mich auch gefreut, dass mein Vater jetzt so leiden musste. Hoffentlich kriegt er Gewissensbisse, dachte ich mir.

Selig sei er im Himmel. Mein Bruder also. Er war ein Sensibler, wie mein Anton auch, nicht für die harte Landarbeit geschaffen. Kann ich jetzt gehen? Im Unterschied zu Ihnen, Herr Doktor, kann ich es mir nicht leisten, hier rumzusitzen und zu labern, bis einem die Augen zufallen.

Anton? Warum sollten wir über Anton reden? Ihm fehlt nichts, er ist grade im Kindergarten, spielt und tobt herum, wie ich ihn kenne, ein sehr energischer Kerl ist mein Anton, ja, ja. Am liebsten spielt er draußen, auf dem Spielplatz oder im Sandkasten. Mag die frische Luft, hat er von mir, wissen Sie. Hab als Kind auch gern draußen gespielt, und wenn ich mal ein Wochenende freihabe, dann gehen wir spazieren, ewig lang, bis uns die Füße weh tun, Anton und ich, und dann gibt es eine extra Süßigkeit oder sogar Chips als Belohnung. Er mag die mit Paprika am liebsten.

Wo soll ich denn gewesen sein, im November? Das Ganze fängt langsam an, mir zu stinken. Diese Fragen. Würden Sie mir erklären, warum ich hier bin, verflucht noch mal?!

Ich habe gearbeitet, wie immer, und ich habe … Ja, es mag sein, dass ich da den Job verloren habe. Getrunken? Ich und getrunken? Sie machen wohl Witze, was? Ich hasse die Trinker wie die Pest. Nein, ich habe ganz bestimmt nicht aus Frust getrunken. Ich habe mich um meinen Sohn zu kümmern und habe zu arbeiten. Ich komme an manchen Tagen nach Hause, lege mich hin und schlafe wie ein Stein, ich falle regelrecht um vor Müdigkeit, denn ich sitze nicht den ganzen lieben Tag auf einer Couch und höre mir an, was irgendwelche reiche Leute für Sorgen haben. Aua, Doktor, mein Mann hat 'ne Tusse auf seiner Arbeit oder Aua, Herr Doktor, meine Mama hat mich nicht genug geliebt, ist doch so, kenn euch doch alle!

Wo ich gerade herkomme? Wo soll ich gerade herkommen, von zu Hause? Und wie ich hierhin gekommen bin? Diese Schwester hat mich zu Ihnen geführt, sie hat mich am Ellenbogen festgehalten, unverschämterweise. Sie sollte sich bei mir dafür entschuldigen!

Was sollen diese Fragen? Ich habe langsam wirklich … Was für ein *Trakt*? Ich war noch niemals in einem Krankenhaus, nur zwei Tage, als ich Anton geboren habe, das war's dann aber auch. November, November. Was soll das? Ich weiß nicht, was im November war. Ja, ja, die haben mich aus der Fabrik rausgeschmissen, und dann hab ich mir die Stelle als Putzfrau besorgt, und dann ging es im Jo's auch gleich los. Es war nicht weiter dramatisch. Warum ich aus der Fabrik rausgeworfen wurde? Alkohol? Also, sind Sie taub? Ich bin schlimmer als Anton, ich kotze schon beim Anblick einer Flasche. Sie hatten Kürzungen vorgenommen, deswegen bin ich rausgeschmissen worden, diese verfluchten Arschlöcher.

Hey, Doktor, kommen Sie, morgen ist Heiligabend, ich muss noch einiges schaffen, und ich muss den Bagger kaufen, Sie wollen doch nicht, dass ich … Wie bitte?

Ich saß vielleicht maximal zehn Tage zu Hause. Mehr nicht. In diesen zehn Tagen? Mein Gott, Sie stellen Fragen. Da hab ich nach Jobs gesucht. Nein, ich war in einer *normalen* Verfassung, keine Sorge. Ich hab schließlich genug Scheiße mitgemacht, so was macht mir kaum etwas aus. Ich habe mich um Anton gekümmert und bin die Stellenanzeigen durchgegangen. So war's. Kann ich jetzt …

Dieser eine Abend? Was für ein verdammter Abend? Badewanne? Was für eine Badewanne? Ja, klar haben wir eine Badewanne, wir leben schließlich auch nicht im Wald. Ja, klar badet Anton gern, welches Kind badet denn nicht gern, plantschen, mit Wasser herumspritzen. Ja, ab und an lass ich ihn dort allein. Was ist schon dabei? Er kriegt da seine Spielsachen und spielt da herum, und währenddessen räume ich dann auf.

Ich bin alleinerziehend, verdammt noch mal.

Wenn Sie mich noch mal fragen, ob ich an diesem Abend getrunken hätte, übernehme ich keine Verantwortung für mich. Ja, genau. Nein, ich reagiere nicht über. Und nein, ich bin nicht aggressiv. Ich werde hierhin geschleppt, man klärt mich nicht auf, man sagt mir nichts, und ich komme auch noch zu spät, um das Geschenk für meinen Sohn zu kaufen, und werde auch noch frech beschuldigt.

Was wollen Sie mir damit sagen? Dass ich eine schlechte Mutter bin? Dass ich nicht genug für

Anton tue? Dass ich nicht alles Menschenmögliche versuche, damit er glücklich ist?

Er ist glücklich, verdammt noch mal, und ich liebe ihn, liebe ihn, liebe ihn.

Ja, es mag sein, dass ich ihn mal den einen oder anderen Abend zu lange in der Wanne sitzen gelassen habe, weil ich noch waschen, putzen, kochen musste, aber er hat Spaß, und wenn es ihm langweilig wird, dann ruft er schon nach mir und bittet mich, ihn rauszuholen. Was ist schon dabei, was, verdammte Scheiße, ist schon dabei? Warum ich schreie? Warum ich schreie? Sind Sie von Sinnen? Beschuldigen Sie doch Ihre eigne Frau!

Das war bestimmt dieses Busenwunder vom Jugendamt, ne? Dass ich nicht eher darauf gekommen bin. Klar, die hat gepetzt. Sie ist nämlich im November bei uns gewesen, wenn Sie es so genau wissen wollen. Die kam und sieht mich mit ihrem verlogenen Gesicht an, lächelt und stellt Fragen, dafür hätte man sie schon allein windelweich prügeln sollen. Die war das bestimmt. Was wollte sie? Hä? Was hat sie Ihnen erzählt? Dass ich mich nicht gut genug um meinen Sohn kümmere?

Klar, war sie das nicht! Das glaube ich Ihnen auch auf Anhieb! Was wollen Sie dann von mir?

Was heißt es denn genau: *Wenn ich getrunken hätte* … Ja, es hätte sein können, natürlich hätte alles sein können, *wenn ich getrunken hätte*, aber ich sage Ihnen verdammt noch mal, dass ich es nicht getan habe. Wenn, wenn, wenn.

Und wieso sprechen Sie mich überhaupt mit meinem Vornamen an? Wir kennen uns überhaupt nicht. Ich sehe Sie zum ersten Mal, und was heißt denn bitte: *Jeden Tag der gleiche Zirkus mit dir, Martha*? Hallo? Ich bin kein Kleinkind, und ich will endlich einen Grund wissen, warum ich hier bin.

Die blöde Kuh, diese Schlampe hat mich angezeigt, was? Sie sind selbst vom Jugendamt und gar kein Doktor. Sie wollen mir meinen Anton wegnehmen, diese Schlampe, ich werde sie ... Ich schwöre es! Aber schminken Sie es sich ab! Vergessen Sie es!

Ja, vielleicht ist er einmal in der Wanne ausgerutscht, diese Schlampe hat es mitbekommen, ich war müde, ich war fertig, ich hatte schon etliche Arbeitsstellen abgesucht und hab nebenbei Essen für ihn gemacht, als er dort ausgerutscht ist und sich ein wenig weh getan hat. Aber mehr nicht. Ich bin sofort zu ihm geeilt und habe ihn rausgeholt und getröstet. Ja, das war's. Natürlich war's das. Es gibt da nicht mehr zu sagen. Diese Schlampe hat keine Kinder und hasst jede Mutter, sie hat es mitbekommen und gepetzt.

Hören Sie, fragen Sie alle, die mich kennen, ich würde für Anton alles tun. Alles.

Kann ich jetzt …

Jaaaa, ich sagte doch, das war's. Mehr ist in dieser Nacht nicht passiert. Ich kann dazu nichts mehr sagen. Ob er geblutet hat? Was sind das für Fragen, hören Sie?! Ein bisschen vielleicht, an der Schläfe. Nur ein kleiner Kratzer.

Endlich.

Ja, auf Wiedersehen, o Gott, ich dachte schon, das geht niemals zu Ende. Was heißt denn bis morgen? Hallo? Ich komme hierhin nicht noch mal, schon gar nicht an Heiligabend, ich hab schon eh genug Zeit mit Ihnen vergeudet. Welchen *Trakt*? Wo soll man mich hinbringen? Hallo, hallo … Ich verklage Sie, hören Sie, ich verklage Sie! Ich komme zu spät. Wegen diesen Psychopathen komme ich auch noch zu spät!

DAVID WAGNER

Die Osterglocken

I

»Wir müssen den Weihnachtsbaum noch aufstellen«, sagt mein Vater. Er ist dabei, die Glasscheibe zu putzen, die er vor einigen Jahren vor den Kamin hat setzen lassen. Sein Pfeifen hat er unterbrochen.

»Wie, du hast einen Baum, Papa? Warum?«

»Na, wir brauchen doch einen!«

»Und woher hast du den? Aus einem fremden Vorgarten?«

Wir stehen nun draußen auf der Terrasse, vor einem ziemlich großen Tannenbaum, einer Edeltanne. Die Sonne scheint, es ist nicht kalt.

»Weiß nicht mehr«, sagt mein Vater, »vielleicht zusammen mit den Nachbarn gekauft? Er ist auf jeden Fall zu groß, wir müssen ein Stück absägen.«

»Er passt schon«, sage ich, aber er passt dann doch nicht in den Ständer, den wir in einem der Gerümpelkeller gefunden haben, leider ein alter, herkömmlicher Christbaumständer mit Stellschrauben, keiner dieser genialen, vor einigen Jahren erfundenen mit Seilzügen, die über ein Pedal gespannt werden.

Mein Vater beginnt wieder zu pfeifen und verschwindet durch die Tür, die von der Terrasse in die Garage führt. Kurz darauf kommt er, noch immer pfeifend, mit einer Kettensäge zurück.

»Was ist das denn? Wieso hast du eine Motorsäge?«

»Na für die Äste, ich muss doch die Bäume schneiden.«

»Papa, ich sehe hier keinen Wald! In deinem Garten stehen vier Bäume!« Ich sehe einen Apfel- und einen Birnbaum, einen Ahorn- und einen Walnussbaum. Oder habe ich vielleicht etwas verpasst? Standen hier mal mehr? Hat er die alle gefällt?

Der Stumpf der Tanne liegt nun auf dem Hackklotz, der hier herumsteht. Mein Vater versucht die Säge zu starten, das klappt jedoch nicht.

»Ich glaube, es ist kein Benzin drin«, sagt er.

»Papa, da ist bestimmt kein Benzin drin. Hinten hängt ein Kabel, es ist eine elektrische Kettensäge. Du musst sie einstecken!«

»Wirklich? Ach so. Ich hatte aber mal eine mit Benzinmotor.«

»War das nicht der Rasenmäher?«

»Kann auch sein.«

Die Säge funktioniert aber auch eingesteckt nicht. Pfeifend verschwindet er wieder in der Garage und kommt mit einem ebenso großen Gerät zurück. Es sieht der Motorsäge ähnlich, entpuppt sich dann aber als Heckenschere. Als funktionierende Motorheckenschere. Mein Vater beginnt nun den Tannenbaum mit dem sich hin und her bewegenden Heckenscherenblatt zu malträtieren.

»Lass den Quatsch, Papa, du machst sie kaputt«, sage ich und gehe nun selbst in die Garage, in der nur noch ein Auto steht, daneben einige Räder, zwei davon mit Elektromotoren. Im Werkzeugregal finde ich einen rostigen Fuchsschwanz, eine Metallsäge und zwei Äxte. Mein Vater, ich höre ihn, pfeift wieder *Bésame mucho*. Immer nur die ersten vier Takte, dann wiederholt er die Phrase.

»Bist du zu wenig geküsst worden, Papa?«

»Nein, wieso? Glaube ich nicht. Im Gegenteil.«

»Weil du dauernd *Bésame mucho* pfeifst.«

»Ja? Habe ich gar nicht gemerkt. Heißt das Lied so?«

»Ja.«

»Und was bedeutet das?«

»*Bésame mucho* heißt Küss mich. Küss mich ganz oft.«

»Ist das ein ungarisches Lied?«

»Nein, wie kommst du darauf? Es ist ein mexikanisches Lied. Eine sechzehnjährige Mexikanerin hat es geschrieben.«

»Und ich dachte, jemand hätte mir mal gesagt, es sei ein ungarisches Lied. Wie geht der Text?«

»Bésame, bésame mucho / como si fuera esta noche / la última vez.«

»Und was heißt das noch mal? Hack dir nicht ins Bein«, sagt er dann, »ich habe keine Lust, dich ins Krankenhaus zu bringen.« Mittlerweile versuche ich, den Weihnachtsbaumstumpf mit einer der beiden Äxte zu behauen. Späne fliegen, ich schlage auch einige der unteren Zweige ab. Mir wird warm in der Sonne, ich ziehe meinen Pullover aus, mein Vater entledigt sich seines Jacketts. Und nun erst fällt mir auf, dass er wieder die dicke Silberkette meiner Stiefmutter um den Hals trägt, unter seinem Hemd. Sieht ein bisschen seltsam aus, passt aber zu seinem noch immer dichten silberweißen Haar.

»Hack dir nicht ins Bein«, sagt er, zum zweiten oder dritten Mal.

»Ich gebe mir Mühe, Papa, ich gebe mir Mühe.«

Als ich mit den Äxten, beide sind doch ziemlich stumpf, nicht weiterkomme, säge ich ein wenig, erst mit der Metallsäge, dann mit dem rostigen Fuchsschwanz.

»Was du da absägst, kann ich dann verbrennen.«

»Meinetwegen kannst du gleich den ganzen Baum verbrennen.«

»Der muss doch erst trocknen. Noch ist er viel zu feucht.«

»Weißt du, Papa«, sage ich und nehme doch wieder die Axt, »eigentlich wollte ich dir ja gar nicht sagen, dass Weihnachten ist.«

»Wieso? Weiß ich doch. Hältst du mich für blöd?«

2

Später, der Baum steht glücklich im Wohnzimmer, kommt er mit einem großen, mit Schachteln gefüllten Karton aus dem Keller.

»Was ist das für eine Kiste, Papa?«

»Na das Zeug, das an den Baum muss.«

»Christbaumschmuck? Wirklich? Können wir den Baum nicht so lassen? Schlicht und grün?«

Er interessiert sich dann jedoch nicht weiter für den Weihnachtsbaum, weshalb ich ihn schmücke. Und zwar nur mit großen, klaren Glaskugeln. Apfelsinengroßen Glaskugeln. Den ganzen restlichen Kitsch lasse ich in den Schachteln. Ich suche nach einer Lichterkette, finde aber keine, Kerzenhalter für echte Kerzen ebenfalls nicht – aber wir hätten wohl auch keine Kerzen.

3

»Waren wir nicht schon draußen?«, fragt mein Vater, als ich auf einem Spaziergang bestehe.

»Nein, Papa, wir waren bloß mit dem Auto bei Edeka. Du bist vom Parkplatz bis zum Eingang des Supermarkts gegangen, fünfzig Meter vielleicht. Und dann noch hundert durch den Markt.«

»Reicht das nicht?«

4

»Das Haus da steht leer«, sagt er und zeigt auf eines an der Straße. Wir spazieren durch ein Neubaugebiet, das dabei ist, sich in ein Altneubaugebiet zu verwandeln.

»Und das auch.«

»Sieht aber bewohnt aus, Papa. Da kleben Sterne an den Fenstern.«

»Ja? Dann ist wahrscheinlich jemand eingezogen. Eine Familie mit kleinen Kindern. Von denen gibt es hier nun immer mehr.«

Die Sonne scheint noch immer, es ist fast warm, einige Sträucher blühen. »Schau, ich bin der Weihnachtspfingstochse!«, sagt mein Vater, er hat eine rosafarbene Blüte gepflückt und sich ins Haar gesteckt. »Ein geschmückter Ochse bin ich!«, es leuchtet in seinem weißen Schopf.

Mit dem Telefon mache ich ein Foto von ihm.

Wir kommen aufs freie Feld und auf einen Weg, der dann durch eine Apfelplantage führt. Am Wegrand liegen Zweige und Äste, hin und wieder hebt mein Vater einen auf, bis er ein kleines Bündel mit sich herumträgt.

»Klaust du wieder Holz, Papa?«

»Ich sammle nur, was hier herumliegt.«

»Du weißt aber, dass das BKA ein Auge auf dich hat, oder? Zweifach verwitwete Männer in deinem Alter sind eine statistische Besonderheit.«

5

»Ich muss neues Putzzeug kaufen«, sagt mein Vater, er wienert schon wieder an der Kaminscheibe herum, er wischt und reibt und pfeift *Bésame mucho*, er wischt, als könnte alles wieder klar werden.

»Haben wir doch, Papa, heute Morgen.«

»Ja? Die Flasche ist schon wieder leer.«

Bald danach – den Lappen und die Sprühflasche Ofenreiniger hat er weggeräumt – knüllt er Zeitungspapier zusammen, legt das Knäuel in den Kamin und schichtet dünne Zweige, Äste sowie zwei Parkettschindeln darüber.

»Woher hast du die?«, frage ich, »oben aus dem Boden gesägt?«

»Red nicht so dummes Zeug.«

»Woher hast du sie denn? Ist das Eiche?«

»Habe ich bestellt. Ist das trockenste Holz. Brennt am besten. Am allerbesten.«

6

»Steht der Baum nicht schief?«, fragt er, die Glastür vor dem Kamin ist nun geschlossen, und es sieht ein wenig so aus, als lodere es in einem Fernseher. Einige Rußpartikel haben sich schon wieder auf der Innenseite der Scheibe abgesetzt. Wir können zuschauen, wie sie dreckig wird.

»Ja, der Baum steht schief«, sage ich. »Ich sehe es auch.« Und dann drehe ich ihn einfach.

»Möchtest du ein Glas Wein?«, fragt mein Vater.

»Nein«, sage ich. »Wir trinken erst mal Tee.«

Und während ich den in der Küche koche, öffnet er die Kamintür, legt Holz nach und stochert im Feuer, gleich mehrmals. Als ich zurück ins Wohnzimmer komme, ist alles voller Rauch. Und ich verstehe, warum er die Glastür hat vor den Kamin setzen lassen. Er pfeift *Bésame mucho*, seine kleine Phrase.

»Wo essen wir heute? Und was?«, fragt er.

»Wir trinken erst mal Tee.«

»Ach so. Möchtest du Wein?«

»Nein danke, Papa. Nicht zum Tee.«

»Haben wir Kuchen?«

Wir essen Shortbread und Kekse zum Tee und spielen mit den Kreiseln, die auf dem Esstisch liegen, zwischen dem roten, aus getrockneten Beeren geflochtenen Adventskranz, den dicken roten Kerzen und dem rot blühenden Weihnachtsstern. Die Narzissen, die wir heute bei Edeka gekauft haben, stehen in einer Vase daneben.

Drei der Kreisel sind aus Holz, einer aus Blech. Wir lassen sie gegeneinander antreten, manchmal berühren sie sich während ihres Laufs und stoßen einander an. »Auf dem Glastisch laufen sie natürlich besonders gut«, sagt mein Vater. Wir sehen und hören, wie sie sich wiegen, kreisen und zu brummen beginnen, wie das Sirren und Brummen manchmal zu einem Rattern wird, wie sie schwanken und schließlich kippen.

»Der Tisch ist schwer«, sagt mein Vater, »vier

Männer mussten ihn tragen.« Dann steht er auf, beginnt wieder zu pfeifen und legt Holz nach. Das Feuer ist durch die Scheibe kaum noch zu sehen.

7

»Wie viele sind wir heute?«, fragt er, es ist dunkel geworden, er möchte den Tisch decken.

»Nur wir zwei, Papa. Die Kinder kommen erst morgen.«

»Kinder? Welche Kinder? Deine Geschwister?«

»Nein, deine Enkelkinder«

»Ach so. Und was essen wir?«

»Hirschsteaks.«

»Hirschsteaks? Wo sind die her? Warst du auf der Jagd? Hast du was geschossen?«

»Nein, die lagen unten im Keller im Kühlschrank. Eine Packung. Dazu gibt es Salat und Kartoffelgratin.«

»Kartoffelgratin? So was kannst du? Seit wann kochst du?«

Er rollt unsere Servietten zusammen und steckt sie in ihre Ringe – mir hat er den mit dem Monogramm meiner Stiefmutter gegeben.

»Das war gut!«, sagt er, trägt die Teller in die Küche und stellt sie gleich in die Spülmaschine. Er kommt mit einem Lappen zurück, wischt den Tisch, bringt den Lappen in die Küche und kommt mit Küchenkrepp und einer Sprühflasche Glasklar wieder. Jetzt erst räumt er die Tischsets und die mit Teelichtern beheizte Wärmeplatte ab und besprüht den Tisch, wischt um die Weingläser herum und hebt sie doch noch an. Das Küchenpapier wirft er ins Kaminfeuer. Er setzt sich wieder und fragt, ob ich Schokolade wolle. Oder getrocknete Apfelringe.

»Papa, willst du mich mästen? Wir haben doch gerade gegessen.«

»Stimmt«, sagt er, »hatte ich vergessen.« Und schenkt uns Wein nach, die Flasche ist fast leer.

»Hast du so viel getrunken, Freund?«

»Ich? Du!«

Er öffnet eine neue Flasche von dem Wein, von dem er gleich drei Kisten gekauft habe, wie er mir berichtet – und vertieft sich in die Zeitung.

»Hast du die nicht schon gelesen, Papa?«

»Ja? Kann sein. Egal.«

»Was knistert hier eigentlich so? Hast du Mäuse?«

»Wie, was knistert? Ich höre nichts.«

»Jetzt!«

»Du scheinst ein unglaublich feines Gehör zu haben.«

Es dauert, bis ich verstehe, dass die aufspringenden Knospen der Narzissen dieses Knistern verursachen. »Es sind die Blumen, Papa, schau, sie gehen auf, jetzt, hier, vor unseren Augen!«

»Haben wir jetzt Osterglocken zu Weihnachten?«

»Sind das Osterglocken? Ich dachte, das wären Narzissen.«

»Wo sind die her? Haben wir die gepflückt?«

»Von Edeka, Papa. Drei Bund zu je 99 Cent.«

»Neulich war ich bei einer neuen Augenärztin, einer wunderschönen Frau. Als sie mich untersucht hat, konnte ich durch den Apparat hindurch in ihr Auge schauen. Sie haben aber schöne Augen, habe ich zu ihr gesagt. Und sie wurde ganz verlegen.«

»Das fällt dir jetzt wieder ein?«

»Ja. Und ich glaube, ich muss bald wieder hin. Welcher Tag ist heute?«

»Der 24. Dezember, Papa.«

»Wirklich? Weihnachten?«

»Ja, Papa.«

»Und, feiern wir nicht? Habe ich kein Geschenk für dich?«

»Wir feiern morgen, mit den Kindern, Papa. Heute sind sie noch bei ihrer Mutter.«

»Ach ja, genau. Darum haben wir ja einen Baum. Schön sieht er aus. Hast du den mitgebracht?«

»Nein, Papa, du hast ihn gekauft, mit den Nachbarn.«

»Und warum sind keine Kerzen an dem Baum?«

»Wir haben die Lichterkette nicht gefunden.«

»Ja, ich glaube, sie ist kaputtgegangen, letztes Jahr. Ich habe sie weggeworfen. Jetzt fällt es mir wieder ein.«

BENEDICT WELLS

Das Grundschulheim

Erinnerungen

Niemand von uns war freiwillig hier. Niemand von uns verstand, dass er nicht freiwillig hier war. Wir waren alle sechs Jahre alt, als wir ins Heim kamen, und zu jung, um solche Fragen zu stellen.

Wir hätten auf den ersten Blick unterschiedlicher nicht sein können. Manche waren hier, weil es zu Hause finanzielle und gesundheitliche Probleme gab und die alleinerziehenden Mütter oder Väter überfordert waren. Einer kam aus »der ehemaligen DDR«, was immer das bedeutete, ein anderer war dunkelhäutig und mit seiner Familie vor irgendeinem Krieg in einem anderen Land geflohen. Da wir als Kinder nichts davon begriffen, weder den Krieg noch die »ehemalige DDR« noch die Probleme zu Hause, spielte das alles keine Rolle für uns. Wir schliefen zu sechst in einem Zimmer, für Fremdheit gab es ohnehin keinen Platz.

Mein Bett war in der Ecke, gleich neben dem Gemeinschaftsschrank. Poster aus Staffette und Bravo Sport an der Wand, Zeichenblock und Comics auf dem Nachttisch. Jeden Morgen um halb sieben wurden wir geweckt. Gemeinsames Zähneputzen im Duschraum. Erstes Gelächter und laute Stimmen, durchdrungen von Vorfreude auf den Schultag. Es war ein staatliches Internat, liebevoll, aber ärmlich, beim Frühstück gab es nur jeden zweiten Tag Salami und Käse, an den anderen Tagen Butter und Marmelade. Wie früher bei den *Lustigen Taschenbüchern*, bei denen auf zwei farbige Seiten immer zwei schwarzweiße folgten. Es machte uns nichts aus. Ein Kind sieht nicht den bröckelnden Putz an den Wänden, sondern den Automat daneben, an dem man für siebzig Pfennig Kakaotüten ziehen kann.

Wir sechs Jungen in unserem Jahrgang wurden schnell eine verschworene Gemeinschaft. Jeder hatte seine Rolle. Der eine unterhielt nachts mit Geschichten oder hatte sich in Schlägereien bewährt. Der andere bekam Pakete von zu Hause mit Süßigkeiten, die er großzügig verteilte, und konnte bei Hausaufgaben helfen. Der dritte dachte sich Spiele und Streiche aus und war ein guter Tröster. Es interessierte keinen, woher man kam oder wer man war, nur was man tat und was man konnte. Nach dem Mittagessen spielten wir im Wald Szenen aus

Filmen und Büchern nach oder schossen auf dem Sportplatz Tore für unsere Lieblingsmannschaften, ehe wir zur *Lernzeit* ins Heim zurückmussten. Nach den streng überwachten Hausaufgaben gab es Abendessen, gegen acht ging es dann ins Bett.

Wenn die Nacht sich über das Internatsgelände senkte, wurde uns die Landschaft manchmal unheimlich. Dann blickten wir vom Fenster auf den Wald, der in der Dunkelheit verborgen lag, und fühlten uns beklommen und einsam. Das Heimweh verschwand wieder, wenn ein aufmunternder Brief der Mutter eintraf, dass es ihr langsam besser gehe, oder ein liebevolles Päckchen des Vaters, mit einem neuen Schlafanzug, Spielsachen und einer Karte, die man mehrmals las.

Mit sieben bekamen wir eine neue Erzieherin, die wir sehr mochten. Nach einer Weile fragte sie schüchtern, ob jemand vor dem Schlafengehen ein »Gutenacht-Bussi« wolle. Alle rissen die Arme hoch. Die Erzieherin ging reihum durchs Zimmer, von einem Bett zum nächsten. Verstohlen wartete jeder von uns darauf, dass sie endlich zu ihm kam, und wenn sie einen dann auf die Stirn küsste, schaute man mit einem verlegenen Grinsen weg. Es wurde fortan unser ureigenes Ritual, unser »Gute Nacht, ihr Prinzen von Maine, ihr Könige von Neuengland«.

Wenn die Erzieherin das Licht gelöscht hatte, wandelte sich das Internat, und auch wir verwandelten uns. Manche Jungen, die den ganzen Tag laut und selbstsicher aufgetreten waren, wirkten plötzlich verletzlich. Andere, stillere hörte man erst jetzt reden und nahm sie ganz anders wahr. Die Nacht gehörte uns. Es war die Zeit, in der wir Kassetten zum Einschlafen hörten und miteinander redeten. In der wir uns Geschichten ausdachten und Witze erzählten und manchmal so laut dabei lachten, dass es uns fast zerriss. In der die anderen schließlich einschliefen und ich meistens noch wach lag, ein Buch nahm und mich damit auf der Toilette einschloss, bis ich endlich müde genug war. In der manchmal einer von uns weinte, ein anderer ihn tröstete und die restlichen Kinder so taten, als schliefen sie.

Hin und wieder bekamen wir neue Mitschüler, die ein besonders schweres Schicksal zu tragen hatten, über das jedoch fast immer geschwiegen wurde. Heute kann ich wie ein mittelmäßiger Detektiv die Hinweise deuten; die blauen Flecken des einen, die nie schreibenden Eltern des anderen, die unfassbare Armut des dritten. Damals konnte ich es nicht. Wenn wir von zu Hause erzählten, waren es immer phantastische Lügen. Jeder von uns hatte einen Vater, der Millionär war, wohnte in einer

Villa mit Pool, reiste in den Ferien durch die Welt, war also offenbar rein zufällig hier gelandet. Den einen Jungen von uns, der mit dem Mitarbeiter des Jugendamts zweimal im Jahr Spielsachen kaufen durfte, weil er schlicht gar nichts hatte, beneideten wir um diese zwei Tage, statt darüber nachzudenken, was das bedeutete und dass wir offenbar besser dran waren.

Wir liebten den Herbst und den Winter, wenn wir am St.-Martins-Tag mit selbstgebastelten Laternen einen Umzug machten und danach ein Eis bekamen. Wenn wir mit den schartigen Schlitten Wettrennen fuhren, den Hügel hinab. Wenn wir jeden Mittwoch heiße Milch mit Honig machten und in Decken gehüllt zuhörten, wie uns die Erzieherin aus Preußlers »Krabat« und Lindgrens »Mio, mein Mio« vorlas. Wir liebten den Frühling und den Sommer, wenn wir am Lagerfeuer saßen und uns Gruselgeschichten ausdachten, die nie wirklich gruselig waren. Wenn wir im nahegelegenen See badeten und später mitsangen, wenn unsere Erzieherin »What shall we do with the drunken Sailor« auf der Gitarre spielte.

Wir kamen in die dritte Klasse und begannen uns für die Mädchen zu interessieren, die in einem Gebäude nebenan wohnten. Auch sie hatten ihre Geschichten, die wir jedoch noch nicht kannten, was sie umso spannender machte. Es gab erste Küsse, die schnell großes Gesprächsthema waren, und Liebesbriefe, auf denen man »Nein«, »Ja« und »Vielleicht« ankreuzen konnte. Ich kreuzte fast immer »Vielleicht« an. Das Heim ging in eine Hauptschule über, weshalb die ältesten Schüler auf dem Gelände die Neuntklässler waren, die hier ihren »Quali« machten. Sie wirkten auf uns so erwachsen und reif, und wenn sie von ihren zukünftigen, meist handwerklichen Berufen sprachen, bewunderten wir Jüngeren sie sehr.

Wir waren oft grausam zueinander. Wir kannten die Schwächen des anderen, die geheimen verwundbaren Stellen, und manchmal überkam es uns und wir schlugen zu. Das Grundschulheim war ein Ort ohne Eltern und deshalb auch ohne gewisse Regeln. Es war wichtig, sich zu wehren. Nie in meinem Leben habe ich mich öfter geprügelt, mich besinnungsloser auf jemanden gestürzt und ihn zu Boden gerissen. Wir brachten einander zum Weinen, reizten einander bis zur äußersten Wut und vertrugen uns schon Stunden später wieder. Wir konnten so weit gehen, weil wir wussten, dass wir einander trotzdem nie ganz verlieren konnten. Wie Geschwister. Und wir ließen nie jemanden zurück. Wir waren anders als die Kinder, die bei ihren Eltern wohnten und mit denen wir tagsüber zur

Schule gingen. Manchmal freundeten wir uns mit ihnen an, aber nie zu sehr. Weil wir sie nicht verstanden und sie uns nicht. Weil die anderen Kinder seit Jahren nach der Schule zu ihren Familien zurückgingen und wir auf unser Gemeinschaftszimmer.

Am schönsten waren die Wochenenden. Die, an denen man endlich nach Hause durfte und dort verwöhnt wurde. Und an deren Ende man dann doch jedes Mal wieder ins Internat zurückfuhr und bedrückt aus dem Fenster sah, wie die Landschaft in der Dunkelheit verschwand. Und die, an denen man mit den anderen Kindern im Heim blieb, an denen es abends einen Disney-Film gab, und zum Mittagessen oft Pommes mit Chicken McNuggets. Zwar nur Internats-Chicken-McNuggets, aber immerhin. Zu besonderen Anlässen machten wir Ausflüge zum Weihnachtsmarkt, auf ein Volksfest oder ins Kino, und dann waren auch die Mädchen dabei, was uns jedes Mal in Aufruhr versetzte. In Wahrheit war uns das Heim längst ein Zuhause geworden. Wir haben es im Stillen geliebt, und ich glaube, damals hatten wir alle das Gefühl, es würde ewig so weitergehen.

Als wir die vierte Klasse beendeten, trennten sich unsere Wege. Es kam ganz plötzlich, wir hatten vorher nie wirklich darüber nachgedacht.

Manche kamen aufs Gymnasium, wieder in ein Internat, manche wechselten auf die Real- oder die Hauptschule, wir alle landeten an verschiedenen Orten, weit voneinander entfernt. Wir hatten uns vier Jahre lang beinahe jeden Tag gesehen, jede Nacht. Wir hatten uns besser gekannt als alle anderen, hatten uns geschworen, für immer Freunde zu bleiben, doch wir sahen einander nie wieder.

Wir waren wohl einfach zu jung, um unsere Freundschaften halten zu können. Und doch denke ich noch oft an die anderen. Ich denke an ihre Geschichten und Eigenheiten, an ihre Gesichter und ihren Platz im Schlafsaal. An unsere nächtlichen Unterhaltungen, wenn das Heim nur uns zu gehören schien. Und dass wir in solchen Momenten recht gehabt hatten, wenn wir das Gefühl hatten, glücklich zu sein.

OSSIP MANDELSTAM

Der Tannen weihnachtliches Leuchten

Der Tannen weihnachtliches Leuchten,
der Wälder Flittergold.
Der Spielzeugwolf, der im Gesträuche
mit seinen Augen rollt.

O weise Schwermut, wohlberedte,
o Freiheit, fern dem Schall.
Des Firmaments, des unbelebten, steten,
hohnsprechender Kristall!

BARBARA WOOD

Das Wunder von Joshua Tree

Amanda mochte es kaum glauben – aber sie war vom Weg abgekommen.

Durch die Windschutzscheibe starrte sie auf eine alles andere als einladende frostige Gegend. Kein anderes Auto weit und breit, kein Haus, kein Licht außer dem der funkelnden Sterne und des Mondes, der riesig und hell war und die Wüste gespenstisch beleuchtete. Amanda haderte mit sich selbst. Wie um alles in der Welt hatte sie es angestellt, mitten in der Mojave-Wüste vom Weg abzudriften?

Noch vor einer halben Stunde war sie über die Interstate 10 gerast, hatte versucht, schneller zu sein als die Dämonen, die ihr auf den Fersen waren. Dann hatte sie sich gesagt, dass sie, wenn sie noch vor Tagesanbruch in Phoenix sein wollte, unbedingt einen Kaffee brauchte. Also hatte sie den Highway verlassen und war verblichenen Schildern mit der Aufschrift »Zu Fred's Trucker-Stop« gefolgt. Irgendwie musste sie den Trucker-Stop verpasst haben und war stattdessen auf einer

Staubstraße gelandet. Und jetzt hatte sie keine Ahnung, wo sie sich befand oder in welche Richtung sie weiterfahren musste.

»Mandy, bitte«, hatte David sie beschworen, als sie ihm eröffnete, sie werde weggehen.

Der gutaussehende, wunderbare David, der sie mit seiner Güte und seinem Verständnis wahnsinnig machte. »Weglaufen nützt nichts. Du verrennst dich nur.« Wie prophetisch, dachte sie, während sie ihr Handy aus der Tasche kramte und Davids Nummer eintippte. Klar, Davids Warnung, sie würde sich verrennen, bezog sich nicht auf ihre augenblickliche Situation. Er hatte es im übertragenen Sinne gemeint.

Sie wartete auf das Freizeichen. David kannte sich in diesem Teil der Mojave-Wüste gut aus und würde ihr Anweisungen geben können, wie sie zur Interstate zurückfand. Aber es kam kein Freizeichen. Unmöglich! Wo ihr Satelliten-Handy doch angeblich überall und jederzeit ein Signal empfangen konnte. Sie stopfte das Gerät wieder in die Tasche und beugte sich vor, schaute auf den von ihren Scheinwerfern beleuchteten holprigen Weg. Bizarre Gebilde tauchten aus der Dunkelheit auf und huschten vorbei – Kakteen, Felsbrocken und die schier furchteinflößenden Josuabäume, die wie verzweifelte menschliche Wesen ihre harten, spitz zulaufenden Blätter gen Himmel reckten. Wüste und Bäume waren mit Schnee überstäubt, erinnerten daran, dass in drei Wochen Weihnachten war.

Amanda fuhr jetzt langsamer, hielt Ausschau nach Wegweisern. Die kalte Luft schnitt ihr ins Gesicht. Sie drehte die Heizung auf. Ihre Hände umkrampften das Lenkrad, als sie gegen die Panik ankämpfte, die sich ihr auf den Magen legte. Diese Panik war nicht neu. Vor einem Jahr, am Heiligen Abend, hatte sie einen kleinen Jungen betreut – Timmy. Die Fehlentscheidung, die sie als junge Ärztin damals, am Ende ihrer Sechsunddreißig-Stunden-Schicht traf, hatte ihn das Leben gekostet.

»Nein«, flüsterte sie erschrocken, weil ihr bewusst wurde, dass die Dämonen, die sie hoffte, in Malibu zurückgelassen zu haben, sich in ihrem Auto befanden, unliebsame Mitfahrer zwischen Koffern, Stereo-Anlage, Videokassetten, Kleidern, Töpfen und Pfannen, Weihnachtsgebäck, das ihr die Krankenhausbelegschaft geschenkt hatte, sowie einem winterlichen Obstkorb von David (mit einem Kärtchen, auf dem stand: »Wo Du auch bist, Mandy, ich werde Dich immer lieben.«)

Heiliger Abend, und die Notaufnahme war überfüllt mit Unfallopfern. »Er heißt Timmy«, hatte die

Schwester von der Aufnahme gesagt, als Amanda den bewusstlosen Jungen untersuchte. »Er hat den gesamten Inhalt einer Flasche Schlaftabletten geschluckt. Benzos. Hat gedacht, es wären Bonbons. Die Sanitäter haben getan, was sie konnten, damit er das Zeug erbricht, hat aber nichts gebracht.«

»Magenspülung vorbereiten«, hatte Amanda angeordnet, als sie feststellte, dass der Blutdruck des Jungen stetig fiel. »Und ziehen Sie null Komma ein Milligramm Flumazenil auf.« Bis zuletzt hatte sie um das Leben des Achtjährigen gerungen.

»Ich hätte um Unterstützung bitten sollen, David«, meinte sie Tage später zu ihrem Verlobten. »Ich wünschte, ich könnte die Uhr zurückdrehen und es anders machen.«

»Das Ergebnis wäre das gleiche. Es hieß doch, dass Timmy nicht mehr zu retten war, weil er zu spät eingeliefert wurde.«

»Darum geht's doch gar nicht, David. Ebenso gut hätte es sich um einen Patienten handeln können, der durchaus eine Überlebenschance gehabt hätte. Ich habe in meiner Beurteilung des Falles einen Fehler gemacht. Woher weiß ich, dass sich so etwas nicht wiederholt?«

»Mandy, alle Ärzte müssen sich früher oder später mit der Tatsache abfinden, dass sie nicht unfehlbar sind. Was nicht heißt, dass du die Brocken hinschmeißen sollst.«

»Von wegen die Brocken hinschmeißen. Ich bin mir nur nicht sicher, ob mir nicht irgendwann, bei einem anderen Patienten, das Gleiche passiert. Dieses Risiko will ich nicht eingehen. Es ist besser für alle, wenn ich in die Forschung wechsle. Da bin ich nur ein kleines Rädchen in einem großen Getriebe.«

»Du bist eine gute Ärztin, Mandy. Du hast selber gesagt, dass du seit deiner frühesten Kindheit nichts anderes wolltest, als Menschen gesund machen und Leben retten. Warum willst du den Arztberuf an den Nagel hängen?«

»Weil ich gemerkt habe, dass das nichts für mich ist. Leben retten kann ich auch, wenn ich in die Forschung gehe. Patienten zu behandeln kommt dagegen für mich nicht mehr in Frage.«

Und jetzt war sie unterwegs zu ihrem neuen Arbeitsplatz, dem Medizinischen Forschungsinstitut in Albuquerque, Neu-Mexiko, wo sie es ausschließlich mit Reagenzgläsern und Mikroskopen zu tun haben würde.

Ihr Entschluss hatte unterschiedliche Reaktionen hervorgerufen. Ihre Mutter: »Ich unterstütze dich in allem, was du zu tun gedenkst, Liebes.«

Ihr Vater: »Was immer du vorhast, Pummel, du kannst auf uns zählen.« Die Großmutter: »Warum verlegst du dich nicht auf Dermatologie? An Akne ist noch niemand gestorben.« Ihre beste Freundin: »Vielleicht entdeckst du ja ein Mittel gegen Krebs.« Ihre andere beste Freundin: »Von diesen Forschern verdient sich so mancher eine goldene Nase.«

David: »Du willst mich verlassen? Warum denn?«

»Wenn ich schon allein mit mir nicht zurechtkomme, David, wie soll ich das dann auch noch mit einem anderen schaffen?« Ihm mit diesem Klischee zu kommen, fand sie zwar ein wenig beschämend, aber ihm die Wahrheit zu sagen, brachte sie nicht über sich: dass sie Angst davor hatte, David, ein Psychoanalytiker ersten Ranges, würde nach und nach dahinterkommen, was tatsächlich an ihr nagte.

In der Medizin geht es darum, Patienten zu heilen, nicht Ärzte krank zu machen.

Amanda sah sich suchend in der ihr so fremd erscheinenden Landschaft um – in dieser eiskalten Wüste unter frostigen Sternen. Da war nichts, was als Orientierungshilfe hätte dienen können; sie war sich nicht einmal sicher, überhaupt noch auf einer Straße zu sein. In solch einem Niemandsland hatte sich schon so mancher verirrt und war dann verdurstet oder erfroren. Sie dachte angestrengt nach. Flackerte da nicht etwas am Armaturenbrett? Gleich darauf stellte sie entsetzt fest, dass das Warnlicht ihrer Benzinuhr blinkte.

»Musst du mich ausgerechnet jetzt alleinlassen?«, hatte David gefragt. »Kannst du nicht wenigstens bis nach Weihnachten warten?«

»Mein neuer Job beginnt am siebten Dezember. Heute ist der vierte. Bleiben mir also nur drei Tage, um nach Albuquerque zu kommen.«

»Nun, in Anbetracht dessen, dass Weihnachten vor der Tür steht«, hatte David der Katholik gesagt, als sie ihren Wagen anließ, »werde ich beten, dass ein Wunder geschieht.«

Zitternd vor Kälte starrte Amanda in die nächtliche Landschaft, in das blendende Weiß der verschneiten Wüste. In Malibu, wo sie zusammen mit David ein Haus bewohnt hatte, streute man künstlichen Schnee unter den Christbaum, während draußen die Palmen im warmen Wind wogten und Sonnenanbeter den Strand bevölkerten.

Noch nie hatte sich Amanda so sehr nach Malibu gesehnt wie in diesem Augenblick. »Du musst doch nicht mit dem Auto nach Albuquerque fahren, Mandy. Nimm lieber das Flugzeug. Oder ich bringe dich hin.« Aber sie hatte sich ja unbedingt allein auf den Weg machen müssen. Und jetzt hatte sie es geschafft, sich hoffnungslos zu verirren.

Sie kaute auf der Unterlippe herum und schaute wieder hinaus. Diese geradezu unheimliche Stille und diese fremdartige Welt da draußen verunsicherten sie. Josuabäume – so hatten Mormonen, die vor mehr als hundert Jahren hier durchgezogen waren, sie wegen ihrer wie flehentlich zum Himmel erhobenen Äste genannt. Amanda spürte ein Prickeln im Nacken, als sie jetzt zwischen Hunderten betender Josuas der vereisten Piste folgte. Einige wenige Bäume ließen die Zweige schlaff nach unten hängen. Waren das etwa Atheisten?, schoss es ihr verworren durch den Kopf.

So als würden dadurch auf wundersame Weise Wegweiser auftauchen, kurbelte sie das Seitenfenster hinunter und steckte das Gesicht ins Freie. Ohne gläsernen Schutz kam ihr die Wüste noch beängstigender vor, schienen die Josuabäume lebendig zu werden und nach ihr zu greifen. Sie riss die Augen auf. Wie war es möglich, dass eine derartige Mondlandschaft voller Bäume, die wie im Gebet erstarrt schienen, nicht weiter als eine Schnellstraße von Swimmingpools mit warmem Wasser und Bikinischönheiten entfernt war? Und wo waren die gewohnten Geräusche? Wenn Stille zu hören war, hatte Amanda eine derartige Stille noch nie wahrgenommen. Und plötzlich, wie als Antwort auf ihren Wunsch, klangen unweit von ihr Laute auf. Der Heulton ließ ihr das Blut in den Adern gerinnen – ein einsames schrilles Klagen, das wirkte, als würde jemand langsam erfrieren. Amanda wusste Bescheid. Ein Kojote. Ein hungriger Kojote.

Die Luft war messerscharf vor Kälte. Und so unbewegt, dass Amanda dachte, die Erde hätte aufgehört, sich zu drehen. Sie hielt den Atem an und wartete darauf, von der Wüste verschlungen zu werden. Timmy war trotz seiner acht Jahre so verdammt klein gewesen. Seine Eltern hatten weinend im Wartezimmer ausgeharrt, während er bewusstlos auf der Trage gelegen und sein winziges Leben einer von Panik ergriffenen Amanda überantwortet hatte.

Vor allem kein Leid zufügen. Hippokrates oder ein anderer Großer der Antike hatte das gesagt. Amanda hatte mehr als Leid zugefügt. Sie hatte Timmy nicht dem Abgrund entrissen. Sein zarter Puls war allmählich versickert; Amanda hatte es nicht vermocht, ihn zu stabilisieren.

Wie das ihrem Selbstbewusstsein zugesetzt hatte! Wie eine spanische Galeone war sie durch das Medizinstudium gesegelt – majestätisch, stolz, unaufhaltsam. Bereits die ersten Praktika hatte sie mit Glanz und Gloria bewältigt. Nicht im Entferntesten war sie auf die erschütternde Niederlage vorbereitet gewesen, als sie in einer mit Vorhängen abgeschirmten Kabine begreifen musste, dass der kleine Junge, der da lag, für immer die Augen geschlossen hatte.

Sie runzelte die Stirn. Da vorne, waren das Scheinwerfer?

»Gott sei Dank«, murmelte sie und hielt hinter einem alten Pick-up an, der offenbar Möbel geladen hatte. Hoffentlich kannte sich der Fahrer in der Gegend aus und konnte sie zur nächsten Tankstelle lotsen. Oder ihr vielleicht mit einem Kanister Benzin aushelfen.

Sie raffte ihren Mantel zusammen und stieg aus. Noch nie hatte sie, die im sonnigen Süden Kaliforniens geboren und aufgewachsen war, eine derart kalte Nacht erlebt. Dass man in dieser eisigen Luft noch atmen konnte, war schier unglaublich.

»Hallo!«, rief sie. »Alles in Ordnung bei Ihnen? Kann ich Ihnen irgendwie helfen? Ich für meinen Teil könnte auch ein bisschen Hilfe brauchen …«

Sie brach ab, als sie im Mondlicht einen Mann neben der offenen Fahrertür stehen sah sowie zwei

Kinder, die sich an seine Beine klammerten. Aus der Fahrerkabine gellten Schreie.

»Wenn Sie was für uns tun könnten … Meine Frau liegt in den Wehen, und ich weiß nicht, wie ich ihr helfen kann.«

Amanda warf einen Blick ins Wageninnere. Die Frau lag auf der Sitzfläche, den Rücken an die Beifahrertür gelehnt. Auf dem unter ihr ausgebreiteten Handtuch war Blut. Selbst ein nicht medizinisch geschultes Auge konnte ihre Notlage erkennen.

»Als die Wehen einsetzten«, sagte der käseweiße Mann mit einem Akzent, der für Amanda in Texas oder Oklahoma gesprochen wurde, »dachten wir, wir würden es noch bis Twentynine Palms schaffen. Aber dann sagte Mrs. Ross, irgendwas sei nicht in Ordnung. Also hab ich erst mal angehalten. Wissen Sie, wie man ihr helfen könnte?«

Amanda starrte ihn an. Sollte das ein Witz sein? Sie wandte sich wieder der Frau zu, die sich vor Schmerzen krümmte und heftig keuchte. »Ich versuch mal, ob ich mit meinem Handy eine Verbindung bekomme. Vorhin ging's nicht, aber vielleicht klappt es jetzt …« Kein Freizeichen.

»Hören Sie.« Sie zwang sich, ihre aufkommende Panik zu unterdrücken. »Das Beste wird sein, wenn ich Ihre Frau in die Stadt bringe. In ein Krankenhaus oder zu einem Arzt …« Ein Schrei unterbrach sie.

»Bitte, Miss«, sagte der Mann. »Es ist ihr Drittes. Da dürfte sie schon wissen, wenn was nicht stimmt.«

Amanda musterte das frierende Trio: den Vater, der mit seinen schlaff herunterhängenden Armen einem Josuabaum glich, der das Beten aufgegeben hatte, die beiden Schösslinge, die seinem Stamm entsprossen. Am liebsten hätte sie gesagt: Ich will nicht. Ich sollte gar nicht hier sein. Ich habe mich nur verirrt. Ich treffe bei Kindern, die in Lebensgefahr schweben, falsche Entscheidungen. Wenn Sie mich zwingen, hier einzugreifen, und es dann schiefgeht, werden Sie mich hassen und ich Sie.

»Ich hole meine Tasche«, sagte sie stattdessen und dachte daran, wie sich David über eine Ärztin auslassen würde, die sich auf die Forschung verlegt hatte, aber weiterhin ihren Arztkoffer mit sich herumschleppte.

Als sie zurückkam, meinte sie zu den Kindern: »Setzt euch in meinen Wagen. Dort habt ihr es schön warm. Und was zu essen ist auch für euch da. Obst und eine Dose mit Weihnachtsplätzchen.«

Dann nahm sie auf der Kante des Fahrersitzes Platz und klappte ihre Tasche auf. »Mrs. Ross«, sagte sie in einem Ton, der Vertrauen einflößen sollte, ein Vertrauen, das sie selbst nicht empfand,

»ich bin Ärztin. Ich möchte Sie mir nur mal ansehen.« Sie streifte sich sterile Handschuhe über, untersuchte die Hochschwangere und erschrak, als sie feststellte, dass die Nabelschnur sich um den Kopf des Babys geschlungen hatte.

Obwohl ihr Mund plötzlich wie ausgetrocknet war, sprach sie beruhigend auf Mrs. Ross ein. »Halten Sie durch, Mrs. Ross, das haben wir gleich.« Ohne zu wissen, wie sie das Problem beheben sollte. Während der eineinhalb Monate auf der Wöchnerinnenstation hatte sie drei Babys auf die Welt geholfen, alles normale Entbindungen. »Aber Sie dürfen nicht mehr pressen.«

»Ich muss aber pressen …«

»Nein. Noch nicht.« Amanda schloss die Augen und ging im Geiste die Anatomie durch, rief sich Vorlesungen ins Gedächtnis, Seminare, Visiten. Sie zitterte. Eiskalter Schweiß sickerte ihr zwischen die Schulterblätter. Blindlings, wiewohl unendlich behutsam tastete sie sich vor. Es stand für sie fest, dass das Baby herauskommen wollte. Seine Lungen bereiteten sich schon darauf vor, Luft zu atmen. Aber es war gefangen und würde ersticken, wenn sie es nicht befreite.

Am liebsten wäre sie weggelaufen. Stattdessen blickte sie zum unendlichen Sternenhimmel empor und spürte, wie die eisige Nacht ihr in die Knochen fuhr, wie die Schneeluft der Wüste mit den geheimnisvollen Josuabäumen über sie hinwegfegte. Weglaufen war keine Option. Sie wandte sich wieder Mrs. Ross zu, deren Gesicht sich wegen des neuen Lebens, das da in ihrem Leib gefangen war, vor Schmerz verzerrte. David, schoss es Amanda durch den Kopf, solltest du noch immer um ein Wunder beten, dann lass es dieses hier sein, jetzt. Bitte den Himmel, dass ich ausnahmsweise mal das Richtige tue.

Mit geschlossenen Augen tastete sie sich durch die innere Anatomie, hoffte inständig, sich einmal nicht auf eine Staubstraße zu verirren. Befand sie sich noch immer auf der Interstate?, überlegte sie, als sie mit ihren Fingern das zarte Gewebe, die seidigen Gespinste und empfindlichen Sehnen von Mrs. Ross' Innenleben befühlte.

Da war er! Der weiche Schädel, eingezwängt von der vertrackten Nabelschnur. Amanda keuchte. Sie hatte gefunden, was sie suchte! Vorsichtig fuhr sie mit dem Daumen darunter, schob nach und nach die Nabelschnur über die Krone, bis das weiche Köpfchen befreit war. »In Ordnung, Mrs. Ross, jetzt dürfen Sie pressen!«

Mrs. Ross stieß einen Schrei aus, der zu den eisigen Sternen emporstieg, und der Säugling glitt auf das Handtuch, quiekte gleich darauf herzhaft. »Es ist ein Mädchen«, verkündete Amanda und seufzte erleichtert auf, als sie das Neugeborene in ein Tuch wickelte, um dann mit einem kleinen Absaugballon seine Nase und Mund von überflüssigem Schleim zu befreien, seine Gliedmaßen zu begutachten, den Herzschlag abzuhorchen. »Es ist gesund.«

»Gott segne Sie, Frau Doktor«, stammelte Mr. Ross und eilte zur Beifahrerseite, um seine Frau zu umarmen.

Während Mrs. Ross erschöpft zurücksank, drückte Amanda das Baby zum Schutz vor der tödlichen Kälte und etwaigen hungrigen Kojoten an ihre Brust, spürte, wie es sich bewegte, beobachtete das lebhafte Mienenspiel in dem roten Gesichtchen. Sie beugte sich hinunter und drückte einen Kuss auf sein verschmiertes Köpfchen. »Willkommen in unserer Welt, Kleines.« Zu dem Kind, mit dem sie zuletzt gesprochen hatte, hatte sie sagen müssen: »Geh mit den Engeln.«

Unvermittelt sah sie sich zurückversetzt an den Heiligen Abend vor einem Jahr, als sie auf ein vom Tode gezeichnetes bleiches Gesicht geblickt hatte. Wie ein heftiges Gewitter hatten sie Entsetzen, Fassungslosigkeit und Wut überrollt.

Es tut mir so leid, Timmy! Dich trifft doch keine Schuld. Du hast die Pillen für Bonbons gehalten.

Nein, ich wollte dir keineswegs einen Vorwurf machen.

Da. Jetzt war es raus. Das abscheuliche Geheimnis, hinter das, wie sie befürchtet hatte, David über kurz oder lang kommen würde. Im Gegensatz zu dem, was andere meinten und was sie selbst behauptet hatte, war Amanda nicht zornig auf sich selbst gewesen. Sondern auf Timmy. Grenzenlos wütend war sie auf einen kleinen Jungen gewesen, weil er Benzodiazepine für Bonbons gehalten hatte. Ein Kind von zweiundsechzig Pfund hatte ihrer Galeone den Wind aus den Segeln genommen und die Göttin im weißen Kittel zu einem gewöhnlichen menschlichen Wesen degradiert. Amanda hatte es nicht fertiggebracht, ihm dies zu verzeihen. Selbst jetzt, da sie sich zum ersten Mal seit einem Jahr wieder damit konfrontiert sah, fiel es ihr noch nicht leicht, Timmy zu verzeihen, ihr tönerne Füße verpasst zu haben. Daran musste sie arbeiten, unbedingt.

»Frau Doktor?«, hörte sie Mr. Ross besorgt fragen.

Um die Tränen zurückzudrängen, schniefte Amanda und hob dann den Kopf. »Ihrem Baby geht es gut, Mr. Ross. Es ist ein entzückendes kleines Mädchen«, sagte sie und half Mrs. Ross, sich aufzusetzen, ehe sie ihr den quäkenden Säugling in die Arme legte. »Allerdings braucht Ihre Frau umgehend eine sachgemäße medizinische Betreuung. Mit der Nachgeburt ist bald zu rechnen, und so lange können wir nicht hier warten. Mr. Ross, machen Sie es Ihrer Frau bequem, ich hole inzwischen die Kinder aus meinem Wagen. Sie fahren voraus, und ich bleibe dicht hinter Ihnen, für den Fall, dass Sie noch einmal anhalten müssen. Ich habe allerdings kaum noch Benzin im Tank.«

»Es ist nicht weit. Sie schaffen das schon.« Er lächelte.

Amanda setzte sich hinter ihr Lenkrad und wartete, bis Mr. Ross seine Familie versorgt und auf dem Fahrersitz Platz genommen hatte. Eine Äußerung von David fiel ihr ein, auf die sie seinerzeit nicht eingegangen war, weil sie sich wie ein Spruch aus einem Glückskeks anhörte: »Für einen Mediziner geht es darum, sein Möglichstes zu tun. Eine Garantie auf Erfolg gibt es nicht. Man kann nicht immer gewinnen; Ärzte sind auch nur Menschen.«

Das war es, wovor sie weggelaufen war. Dessen wurde Amanda sich jetzt bewusst. In einer Welt voller Missstände hatte sie sich für unfehlbar gehalten, für eine Frau, die es nicht nötig hatte, um Hilfe zu bitten. Sie konnte sich ihre Schwäche nicht eingestehen, die Timmy mit seinen Unmengen von Benzos bloßgelegt hatte. Die Familie Ross hingegen hatte ihr eine Chance geboten, ihre wahren Talente unter Beweis zu stellen. War sie nicht in erster Linie deswegen Ärztin geworden? Urplötzlich wusste sie, dass sie nicht nach Albuquerque ziehen und sich auf die Forschung beschränken wollte. Aber wohin dann?, überlegte sie, die Hand bereits am Zündschlüssel. Irgendwie musste sie einen Weg finden, um ihrem eigenen Urteil wieder vertrauen zu können. Aber wie? Wo anfangen?

Ihre Stirn kräuselte sich, als sie mit Blick auf das Armaturenbrett den Zündschlüssel betätigte. Nichts leuchtete auf, und auch der Motor sprang nicht an. Entsetzt sah sie, wie die Rücklichter des Pick-ups in der Nacht verschwanden und sie mutterseelenallein zurückblieb, ohne funktionierendes Handy, ohne Heizung.

Die eisige Kälte kroch ihr in die Knochen, sie fing an zu zittern. David, verzeih mir. Wie ein verstocktes kleines Mädchen habe ich mich verhalten. Ich hätte bei dir bleiben, mir von dir helfen lassen sollen, meinen Ängsten ins Gesicht zu sehen. Ich möchte mein Leben nicht zwischen Reagenzgläsern und Mikroskopen verbringen. Sondern Menschen gesund machen. Ich möchte dich heiraten und mit dir ein glückliches Leben führen.

Ein Schluchzen stieg ihr in die Kehle – nicht aus Selbstmitleid, sondern weil sie von Gefühlen überwältigt wurde. Ist eigentlich jeder Arzt schlecht auf den Patienten zu sprechen, der ihm den Beweis liefert, dass er nicht unfehlbar ist, oder war ich die Einzige? Sie hatte geglaubt, dass man die Welt retten könnte, wenn man über ausreichende Kenntnisse in Anatomie verfügte, genug über Chemie wüsste, alle Krankheiten auswendig gelernt hätte, ein Stethoskop und Nadeln zu handhaben verstünde, über Magnetresonanztomographien Bescheid wüsste und jede Menge Pillen, Rezeptblöcke und weiße Kittel auf Lager hätte. Timmy, der verstummte Lehrmeister, hatte den Schwachpunkt ihres Weltbildes bloßgelegt.

Amanda versuchte nochmals, den Motor anzulassen. Vergeblich. Als sie überlegte, ob sie aussteigen und zu Fuß weitergehen sollte – was sie beim Gedanken an die Kojoten auf der Jagd nach einem Abendessen gleich wieder verwarf –, sah sie vor sich einen Lichtschein. Scheinwerfer! Die Familie Ross kam zurück. Nein, unmöglich. Wo es für sie doch darum ging, Mutter und Kind ärztlich versorgen zu lassen. Außerdem könnten sie ihr doch nicht helfen; bei ihnen im Auto war kein Platz mehr für sie.

Das entgegenkommende Fahrzeug drosselte jetzt das Tempo.

»Brauchen Sie Hilfe?«, hörte sie es hinter den

Scheinwerfern rufen. Die Stimme eines Mannes. Nicht die von Mr. Ross.

Amanda kurbelte das Seitenfenster herunter und schirmte die Augen gegen die Helligkeit ab. »Ich bin vom Weg abgekommen und finde nicht mehr zurück«, gab sie zurück. »Außerdem springt mein Wagen nicht an.«

Die Scheinwerfer erloschen, der Motor wurde abgestellt, die Fahrertür öffnete sich. »Ich kenne mich mit Autos recht gut aus«, sagte der Unbekannte. »Vielleicht lässt sich da was machen.« Er sprach mit einem leichten Latino-Akzent.

Als er zu ihr trat, sah sie seinen schwarzen Überrock und den weißen Kragen, erschnupperte einen Hauch von herbem Eau de Cologne. Etwas Altvertrautes. Mennen oder Old Spice. Sicherlich hatte er es von einer älteren Dame aus seiner Pfarrei geschenkt bekommen und benutzte es ihr zuliebe.

»Versuchen Sie's noch mal«, sagte der Geistliche. Der Motor blieb stumm. »Ich kann ja mal einen Blick unter die Kühlerhaube werfen, vielleicht haben Sie ihn aber nur absaufen lassen. Warten wir ein Weilchen und versuchen es dann erneut.«

Amanda klinkte die Verriegelung aus, und als der Geistliche die Kühlerhaube hochhob, stieg sie aus. Trotz des Mantels fröstelte sie. Ihr rettender Engel war jung, sie schätzte ihn auf um die dreißig, nur zwei Jahre älter als sie. »Ich bin Pater Carlos«, sagte er, während er mit Hilfe einer Taschenlampe den Motor inspizierte. »Ich bin überrascht, dass jemand um diese Uhrzeit noch auf einer derart einsamen Straße unterwegs ist. Sie wollen nach Twentynine Palms?«

»Ehrlich gesagt weiß ich gar nicht, wohin ich will«, sagte Amanda. Sie dachte an das Wunder, das mit dem Ross-Baby einherging, spürte noch immer die Wärme und das Leben des kleinen Körpers in ihren Armen. Wie hatte sie auch nur einen Moment lang daran denken können, sich einer solchen Berufung zu entziehen! »Und Sie, Pater, warum sind Sie noch so spät und auf einer derart einsamen Straße unterwegs?«

»Ich will nach Palm Springs«, erwiderte er und lächelte gewinnend. »Ich hoffe dort auf ein Weihnachtswunder.«

Dafür scheint diese Nacht genau die richtige zu sein, schoss es ihr durch den Kopf. »Auf was für ein Wunder denn, Pater?«

»Ich leite eine gemeinnützige Klinik außerhalb der Stadt. Wir kümmern uns um Arme und Hilfsbedürftige. Nichts Großartiges, aber für viele sind die Klinik, die Suppenküche und die Kindertagesstätte, die wir für berufstätige Mütter eingerichtet haben, ein wahrer Segen. Leider hat im Zuge der gegenwärtigen wirtschaftlichen Lage die Spendenbereitschaft stark nachgelassen. Deshalb will ich mich in Palm Springs mit ein paar Leuten besprechen und hoffe auf deren finanzielle Unterstützung. Wenn's nicht klappt, müssen wir am 31. Dezember schließen, was bedeutet, dass wir unsere Patienten anderweitig unterbringen müssen. Das soll dann in den Weihnachtsfeiertagen über die Bühne gehen. Notgedrungen werden einige in Kliniken verlegt werden müssen, die zu weit entfernt sind, als dass ihre Angehörigen sie besuchen könnten.«

»Großzügige Menschen gibt es doch genug. Ich bin überzeugt, dass man Ihnen unter die Arme greifen wird.«

»Es geht nicht nur darum.« Er richtete sich auf und ließ die Motorhaube wieder einrasten. »Die Leitende Ärztin an unserer Klinik hat über vierzig Jahre mit uns zusammengearbeitet. Leider ist sie vor wenigen Monaten gestorben. Einen Ersatz für sie zu finden war bisher schon deshalb nicht möglich, weil die entsprechende Bezahlung an der untersten Grenze angesiedelt ist. Ich bezweifle stark, dass es mir gelingt, genügend Geld aufzutreiben, um einem Mediziner die Stelle schmackhaft zu machen. Und dann muss die Klinik per Gesetz ganz schließen.«

Amanda starrte den gutaussehenden jungen Priester an. Sie spürte förmlich, wie die Sterne wachsam auf sie herabblickten und die Wüste den Atem anhielt, wie um sich nichts von den weiteren Ausführungen des Paters entgehen zu lassen.

»Dabei ist es eine gute Klinik. Auch wenn sie unter Geldmangel leidet. Ihre Anfänge verdankt sie übrigens einer interessanten Geschichte. Die Ärztin, die sie gründete, kam zur Welt, als ihre Familie in den Zeiten der Großen Depression Oklahoma den Rücken kehrte. Die Mutter merkte, dass die Geburt nicht planmäßig verlief, weshalb sie als fromme Katholikin zur heiligen Barbara betete. Wie durch ein Wunder tauchte tatsächlich eine gute Samariterin auf und rettete sie und das Baby.«

»Die heilige Barbara?«, fragte Amanda und spürte, wie leicht ihr mit einem Mal ums Herz wurde. Als ob sie emporgehoben würde.

»In der Nacht, als bei der Mutter dieser Ärztin die Wehen einsetzten, durchquerten sie gerade die Wüste, übrigens genau diese Wüste hier. Es war der Namenstag der heiligen Barbara. – Ach du meine Güte«, unterbrach sich Pater Carlos, »da fällt mir ein, das ist ja heute! Der 4. Dezember, der Namenstag der heiligen Barbara! Was für ein Zufall.«

»Wie ...«, Amanda bekam plötzlich keine Luft mehr, »wie hieß denn diese Familie?«

»Ross. Frau Dr. Ross wurde irgendwo hier draußen geboren und gründete dann später die Klinik.

Als sie starb, war ich bei ihr. Wie sie mir erzählte, hatte sie alles darangesetzt, um die Ärztin ausfindig zu machen, die damals ihrer Familie Beistand leistete. Sogar Privatdetektive hatte sie mit der Suche beauftragt. Leider hatte die Samariterin ihren Namen nicht genannt und war auch nicht wie abgesprochen in die Stadt nachgekommen. Dabei hätte Dr. Ross dieser Ärztin so gern gesagt, dass sie damals den Ausschlag dafür gegeben hatte, dass sie selbst später Medizin studiert und noch später die Klinik gegründet habe. Im Laufe der Jahre musste sich Dr. Ross dann damit abfinden, dass die geheimnisvolle Ärztin vermutlich längst verstorben war. Sie bedauerte es sehr, dass es ihr nicht vergönnt war, der Ärztin zu danken und sich ihr gegenüber erkenntlich zu zeigen.«

Amanda schaute an Pater Carlos vorbei auf den Wüstenpfad, der zwischen schneebedeckten Josuabäumen verschwand, und dachte an den mit Möbeln beladenen Pick-up, dessen Rücklichter sie als Letztes gesehen hatte. »Wie lange ist das her, Pater?«

»Ich meine, Dr. Ross erwähnte das Jahr 1929, das dürfte dann also auf den Tag genau vor achtzig Jahren gewesen sein. Immer wieder sprach man davon, was sich in jener wundersamen Nacht zugetragen hatte. Und obwohl es damals für eine Frau schwierig war, als Ärztin Fuß zu fassen, wünschte sie sich brennend, ebenfalls diesen Beruf zu ergreifen und vielleicht sogar eine Klinik zu eröffnen, um Kranke zu behandeln, die ebenso mittellos waren wie ihre Eltern. Leider muss dieser Traum wohl mit ihr begraben werden.«

Noch nicht, durchzuckte es Amanda, und ein Gedanke nahm Formen an. Sie raffte ihren Mantel um sich und lächelte. »Wie Sie schon sagten, Pater, ist dies eine Nacht voller Überraschungen. Zufällig bin ich Ärztin und im Augenblick nicht fest angestellt. Eine kleine Klinik scheint genau dem zu entsprechen, was ich suche.« Für einen Neuanfang, um wieder Vertrauen zu gewinnen, um Timmy zu vergeben, dass er meinetwegen gestorben ist.

Der Geistliche schaute sie verblüfft an. Dann bekreuzigte er sich. »Gott sei gepriesen«, flüsterte er. »Und die heilige Barbara«, fügte er noch leiser hinzu.

»Pater, glauben Sie an zweite Chancen?«, fragte Amanda, als sie sich hinters Lenkrad setzte und ihre Seitentür zuzog.

»Aber natürlich. Das ist doch die Quintessenz meines Glaubens.« Seine schwarzen Augen blickten sie prüfend an. »Bei zweiten Chancen«, sagte er, »geht es um Vergebung und tatkräftige Reue. Dies sind die Eckpfeiler meines Glaubens.«

Ich verstehe ja, warum die heilige Barbara der Familie Ross beistand, überlegte Amanda, aber warum sollte sie mich retten? »Welchen Märtyrertod ist die heilige Barbara eigentlich gestorben, Pater?«

»Sie wurde in einen steinernen Turm gesperrt.«

Amanda lächelte. In einen steinernen Turm gleich einem Betonklotz, dem Sitz eines Forschungslaboratoriums in Albuquerque.

Als Pater Carlos zu seinem Wagen zurückging, flüsterte sie ihm hinterher: »Seien Sie bloß vorsichtig mit Ihren Wünschen, Pater. Sie könnten in Erfüllung gehen.« Wie gern hätte sie ihm von dem Wunder erzählt, das eben geschehen war – wie sie unvermittelt durch eine Schicksalswende und körperlichen Einsatz und ein wenig Hilfe von Gott und der heiligen Barbara und vielleicht sogar von einem kleinen Jungen namens Timmy eine kleine Zeitreise in die Vergangenheit unternommen hatte, damit sich der Wunsch von Dr. Ross, der Samariterin ihre gute Tat zu entgelten, erfüllte. Nicht auszuschließen, dass sie Pater Carlos irgendwann diese Geschichte erzählen würde, vielleicht aber auch nicht, weil sie einfach zu unwahrscheinlich klang. Sie drehte den Zündschlüssel herum, und diesmal sprang der Motor sofort an. Sie wartete, bis Pater Carlos seinen Wagen gewendet hatte, damit sie seinen Rücklichtern, die wie Christbaumkugeln strahlten, durch den glitzernden Schnee folgen konnte, und freute sich auf das Wiedersehen mit David. Sie würde ihm erzählen, dass das Weihnachtswunder, um das er gebetet hatte, eingetreten war. Denn für sie bestand kein Zweifel daran, dass es sie auf unerklärliche Weise irgendwie heute Nacht ausgerechnet hierher, zu den Josuabäumen, verschlagen hatte, um das Leben von Dr. Ross zu retten, damit achtzig Jahre später Dr. Ross ihres, Amandas, retten konnte.

ASTRID ROSENFELD

Die fette Lady singt schon lange nicht mehr

23. Dezember – 25. dezember savannah, georgia

Die Gitarre hält er fest umklammert. Er sieht aus wie ein obdachloser Weihnachtsmann.

»Ich bin der beste Straßenmusiker in ganz Georgia«, sagt Rudolfo. »Und das ist Flowers.« Er deutet auf einen jungen Mann mit langen Haaren. Flowers' Gesicht ist tätowiert, trotz der Dunkelheit trägt er eine Sonnenbrille. Vielleicht blendet ihn das Tankstellenlicht. Wir sitzen im Halbkreis auf dem Boden. Eigentlich wollten wir nur Zigaretten kaufen, aber dann hat uns Rudolfo in ein Gespräch verwickelt. »Flowers und ich machen zusammen Musik. Ich war in seine Mutter verliebt.« Er lacht. »Ich bin immer noch in seine Mutter verliebt. Aber seine Mutter nicht mehr in mich.«

Rudolfo zündet sich eine Zigarette an und zeigt mir seine Tattoos. »Die Krähe ist noch nicht fertig. Denk nach«, fordert er mich auf, »was ist stärker, die Krähe, die Schlange oder der Tiger?«

»Die Schlange?«, mutmaße ich.

Rudolfo schüttelt den Kopf.

»Der Tiger?«

»Nein. Die Krähe. Sie greift aus der Luft an.«

»Aber eine Krähe kann keinen Tiger töten.«

»Doch, sie kann fliegen. Verstehst du?«

Ich nicke, obwohl ich noch nie von einem Tiger gehört habe, der von einer Krähe zur Strecke gebracht wurde. »Ich war lange in China«, sagt Rudolfo und streicht gedankenverloren über sein Bein. »Da lernt man solche Sachen.«

»Wo in China?«, frage ich.

»In China«, antwortet er.

»Ja, aber wo in China?«

»China«, wiederholt er und schaut mich an, als wäre ich ein Vollidiot. »Ich spreche neun Sprachen«, fährt er fort.

»Welche?«

»Französisch, Spanisch, ein paar andere und Chinesisch natürlich.«

Natürlich.

»Kannst du was auf Chinesisch sagen?«

Rudolfo gibt Laute von sich – ich spreche kein Chinesisch, verstehe kein Chinesisch, aber eins weiß ich mit Sicherheit: Rudolfo auch nicht.

Er lächelt stolz. »Das war Chinesisch.«

Es brennt mir auf der Zunge, doch ich lasse die

Worte nicht frei, sondern klopfe Rudolfo anerkennend auf die Schulter.

Er richtet seine Gitarre und stimmt ein Lied an. Immer wieder greift er daneben, sein Gesang ist dünn und schief. Doch ich klatsche Beifall, laut und immer lauter. Der letzte Ton verhallt. »Ich bin der beste Straßenmusiker in ganz Georgia«, sagt er.

»Ja«, antworte ich.

In dieser Nacht saß ich neben dem großartigen Musiker Rudolfo, der neun Sprachen beherrscht. Und eine Krähe kann einen Tiger töten. Solche Sachen lernt man in Savannah.

*

Wir schlendern mit George die Straßen entlang. George schlendert oft die Straßen entlang, er hat kein Zuhause. Manchmal kommt er bei einem Bekannten unter, heute Nacht nicht. »Ich habe viel Zeit zum Nachdenken«, sagt er, »das ist gut. Ich versuche, den Sinn des Lebens zu finden. Jeder, oder?«

»Wahrscheinlich.«

»Und ich werde ihn eines Tages finden. Ich werde alles erklären können.«

»Und dann?«

»Dann gibt es keine Fragen mehr.«

Al Tomaini, der Riese; Priscilla, das Affen-Mädchen; Dotty, die fette singende Lady. Schausteller, Zirkusleute, Freaks, sie alle haben einst in Gibsonton gewohnt, überwintert oder ihren Lebensabend verbracht. Damals gab es in der Post einen Extraschalter für Zwerge, und der Obststand gehörte siamesischen Zwillingen.

»Vielleicht müssen wir jemandem etwas zahlen, damit sie uns die Zwerge zeigen«, sagt Johannes.

»Zwerge?«

»Ja, oder Riesen.«

»Glaubst du, man sperrt die hier mittlerweile weg?«

Wir lachen und stellen uns vor, wie wir an Haustüren klopfen, mit ein paar Dollarscheinen wedeln und nach den Zwergen fragen.

Ich weiß nicht, was genau wir erwarten, aber wir sind uns sicher, dass wir in Gibsonton etwas ganz Besonderes finden werden. Insgeheim hoffe ich auf einen pensionierten Zirkuselefanten im Vorgarten.

Wir fahren auf den Schotterparkplatz des Motels. Eine Handvoll Gäste – hier kann man die Zimmer auch monatsweise mieten – beäugen den schwarzen Passat. Eine Welle von Feindseligkeit und Neugier schlägt uns entgegen – mehr Feindseligkeit als Neugier. »Aussteigen?«

»Nein.«

»Erst mal rumfahren und dann was essen?«

»Ja.«

Keine Elefanten in Gibsontons Vorgärten, keine Zwerge, keine Riesen.

Draußen scheint die Sonne, in der Bar ist es dunkel.

Von hinten könnte sie zwanzig sein, doch ihrem Gesicht sieht man die fünfzig an. Die blondgefärbten Haare trägt sie hüftlang.

Wir bestellen irgendetwas Frittiertes und Bier.

»Wie ist denn das Motel am Ende der Straße?«

Ihre Augen verengen sich zu Schlitzen. »Da würde ich nicht mal meinen Hund übernachten lassen.«

»Wirklich?«

»Was treibt euch denn nach Gibsonton?«

›Zwerge‹, denke ich.

»Wir machen einen Roadtrip«, sagt Johannes.

Die Blonde lacht. »Ihr könntet überall sein, und ihr seid hier? Gibsonton ist ein Dreckloch.«

»Was ist mit den Zirkusleuten?«, fragt Johannes.

»Das ist schon eine Ewigkeit her.«

Wir essen, wir trinken und sagen auf Wiedersehen. Nicht weit von unserem Auto entfernt parkt ein Pick-up, der Motor läuft. Ich erkenne den Fahrer wieder – vorhin hat er vor dem Motel gestanden. Er beobachtet uns. Wir steigen in den Passat, sehen uns an.

Es ist erst vorbei, wenn die fette Lady gesungen hat. Aber die fette Lady singt schon lange nicht mehr in Gibsonton.

Also weiter.

*

Snoopy und Woodstock zieren seine Krawatte. Das dicke Gesicht glänzt rot.

Wir sind in Tempa auf der Suche nach einem Zimmer.

Seine speckigen Finger huschen über die Computertastatur. Zuerst ruhig, dann fangen sie an zu zittern. »Das ist mein erster Tag hier«, sagt er entschuldigend, »einen Augenblick noch.« Nach zwanzig Minuten überreicht er uns zwei Plastikkarten.

Das Zimmer ist heruntergekommen – egal. Das Fenster ist kaputt – nicht weiter schlimm. Die Toilette ist auch kaputt – das stört immens. Ich gehe zurück in die Lobby.

»Leider habe ich jetzt nichts anderes mehr frei«, sagt er.

»Gibt es denn hier unten eine Toilette?«

»Ja, aber die ist leider kaputt.«

»Da kann man wohl nichts machen.«

»Leider, nein.«

Duschen, umziehen. Und wieder zurück in die Lobby: »Können Sie uns ein Taxi rufen?«

Nervös fummelt er an seiner Krawatte. »Leider ist das Telefon kaputt. Leider.« Er lächelt verlegen.

Ich lächle zurück. »Hier ist heute eine ganze Menge kaputt.«

»Ja …«, seufzt er. »Es tut mir wirklich leid, ich bin einfach froh, wenn dieser Abend vorbei ist.«

Es ist erst vorbei … Aber in Tempa hat die fette Lady wahrscheinlich niemals gesungen.

28. DEZEMBER – 29. DEZEMBER NEW ORLEANS, LOUISIANA

»Hey, bleibt stehen.«

Es ist Mittag in New Orleans.

»Habt ihr ’ne Zigarette?«

»Hier.«

»Sehr schön. Sehr schön. Habt ihr auch zwei?«

»Du kannst die ganze Packung haben.«

»Sehr schön. Hey, wollt ihr ein Brautkleid kaufen?«

»Nein.«

»Ihr habt es doch noch gar nicht gesehen.«

»Wir brauchen kein Brautkleid, wirklich nicht.«

»Ach ja? Woher wollt ihr das wissen? Ist ein hübsches Brautkleid.«

»Es ist bestimmt hübsch.«

»Also doch?«

»Nein.«

»O. k., dann halt nicht. Brad Pitt war hier. Er hatte eine Jacke an. So eine. Genau so eine«, er zupft an Johannes' Ärmel, »und er hat sie mir geschenkt.«

»Sorry, ich kann dir meine Jacke nicht schenken.«

»Nein? Brad Pitt hat mir seine geschenkt.«

»Dann hast du ja eine. Ich habe auch nur eine.«

»Aber ich hab sie verkauft. Jetzt hab ich keine mehr. Hab nur noch das Brautkleid. Hey, wollt ihr ein Brautkleid kaufen?«

*

Wenn sie nicht auf der Bühne steht, steht sie hinter dem Tresen. Meistens steht sie hinter dem Tresen und nicht auf der Bühne. Aber wenn sie auf der Bühne steht, singt sie.

»In der Jukebox ist eine Single von mir.«

Ihre Stimme hallt aus den Boxen.

»Das bin ich«, sagt sie und fährt sich mit der Hand durch die roten Locken.

»Ich bin nie davon ausgegangen, dass ich von meiner Musik leben kann. Ich habe nie etwas erwartet oder auf etwas gewartet.«

Und dann erzählt sie von einem guten Freund. Er war Anwalt, ein erfolgreicher Anwalt. Aber eigentlich wollte er schreiben – über Musik und Musiker. Mit Mitte sechzig ging er in Rente und verfasste seinen ersten Artikel.

»Er hat mich angerufen, er hat über mich geschrieben. Zwei Tage später war er tot.«

»Na, wenn man tot ist, ist es doch eh egal, ob man Anwalt oder sonst was war«, sagt der Mann neben mir.

»Ach Jeff, du hast es nicht verstanden«, antwortet sie.

Die Jukebox spielt *Love me tender*.

»Kennst du Elvis?«, fragt Jeff mich.

»Wer kennt Elvis nicht?«

»Ja, Elvis war berühmt, und ich war mal fast berühmt.«

»So?«

»Baseball am College. Ich war der beste Pitcher. Ich war verdammt, verdammt gut.«

»Was ist passiert?«

»Mein Arm. Ausgekugelt, gebrochen. Danach

war es vorbei. Aber vielleicht ist es besser, dass ich nicht berühmt geworden bin. Ich hätte das ganze Geld eh nur verprasst.«

»Wofür?«

»Frauen, Frauen und nochmals Frauen.« Er lacht. »Seid ihr Silvester noch hier?«

»Nein.«

»Schade. Wir lassen am Fluss Lichter aufsteigen. Und dann kann man sich was wünschen.«

»Was wirst du dir wünschen?«

»Dass ich in der Lotterie gewinne.«

»Und was machst du dann mit dem Geld?«

»Frauen, Frauen und nochmals Frauen.«

»Gibt Schlechteres«. Ich erhebe mein Glas.

Ein grauhaariger Mann drängt sich zwischen uns. »Jeff, was erzählst du für einen Schwachsinn, du bist nicht berühmt und du warst nie berühmt.«

»Wir reden über Elvis«, verteidigt Jeff sich.

»Elvis … Da habe ich eine Geschichte für euch. Meine Exfreundin war bei einem Elvis-Konzert in Newport. Sie saß vorne in der ersten Reihe, und die ganze Zeit hat sie Elvis' Schwanz hin und her schaukeln sehen. Das Bild hat sie nie mehr aus dem Kopf bekommen. Elvis' schaukelnden Schwanz.«

»Ja, Elvis war berühmt«, sagt Jeff.

*

»Kommt mit in mein Büro«, sagt er. Wir folgen ihm durch die erste Tür auf dem langen Flur. Sein Büro erinnert an ein Wohnzimmer – eigentlich ist es ein Wohnzimmer.

Er legt sich auf die braune Couch, das Herzstück des gnadenlos überheizten Raumes. Kekse, Orangen, Fernbedienung, Cola, Gewehr, alles in Reichweite. Er muss nur seinen Arm ausstrecken und kann wahlweise essen, fernsehen, trinken oder jemanden erschießen.

»Wir hatten Sie angerufen.«

Er nickt. »Nennt mich einfach Rat.«

»Wir brauchen ein Zimmer für zwei Tage.«

»Eine Menge Leute wollten nur zwei Tage bleiben. Und sind dann sechs Monate geblieben.«

Wir rauchen, während Rat uns die Geschichte des Riverside Hotels erzählt. Einst war es ein Hospital für Afro-Amerikaner. 1937 ist Bessie Smith hier gestorben. In den Vierzigern hat Rats Mutter das Haus gekauft und in ein Hotel umgewandelt. Blues-Legenden wie B. B. King, Ho Diddley, Son House oder Muddy Waters haben hier genächtigt. Und Ike Turner war einer jener Gäste, die sechs Monate geblieben sind.

Nach dem Tod seiner Mutter hat Rat das Hotel übernommen.

»Dreizehn Tage und Nächte saß ich im Krankenhaus an ihrem Bett. Dann bin ich nach Hause gegangen, ich war so müde. Wollte ein paar Stunden bequem schlafen. In dieser Nacht ist sie gestorben. Vielleicht muss man zum Sterben allein sein.«

Rat erhebt sich. »Kommt, ich zeige euch jetzt die Zimmer, und dann könnt ihr euch eins aussuchen. Alles frei im Moment.«

Die Einrichtung hat sich seit den Vierzigern nicht verändert. Jeder Raum steckt voller Erinnerungen, doch allmählich wird Rat müde, seine Stimme leiser und die Worte unverständlich.

Wir entscheiden uns für das Zimmer, in dem vor vielen, vielen Jahren Aretha Franklin geschlafen hat.

»Muss mich hinlegen«, sagt Rat, »das ist jetzt euer Zuhause. Bezahlen könnt ihr morgen früh.« Er schlurft den Gang entlang, dreht sich noch einmal um. »Cash.«

Es ist heiß in unserem neuen Zuhause. Wir schalten den Ofen aus.

Am nächsten Morgen überreichen wir Rat das Geld. Er liegt auf seiner Couch, der Fernseher läuft tonlos im Hintergrund und der Heizofen auf Hochtouren.

»Setzt euch«, sagt Rat. Seine Finger umklammern die Banknoten. »Man sollte immer hundert Dollar für den Notfall dabeihaben. Einen Schein, den man nicht anrührt. Seit Jahrzehnten habe ich einen in meiner Geldbörse. Zwanzig Dollar bringen nichts. Aber hundert – ja, mit hundert kommt man ein Stück vorwärts. Nicht weit, aber zumindest ein Stück vorwärts.«

Wir nicken und schwitzen.

»Was wollt ihr heute machen?«, fragt er.

»Erst mal frühstücken.«

Rat erklärt uns den Weg zu einem Diner. Er beschreibt jedes Gebäude, das wir passieren werden, inklusive der wahrscheinlich davor parkenden Autos. Ampeln, Stoppschilder und was wir sehen werden, wenn wir nach rechts oder links schauen, finden in Rats Ausführungen Erwähnung, nur Straßennamen kommen nicht vor.

Wir stehen vor dem Hotel.

»Hast du dir irgendetwas merken können?«, frage ich Johannes.

»Nein.«

Die gute Fox hat das Diner auf dem Radar. Nicht einmal drei Minuten dauert die Fahrt.

Später lernen wir Rats Frau und ihre Sorgen um unseren Herbergsvater kennen. Sein Herz ist schwach. Er soll nicht auf der braunen Couch schlafen, sondern abends nach Hause kommen. Nicht mit dem verdammten Gewehr rumspielen, regelmäßig essen und vor allem lüften. »Stur ist er«, sagt sie, »wie ein kleines Kind.«

*

SILVESTER IN CLARKSDALE

19.30 Uhr

Wir betreten das ›Ground Zero‹. Live-Musik und Frittiertes. Auf den Tischen liegen weiße Hüte aus Plastik und Haarreifen mit Federschmuck. Wir bestellen Whiskey.

20.00 Uhr im ›Ground Zero‹:

Wir haben weiße Hüte auf und sind betrunken.

20.30 Uhr im ›Ground Zero‹:

Johannes hat immer noch einen weißen Hut auf, ich trage Federn auf dem Kopf.

21.30 Uhr Parkplatz des ›Ground Zero‹:

Wir sitzen im Auto und rauchen einen Joint. Die Fenster sind geschlossen, damit keiner, der vorbeikommt, das Gras riechen kann.

21.45 Uhr Parkplatz des ›Ground Zero‹:

Wir stellen fest, dass es in unserem Auto bestialisch nach Gras riecht.

22.15 Uhr ›Red's Lounge‹:

Auch hier gibt es Live-Musik, allerdings steht die Band nicht wie im ›Ground Zero‹ auf einer Bühne, sondern mitten im Raum. Tanzende, Stühle, Musiker, Tische – alles scheint miteinander verwoben zu sein. Und doch sticht eine Person hervor. Man nennt ihn *Little Poch*. Kleiner Scheißer. Poch ist neun Jahre alt.

Ich denke an ein Buch, das ich vor vielen Jahren gelesen hatte: *Bring mir das Einhorn*, die autobiographischen Aufzeichnungen von Anne Morrow Lindbergh. Annes Mutter gibt ihrer Tochter in einem Brief ungefähr folgenden Rat: Wenn du etwas tust, dann tue es mit der ganzen Kraft deines Herzens, mit deiner ganzen Leidenschaft.

Dieser Gedanke wird körperlich, wahrhaftig, wenn man Poch das Tamburin spielen sieht.

»Das ist mein Enkel.« Eine korpulente Frau in einem prächtigen silbernen Kleid steht neben uns. »Ich bin Estella. Kommt mit, ich stell euch meinen Mann vor.«

Wir folgen ihr, schlängeln uns durch die tanzenden Menschen.

Er sitzt im Rollstuhl. Ich reiche ihm meine Hand.

»Ich war sechs Mal verheiratet, hab 26 Kinder.

I am a ladies man and you're a fine white lady.«
Das sind die ersten Sätze, die der Blues-Sänger T-Model Ford zu mir sagt.

Wahrscheinlich ist er 92, so genau weiß er das nicht.

Letztes Jahr stand er noch auf der Bühne, aber mehrere aufeinanderfolgende Schlaganfälle haben ihn gezwungen, momentan zu pausieren.

T-Model Fords Karriere hat spät begonnen.

Ehefrau Nummer fünf hat ihm eine Gitarre und einen Verstärker geschenkt.

Was er mit dem Scheißzeug solle, hat er gefragt. »Hör gefälligst auf, mein Geld für so einen Schwachsinn rauszuhauen. Ich habe keine Ahnung von der verdammten Gitarre. Weiß ich, wie man das Ding spielt?«

»Du kannst es doch lernen.«

»Bleibst du dann für immer bei mir?«, wollte er wissen – mehr als einmal hatte sie ihn sitzenlassen.

»Ja«, lautete ihre Antwort. Wenige Tage später verließ sie ihn endgültig. Daraufhin packte T-Model Ford die Gitarre aus. »Hab's mir selber beigebracht. Den Blues.«

Da war er bereits Ende fünfzig.

Jeden Abend hat T-Model auf seiner Veranda gespielt und gesungen. Leute kamen, um ihn zu hören, »'ne Menge Frauen«.

Dreißig Dollar – die Gage für seinen ersten Auftritt in einer Bar.

»Der Laden war voll. Ne Menge Frauen. Die Frauen mochten mich schon immer.«

Mit 75 nahm er sein Debütalbum auf und tourte durch die ganze Welt.

Nach und nach lernen Johannes und ich den Rest der anwesenden Familie kennen. Estellas Sohn T, Nichten, Neffen, Cousinen und noch mehr Enkelkinder.

Die Lichter gehen an:

Wir verabschieden uns von den Fords und versprechen, sie übermorgen in Greenville zu besuchen.

Draußen ist es noch dunkel. Wir laufen nach Hause.

Die Tür des Riverside Hotels ist nicht abgeschlossen, Rats Wohnzimmer-Büro hell erleuchtet. Der Heizofen abgeschaltet. Zum ersten Mal hat man nicht das Gefühl, eine Sauna zu betreten.

Rat hockt auf der braunen Couch. Im Halbkreis um ihn herum seine Frau, seine Tochter und zwei Freunde. Alle blicken besorgt in seine Richtung.

Sie waren bei Bekannten eingeladen, aber noch bevor sie das Haus verließen, ist Rat zusammengeklappt. »Das Herz«, sagt die Frau.

Rat schüttelt den Kopf. »Die Kekse sind schuld«, sagt er. »Erdnussbutter.«

Jetzt schüttelt seine Tochter den Kopf.

Ins Krankenhaus wollte er nicht. Und nach Hause will er auch nicht. Er will auf seiner braunen Couch schlafen.

URSULA DREWS

Ankommen

Ich stand am Fuß einer breiten Treppe, die nach oben führte. Immer weiter nach oben. Mitten durch eine steinige Landschaft, die parallel zur Treppe anstieg und aus der sich hier und dort einige Büsche heraushoben. Ein einziger Weg kreuzte die Treppe, kam von nirgendwoher und führte nirgendwohin. Wie oft hatte ich da schon gestanden!

Die Treppe schien für sich allein da zu sein und war doch auf seltsame Weise mit der sie umgebenden Landschaft verbunden. Das lag wahrscheinlich am Licht. Alles um mich herum war in ein fahles gelbes Licht getaucht. Es gab keine Schatten. Nicht einen einzigen. Aber es gab auch keine Menschen, die Schatten hätten werfen können.

Völlig allein stand ich an dieser Treppe.

Zur anderen Seite hin erstreckte sich ein riesiger Platz. Er war leer. Alles ringsum war ohne Leben. Still und tot.

Aber der Platz interessierte mich eigentlich gar nicht.

Ich musste diese Treppe hoch.

Unbedingt.

Stufe um Stufe kämpfte ich mich nach oben.

Es waren keine flachen Stufen, die zum eleganten Schreiten eingeladen hätten. Etwa solche wie bei Goethe in Weimar. Diese hier waren sehr hoch, und jede einzelne von ihnen erforderte eine Anstrengung.

Ich begann zu schwitzen.

Wie viele Stufen lagen noch vor mir?

Als ich beginnen wollte, sie zu zählen – was im Grunde aussichtslos war, denn es handelte sich um unübersehbar viele Stufen –, hörte ich Stimmen. Welche Sprache es war, konnte ich nicht erkennen. Die Menschen, zu denen die Sprache gehörte, sah ich nicht. Die Richtung, aus der sie kamen, war nicht auszumachen.

Aber die Stimmen kamen näher. Irgendwo mussten die Menschen doch sein! Und: War ihre Anwesenheit bedrohlich für mich oder nicht? Ich hätte es gern gewusst. Aber mit darüber Nachdenken konnte ich mich nicht aufhalten. Ich musste die Treppe weiter nach oben steigen.

Weiter, immer weiter.

Meine Beine wurden schwer.

Als ich beinahe verzweifelt in die Höhe schaute, hatte ich auf einmal die undeutlichen Konturen eines einzelnen Hauses im Blick. Eines großen, behäbig wirkenden Hauses. Konnte ich mich erleichtert fühlen?

War dieses Haus mein Ziel? Ich wusste es nicht. Ich wusste überhaupt nicht, wo ich hinwollte – nur, dass ich diese Treppe hoch musste.

Auf einmal wurden die Stimmen noch lauter. Und nicht nur das. Etliche Meter vor mir tauchte urplötzlich eine Gruppe von Menschen auf, offenbar die, deren Stimmen ich gehört hatte. Ich erschrak, wusste ich doch nicht, was das für Menschen waren und was sie von mir wollten.

Mein Traum brach ab.

Wie so häufig, wenn ich ihn träumte.

Ich erwachte.

*

Tags darauf rief meine Uraltfreundin an. Historikerin aus Leidenschaft und Berufung. Hobbyhistorikerin. Wieder einmal plante sie eine Ausstellung. Diesmal lautete das Thema »Die letzten Kriegsmonate und das erste Jahr ohne Krieg in der Region« – ob ich nicht einiges an Gedanken und Material beisteuern könne. Ich sei doch immer eine große Sammlerin gewesen.

Ich hätte wohl für keinen anderen zu suchen begonnen, für die Freundin tat ich es. Das heißt, ich musste im Grunde weder nachdenken noch wirklich suchen. Der Karton, den ich brauchte, stand leicht auffindbar im Schrank. Er hatte jeden Umzug mitgemacht, geöffnet hatte ich ihn allerdings kein einziges Mal, seit ich den Deckel vor Jahren geschlossen hatte. Auch jetzt zögerte ich etwas, überwand mich dann aber doch.

Gleich obenauf lag das PÖSI, das allererste meines Lebens, meines Nachkriegslebens. Oder sollte ich sagen, meines wirklichen Lebens? Aber hatte mein Leben tatsächlich erst nach dem Krieg begonnen?

»Pösi« – so nannten wir damals das Poesiealbum. Das kleine Büchlein, vermutlich eine Einzelanfertigung, strahlte noch immer in einem warmen Orangerot, handbemalt mit drei weißen Schneeglöckchen. Nichts hatten ihm offenbar Zeit und gnadenlos verordnete Dunkelheit anhaben können.

Der allererste und zugleich einzige Eintrag stammte nicht von Eltern, Großeltern oder Tanten, denen die ersten Seiten eigentlich immer vorbehalten waren, sondern von Max. Mit noch kindlicher, sich jedoch schwungvoll gebender Schrift stand da: »Edel sei der Mensch, hilfreich und gut.« Darunter, mit einem besonders aufwendig verschnörkelten M: »Der Max«.

Weitere Einträge gab es also nicht.

Ich packte einige Zeitungsausschnitte dazu und schickte das nahezu unbeschriebene Nachkriegs-Pösi weg, meine Gedanken nicht.

Sie wurden zu Großmutters Haus gelenkt, dem Haus meiner Kindheit. Lange hatte ich nicht mehr daran gedacht. Zu lange vielleicht. Wollte mein Traum die Erinnerung einfordern und die Bitte der Freundin sie verstärken?

*

Bilder tauchten auf.

Ein sonniger Vorfrühlingstag. Von ersten Löwenzahnblüten bedeckte Wiesen. Plötzlich ertönte lautes Klappern auf der Straße. Das Klappern von Holzschuhen. Es mussten Holzschuhe sein. Leder- oder Gummisohlen klangen anders.

Zu den Holzschuhen gehörten abgemagerte Menschen in gestreifter Häftlingskleidung. KZ-Häftlinge. Und zu diesen gehörte Wachpersonal in schwarzer SS-Uniform mit glänzenden schwarzen Stiefeln. Auf Kommando stürzten die Häftlinge über die Wiese zum Fluss, tranken liegend und übereinanderfallend das eiskalte Wasser aus dem Fluss. Ein erneutes Kommando ließ die Häftlinge wieder zur Straße stolpern. Einer verlor den Halt und konnte sich nicht wieder hochrappeln. Ein ss-Mann zog seine Pistole und schoss ihm aus nächster Nähe in den Kopf. Ich stand mit der Großmutter vor ihrem Haus und schaute alles mit an.

Der Häftling blieb liegen.

Der Häftlingstross zog weiter.

Der Tote lag einen Tag später nicht mehr da.

Tiefflieger kamen. Englische Aufklärer. Mein Kinderfreund Max sagte aufgeregt: »Hast du den Engländer gesehen, der drinsaß?« Ich dachte, er würde spinnen. Ich sah niemanden. Aber wahrscheinlich nur, weil ich Angst hatte und es nicht schaffte, meine Augen weit zu öffnen und nach oben zu schauen, so wie Max das tat.

Max war drei Jahre älter als ich. Beinahe zehn Jahre war er alt. Welten lagen zwischen uns.

Max war mein Beschützer. Sein Großvater besaß eine kleine Fabrik, meine Großmutter ein großes Haus. Beide kannten sich und spielten mit dem Tierarzt zusammen Skat und Schafskopf, einmal die Woche.

Max wohnte mit seiner Mutter in Großmutters Haus. Unsere Väter waren im Krieg.

*

Wenn ich als kleines Mädchen mit der Großmutter den weiten Weg über nahezu endlose Felder zum Friedhof ging – solange es der Krieg noch zuließ –, blieb sie nahezu jedes Mal an dem kleinen Bach, der durch das Nachbardorf führte und unseren Weg kreuzte, einen winzigen Augenblick stehen und sagte mit leicht heiserer Stimme: »Hier war es!«

Ich wusste genau, was »es« gewesen war. Dennoch zuckte ich immer aufs Neue zusammen. Vor Grauen. Ich hörte Großmutters Worte, ohne dass sie sie aussprechen musste: »Und dann nahm der Scharfrichter das Schwert, schlug mit einem einzigen Hieb den Kopf ab, und der Kopf rollte in die bereitgestellte Kiste mit Sand.«

Ich musste mir ständig den blutigen Kopf, dessen Augen mit einer weißen Binde abgedeckt worden waren, im blutigen Sand vorstellen.

Eine Frau war an dieser Stelle hingerichtet worden.

Etwas mehr als dreißig Jahre vor Großmutters Geburt.

Großmutter war im gleichen Jahr wie Thomas Mann geboren, das war aber auch schon die einzige Gemeinsamkeit zwischen ihnen.

Ihr Geburtshaus lag nur wenige hundert Meter von der Hinrichtungsstätte entfernt. Und es hatte hier wohl nur diese eine Hinrichtung gegeben. Verständlicherweise beschäftigte ein solches Ereignis die Familien über Jahre und Generationen hinweg.

Großmutter erzählte, wie der Ehemann seine Familie tyrannisiert und wie ihn die Frau gemeinsam mit ihren zwei großen Kindern, einem Sohn und einer Tochter, aus Verzweiflung und Wut umgebracht hatte. Deshalb war sie zum Tode verurteilt und öffentlich hingerichtet worden. Noch war es die Zeit der großen Zurschaustellung dieser Art des Tötens von Menschen. Hinrichtungen quasi mit Eventcharakter!

Ursprünglich sollten auch der Sohn und die Tochter sterben, wurden dann jedoch zu lebenslangem Zuchthaus begnadigt. Sie mussten zusehen, wie ihrer Mutter der Kopf abgeschlagen wurde.

Tausende von Menschen, so erzählte die Großmutter, seien zu Fuß und mit Pferdefuhrwerken gekommen und hätten bei der Hinrichtung zugesehen. Schwarz vor Menschen sei der Ort gewesen. Die Menschen seien schon am frühen Morgen herbeigeströmt, als es noch dunkel war, um sich einen guten Platz zu sichern. Auf neun Uhr war die Hinrichtung angesetzt.

Als der Kopf fiel, soll es totenstill gewesen sein. Dann hätten die Menschen wie entfesselt geklatscht. War es, weil die Tat der Frau auf diese

Weise gesühnt worden war oder weil der Scharfrichter eine offenbar tadellose Leistung vollbracht hatte? Das sagte die Großmutter nicht.

Aber sie empörte sich über den elenden Schuft, der Frau und Kindern das Leben zur Hölle gemacht hatte. Dennoch sagte sie: »Deshalb hätte die Frau ihn aber nicht gleich umbringen müssen!« Allerdings hätte man sie dafür auch nicht unbedingt köpfen müssen.

Ich wusste nicht, was ich denken sollte.

Wenn die bewusste Stelle passiert war, ging die Großmutter zur Tagesordnung über, wies auf die kleine Dorfkirche vor uns, zu der man etliche Stufen hochsteigen musste, und sagte zu mir: »Da wirst du einmal heiraten! In einem weißen Spitzenkleid mit langer Schleppe! Und ich werde mein Grauseidenes tragen und in der Kirche gleich in der ersten Bankreihe sitzen. Du musst übrigens dafür sorgen, dass ich in meinem Grauseidenen auch begraben werde. Bloß nicht in diesen Totenkleidern!« Und dann lachte sie leise auf und meinte: »Was soll ich denn sonst anziehen, wenn ich im Himmel tanzen gehe?«

Letzteres leuchtete mir sofort ein, nur, was mich betraf: Ich wollte in dieser Kirche nicht heiraten. Um keinen Preis der Welt! Ich hatte einmal geträumt, dass dann der abgeschlagene Kopf der

Frau die steile Treppe zum Kirchenportal neben mir hochhüpfte, sich in meiner Schleppe verfing und anschließend im Eiltempo wieder nach unten rollte. Schweißgebadet war ich aufgewacht.

Das hatte mir gereicht.

Davon erzählte ich der Großmutter aber nichts. Leichtfertig versprach ich ihr beides: meine Hochzeit im weißen Kleid in der Kirche, die wenige Meter von der alten Hinrichtungsstätte entfernt stand – inklusive Großmutters Platz in der ersten Bankreihe –, und ihre Beerdigung im Grauseidenen.

Großmutter hatte dreizehn Kinder geboren, von denen ihr ein einziges Kind geblieben war. Sieben Kinder waren während der Geburt oder gleich danach gestorben, fünf waren etwas länger am Leben geblieben. Von ihnen hatte sie kunstvolle Fotografien machen lassen, die in schmalen Silberrahmen nebeneinander aufgereiht in ihrer guten Stube an der Wand hingen. Zu jedem Foto gehörte eine kleine Wandvase, die die Großmutter stets mit frischen Blumen oder Zweigen füllte. Der einzig lebende Sohn hatte in ihrer Bildergalerie selbstverständlich keinen Platz gefunden. Einen Lebenden neben so viele kleine Tote zu hängen – das ging nicht. Da war die Großmutter abergläubisch. Ein Foto ihres Mannes, meines Großvaters, hing im

Übrigen nicht an der Wand. Großmutter sagte, das sei nicht nötig, er sei ohnehin immer bei ihr.

Zwei- bis dreimal im Monat besuchten wir Großmutters Kinder auf dem Friedhof. Nie sagte sie zu mir: »Das sind deine Tanten und Onkel.« So blieben sie immer auch für mich nur »Großmutters Kinder«.

Im Spätherbst des letzten Kriegsjahres hörten unsere gemeinsamen Gänge zu Großmutters Kindern auf. Der Krieg war in bedrohliche Nähe gerückt. Bombenabwürfe in den nahegelegenen großen Städten, Geschützdonner, Fliegeralarm in der Nacht und zunehmend auch am Tage überlagerten alles.

Ihr Haus selbst schien der Großmutter jedoch ein sicherer Hort zu sein. Wenn sie sagte: »Uns geschieht hier nichts«, glaubte ich es ihr. Obwohl: So einfältig konnte sie eigentlich am Ende des Zweiten Weltkrieges nicht mehr gewesen sein. Doch so denken wir heute. War es nicht eher der sie ganz und gar beherrschende Wunsch, dass ihrem Haus, ihrem wunderbaren Haus, nichts geschehen möge? Und glaubte sie vielleicht wirklich, ihr Haus durch ihren Wunsch vor allen Schicksalsschlägen – Zerstörung eingeschlossen – bewahren zu können?

*

Großmutter war eine einfache Frau, ihr Haus ein schwer erarbeiteter Besitz. Auf einem winzigen Bauernhof geboren, war sie schon als kleines Mädchen zum Mitverdienen gezwungen gewesen. Fänneln hieß das, was sie bereits vor der Schule und zuweilen auch nachmittags tun musste, das heißt, in den vielen Textilbetrieben, die Wäschespitze herstellten, mussten Kinder wenig betuchter Eltern die Nadeln der Stickmaschinen einfädeln. Kleine, flinke Finger waren hierfür bestens geeignet. Als die Großmutter ihren Mann kennenlernte, einen flotten Kerl, wie sie noch im Alter mit strahlenden Augen sagte, waren sich beide rasch einig, dass sie raus wollten aus ihrem bisherigen Leben, wobei er finanziell etwas besser dran war als sie, denn er hatte es bereits in jungen Jahren zu einem geachteten und gutbezahlten Mechanikermeister gebracht. Sie hatte immer nur auf Bauernhöfen gearbeitet. Aber sie war von unglaublicher Vitalität, mit einer beneidenswerten Überredungskunst ausgestattet, war zäh, arbeitsam, und zu alledem sah sie wohl auch noch ziemlich gut aus.

Zwei Möglichkeiten kamen für die beiden in Betracht: nach Amerika auswandern, wie das etwa sechs Millionen Deutsche bis zum Ersten Weltkrieg taten, oder sich ein Haus bauen.

Sie entschieden sich für das Haus. Es sollte ihnen nicht nur die eigene Miete ersparen, sondern durch die Mieteinnahmen das Alter absichern. Und sie träumten davon, wer in ihrem Haus wohnen sollte. Mindestens acht Familien sollten es sein. Davon sollten zwei bis vier ein gutes bis sehr gutes Einkommen haben, damit sie sich eine große Wohnung leisten konnten. Die anderen sollten normal verdienen, wobei sie sich nicht ganz sicher waren, welche Maßstäbe sie hier anlegen mussten. Auf jeden Fall aber wollten sie zwei kleine Wohnungen für Leute freihalten, die ganz wenig besaßen.

Außer ihren Wünschen und Träumen hatten sie nicht viel. Geld am allerwenigsten. Aber Tatkraft und Ideen besaßen sie. Und als der Großvater eine kleine Erbschaft machte, überlegten sie, ob sie die weitverzweigte Verwandtschaft zum Aufstocken überreden könnten. Das übernahm die Großmutter und war ziemlich erfolgreich. Da die meisten Verwandten Bauern waren, mussten sie natürlich auch das kleinste Darlehen auf Heller und Pfennig zurückzahlen. Bauern verschenken nichts. Aber die Verwandten halfen mit praktischer Arbeit – wann immer es möglich war. Und dafür verlangten sie nichts.

Sogar Großmutters Patentante half. Nicht mit Geld. Das hatte auch sie nicht. Die Patentante war eine verarmte Adelige. Ihre Eltern mussten wohl schon bei der Geburt geahnt haben, dass ihre Tochter einmal »etwas Besseres« werden würde, und gaben ihr vorausschauend den schönen Doppelnamen »Johanne-Christiane«. Nicht Johanna, wie viele Mädchen damals hießen, sondern Johanne. Dieses »e« am Ende des ersten der beiden Vornamen hob das Mädchen deutlich aus der Masse heraus. Und gekoppelt mit »Christiane« war dies ein unbezahlbarer Lebensvorteil, zumal die Patentante von Kindheit an streng darauf achtete, mit ihrem Doppelnamen angesprochen zu werden. Und so fiel sie schon in früher Jugend einem ältlichen Adligen auf, heiratete ihn und war jetzt eine »von«. Die neue Vornehmheit in der Familie kam mehr oder weniger allen Anverwandten zugute. Der adlige Ehemann verwöhnte seine junge Frau in den ersten beiden Ehejahren, beschenkte sie mit umwerfenden Kleidern und liebte sie überhaupt über alle Maßen. Aber zugleich liebte er auch andere Frauen. Im dritten Ehejahr verschwand er. Ins Böhmische, wie man sagte, und kehrte nie mehr zu Johanne-Christiane zurück. Danach befragt, ob sie dieser Verlust sehr geschmerzt habe, soll sie gesagt haben: »Ach, lassen wir doch die Kirche im Dorf. Er war ohnehin zu alt für mich.« Jedenfalls schenkte die adlige Patentante meiner Großmutter zwei wundervolle lange Kleider aus ihrem Besitz:

ein grauseidenes und ein schwarzseidenes, beide kunstvoll mit Perlen bestickt. Zwei knisternde und schimmernde luxuriöse Kleider, die der Großmutter wie auf den Leib geschneidert waren. Tante Johanne-Christiane meinte, wenn sie demnächst Hausbesitzerin sei, müsse sie etwas hermachen und dürfe auf gar keinen Fall gewöhnlich aussehen.

Das Haus wurde gebaut. Und es wurde groß und schön. Ganz so, wie sie es sich vorgestellt hatten.

Seine Grundmauern waren zwischen zwei größeren Anhöhen in einen Berg hineingetrieben worden. Es stand selbst auf einer kleinen Erhebung, die sich in ihren Ausläufern an eine der beiden Anhöhen anschmiegte. Das Haus lag wenige hundert Meter außerhalb eines kleinen Ortes an einer der ersten Straßen, die das Land von West nach Ost durchzogen.

Sein Bau wurde kurz vor dem Ersten Weltkrieg begonnen und während des Krieges unterbrochen. Als der Großvater den Krieg relativ unbeschadet überstanden hatte, wurde weitergebaut.

Das Haus erhielt ein ausladendes dunkelrotes Schieferdach, und seine Mauern wurden in einem warmen Ockerton verputzt. Seine solitäre Stellung in der Landschaft verhalf ihm zu großer Wirkung. Es strahlte Wärme, Geborgenheit, Verlässlichkeit aus.

Das Haus bekam viele bunte, bleiverglaste Fenster, die besonders in der Morgen- und Abendsonne glänzten und strahlten. Es hatte ein beinahe herrschaftliches Treppenhaus mit breitem Aufgang zum Parterre. Solidität und Freundlichkeit setzten sich auf den beiden folgenden Stockwerken fort. Die eigentliche Attraktion war jedoch seine zum Dachboden – einem großen, freien Raum zum Wäschetrocknen – führende Holztreppe. Mit etwas Phantasie könnte man sagen, dass sie beinahe einer heutigen Showtreppe auf großen Bühnen ähnelte. Sie war nicht schmal und steil wie viele Bodentreppen, sondern weit und großzügig angelegt. Aus diesem Grund wurde sie auf Hunderte von Fotos gebannt, denn jeder, der in Großmutters Haus Feste feierte, benutzte die wunderbare Treppe für ein Gruppenfoto seiner Gäste. Vor allem natürlich Großmutter und Großvater, die beide gern feierten. Natürlich nicht nur wegen der Treppe. Ihr wichtigstes Fest wurde das Lindenblütenfest. Beide liebten sie den Duft blühender Linden. Und als ihr erster selbst gepflanzter Lindenbaum die ersten Blüten trug, feierten sie ein großes Fest mit allen, die ihnen beim Hausbau geholfen hatten. Und dabei blieb es, solange es ging.

Zum Haus gelangte man von der Straße aus bergauf an blühenden Rotdornbäumen, duftenden

Jasminsträuchern, zwei Lindenbäumen, einer kleinen, mit wildem Wein überzogenen Laube vorbei über eine von links und rechts begehbare Treppe. Die Haustür war breit und einladend, jedoch immer verschlossen.

Eine große Obstwiese, einige überschaubare Felder, ein kleiner Birkenwald und ein verträumt zwischen Wiesen liegender und von jungen Birken und Ebereschen umgebener Teich schlossen sich neben und oberhalb des Hauses an. Der Teich schien mir nach Großmutters Erzählungen das beinahe Wichtigste am gesamten Besitz zu sein. Da hatte sie sich wohl von ihrer adligen Patentante beeinflussen lassen, die meinte, dass erst ein Teich das Herrschaftliche eines Anwesens ausmache. Jedoch so herrschaftlich sollte alles, was Großmutter und Großvater wollten, im Grunde gar nicht sein. Nur schön und zugleich nützlich. Und dazu gehörte auch, dass es nützlich für alle, die in ihm wohnten, sein sollte. Jeder Mieter bekam einen eigenen kleinen Keller, eine Bodenkammer und einen winzigen Garten am Hang mit Blick auf die Anhöhe gegenüber. Für alle standen ein gemeinsames Waschhaus, ein Trockenboden und ein großer Wäschetrockenplatz im Freien zur Verfügung. Großmutter und Großvater waren wahrscheinlich etwas von den sozialen Utopien ihrer Zeit beeinflusst. Aber wer vermittelte sie ihnen? Hatten sie von solchen Utopien gelesen? Das ist kaum vorstellbar. Außer Bibel, Gesangbuch und hundertjährigem Kalender fanden sich in Großmutters Besitz keine Bücher. Und wann hätte sie lesen sollen? Das gilt auch für den Großvater. Lediglich Zeitung haben sie beide gelesen. Das tat die Großmutter noch bis an ihr Lebensende. Gespräche wird es gegeben haben: unter Verwandten, unter jungen Leuten. Jedoch: All das sind Vermutungen. Ich kann die Großmutter nicht mehr fragen.

Als die Zeit der Inflation überstanden war und Großmutter und Großvater langsam daran dachten, ihr schönes Haus zumindest hin und wieder etwas arbeitsfreier zu genießen, starb der Großvater. Die Großmutter war mit sich, einem einzigen noch lebenden Kind, dem verschuldeten Haus und der Weltwirtschaftskrise allein.

Und dann kamen die Nazis. Der Sohn musste in den Krieg. Den Zweiten Weltkrieg.

*

Als Bomben auf den Nachbarort fielen, sagte Max: »Jetzt wird es ernst!«

Das hätte ich auch ohne ihn gewusst. Nur die Erwachsenen dachten, wir würden das nicht mitkriegen. Sie versuchten, uns immer Geschichten zu erzählen, dass alles nicht so schlimm kommen würde, um uns zu beruhigen. Dabei hatten sie selbst Angst. Eine höllische Angst. Wir sahen es ihnen an. Max meinte immer: »Schau ihnen auf die Hände, da siehst du, was mit ihnen los ist.«

Max hatte gelernt, auf die Hände zu achten. Seine Mutter war Schauspielerin. Sie hatte ihm das beigebracht.

Die Mutter hatte auch mit ihm und mir von klein auf Märchenstücke eingeübt. Wohl, um uns vom Krieg abzulenken. Jedes Märchen als Zwei-Personen-Stück. Gelegentlich spielte sie selbst mit, zum Beispiel, wenn in *Hänsel und Gretel* eine Hexe gebraucht wurde. Zuschauer hatten wir keine und hätten uns auch keine vorstellen können. Wer hätte schon kommen sollen! Aber Freude hatten wir an unserem Spiel.

Max achtete also auf die Hände, ich dagegen auf die Gesichter der Erwachsenen. Damit wurde unsere Beobachtung beinahe komplett. Jedenfalls erkannten wir immer, was los war. Aber einen Bogen machte die Angst um uns natürlich nicht.

Eines Tages sagte die Großmutter zu mir: »Komm mit!« Max war nicht in der Nähe, aber ich nehme an, dass sie ihn auch nicht dazu aufgefordert hätte mitzukommen. Großmutter schien etwas eifersüchtig auf Max zu sein. Zumindest vertraute er mir das unter dem Siegel der Verschwiegenheit an.

Ich folgte der Großmutter in ihr Schlafzimmer. Sie öffnete den gewaltigen Wäscheschrank und holte aus seinen Tiefen einen umfänglichen Karton hervor. Er war buntgeblümt und wurde von einem breiten blauen Satinband zusammengehalten. Großmutter öffnete ihn umständlich und entnahm ihm einen in helles Seidenpapier gewickelten und auf den ersten Blick etwas unförmig wirkenden Gegenstand. Behutsam entfernte sie das Papier und förderte zunächst ein paar dicke, runde Teddybärbeine zutage, die an einem dicken Teddybärbauch mit ebenso dicken Armen baumelten. Und dann kam ein Kopf zum Vorschein. Ein Kopf, der fest mit dem Teddybärkörper verbunden war, aber kein Teddybärkopf war. Es war ein ganz normaler Puppenkopf. Mit blauen Augen und auf- und zuklappenden Porzellanlidern, rosigen Wangen und einer strubbeligen Frisur aus natürlichen schwarzen Haaren.

»Das ist Franz«, sagte die Großmutter.

Ich schaute verwundert auf das seltsame Wesen. Es war weder Teddybär noch Puppe. Was hatte die Großmutter da hervorgeholt?

Die Großmutter schwieg erst einmal und ließ

mir Zeit, Franz genauer zu betrachten. Dabei hatte ich plötzlich den Eindruck, dass er mir zuzwinkerte. Nur eine oder auch zwei Sekunden lang. Das reichte, um eine große und tiefe Liebe zu begründen.

Nachdem sie lange genug geschwiegen hatte, fuhr sie fort: »Franz ist unser Hausgott.« Also gab es bei uns noch einen anderen Gott außer dem, von dem ich wusste? Das hatte mir bisher keiner gesagt. Vielleicht gab es sogar noch ganz andere Götter? Wie viele denn? Die Großmutter schien meine Verwunderung zu bemerken und meinte nur: »Es gibt so viele Götter, wie der Mensch braucht. Manchmal viele, manchmal wenige. Und in Zeiten wie diesen kann man nie genug von ihnen haben. Franz wird auf dich aufpassen, aber du musst auch auf ihn aufpassen!«

Beinahe feierlich legte sie mir Franz in den Arm und gab mir mit auf den Weg, dass ich ihn bitten solle, die Bombenflieger vom Haus fernzuhalten. Von dem, was noch kommen sollte, ahnte sie nichts.

Max, dem ich Franz am Abend zeigte, entwickelte sofort ein gesundes Misstrauen ihm gegenüber. Vielleicht befürchtete er, nunmehr für mich weniger wichtig zu sein.

So war die Lage: Die Großmutter war eifersüchtig auf Max, der wiederum auf Franz. Bald jedoch änderte sich seine Haltung Franz gegenüber, und zwar nachdem die Großmutter mehr über ihn erzählt hatte. Max liebte Geschichten.

Franz hatte dem zarten Erich, Großmutters Sorgenkind, gehört, der schon lange tot war. Zu seinem zehnten Geburtstag hatte er ihn geschenkt bekommen. Da war auch der Großvater noch am Leben. Erich war glücklich, Dina, die an sich liebevolle Bernhardinerhündin der Familie, offenbar weniger. Vermutete sie eine Rivalin in diesem harmlosen Teddybären? Jedenfalls stürzte sie sich auf ihn, wo sie seiner nur habhaft werden konnte. Und eines Tages passierte das Schreckliche: Sie riss Franz den Kopf ab und zerbiss diesen dann ganz und gar. Der kleine zarte Erich war unendlich traurig. Die Großmutter wollte sein Leid lindern, bekam jedoch mitten im Ersten Weltkrieg keinen neuen Teddybärkopf. Kurz entschlossen kaufte sie einen gerade vorrätigen Puppenkopf und ließ ihn an dem pummeligen Bärenkörper befestigen. Notlösung in Kriegszeiten eben.

Nach dieser Prozedur wollte Erich den Franz nicht mehr. Welcher Junge – ob er nun zart oder robust war – hätte auch in jenen männlich aufgeladenen Zeiten mit solch einem Geschöpf spielen wollen! Und vielleicht auch noch zusammen mit anderen Kindern! Nein, das wäre wirklich nicht gegangen.

Still packte die Großmutter den verschmähten Franz zur Seite. Beinahe dreißig Jahre lang musste er, geschützt durch Mottenkugeln und Kernseife, in Großmutters Schrank ausharren. Ganz aufgegeben hatte sie ihn aber wohl nie.

Max hatte diese Geschichte aufmerksam verfolgt und stieß sich nicht mehr daran, dass ich Franz ständig mit mir herumschleppte – vor allem, als die Luftangriffe immer dichter wurden. Ich vertraute Franz meine Ängste an, und zuweilen bezog ich auch Max mit ein. Wir waren nun zu dritt, wenn es um die Bekämpfung von Angst ging. Aber Max war immer noch eine Spur mutiger als ich.

*

Plötzlich hieß es, die Amerikaner würden näher rücken. Der Krieg ginge zu Ende. Das war wenige Tage vor Hitlers Geburtstag.

Es würde Panzeralarm geben, wurde gesagt.

Vertraut mit der Kriegsterminologie, seit wir sprechen konnten – das Wort »Panzeralarm« war darin noch nicht vorgekommen. Aber schon bald hörten wir aus der Ferne diesen bedrohlich an- und abschwellenden Sirenenton, der sich von dem uns bekannten Fliegeralarm-Signal unterschied. Vor allem in der Wucht der Töne. Nicht, dass Fliegeralarm harmlos gewesen wäre – nur: Ihn kannten wir und wussten, was er bringen konnte. Von den Folgen des Panzeralarms hatten wir dagegen nicht die geringste Ahnung.

Die Bewohner des Hauses stürzten herbei. Onkel Emil – uralt, kerzengerade Haltung, eisgraues Haar, Hindenburgschnitt, Kriegsautorität seit dem Ersten Weltkrieg – sprach die Wahrheit aus, auf die wir uns einstellen mussten. Er sprach mit ruhiger, deutlicher Stimme und ohne ein einziges tröstliches Wort: »Wir sitzen in der Falle. Rechts auf der Höhe sitzen die Vortrupps der Amerikaner, links oben sitzen Volkssturm und wahrscheinlich einige versprengte Teile der Wehrmacht. Höchstens zweihundert Meter Luftlinie befinden sich zwischen beiden. Das Haus liegt genau in der Mitte. Der Haupttrupp der Amerikaner wird hier die Straße entlangkommen. Wo denn sonst! Wenn die von beiden Seiten anfangen, aufeinander zu feuern, sind wir erledigt.«

Das Haus stand in der Tat in völliger Einsamkeit etliche Meter über der kurvigen Landstraße. Ein ideales Ziel!

Max war ratlos. Das kam bei ihm selten vor. Aber er musste etwas tun, was wohl nur er selbst verstand und was ihm die ersten Prügel seines Lebens von seiner Mutter einbrachte: Er füllte heimlich den Rest Brühkartoffeln vom Mittagessen in ein Kochgeschirr und robbte im Schutz einer Hecke den Berg hoch zu den deutschen Stellungen. Vielleicht tat er das, weil er ein guter Pimpf werden wollte, denn an die bevorstehende Pimpfenprüfung dachte er immerzu, oder er dachte einfach nur an seinen Vater – den er seit Jahren nicht mehr gesehen hatte und dem er vielleicht insgeheim gern imponiert hätte. Er verriet es nie. Als er mit stolzgeschwellter Brust zurückkam und von seiner Heldentat berichtete, versetzte ihm seine Mutter eine heftige Ohrfeige.

Es war ihm peinlich, dass ich das mit ansah, aber übermäßig damit aufhalten konnten wir uns nicht. Für nichts gab es mehr Zeit – außer für das hastige Zusammenklauben weniger Sachen. Dann hieß es: Ab in den Luftschutzkeller, der in Großmutters Haus nur ein ganz normaler Keller war. Da saßen wir dann zusammengedrängt und durften nicht mehr nach draußen.

Uns beiden Kindern hatte man notdürftig ein Lager aus Decken und Kissen auf Großmutters Kartoffelkiste zurechtgemacht. Und natürlich war auch Platz für Franz auf der Kiste. Aber etwas Unvorstellbares war geschehen: Franz war gar nicht mitgekommen. Der Aufbruch nach unten war in solcher Hast erfolgt, dass ich buchstäblich aus der Wohnung geschoben worden war und ihn nicht mehr fassen konnte.

Das ganze Ausmaß dieses Unglücks wurde mir auf der Kartoffelkiste sofort bewusst. Die Großmutter verlor kein Wort, verließ den Keller, kam zurück mit Franz, drückte ihn mir in den Arm. Zugleich holte sie hinter ihrem Rücken ein seidenes Beutelchen hervor, das sie wohl schon lange vorbereitet hatte. »Perlen, ein paar bunte Perlen«, sagte sie einfach nur. »Vielleicht wollt ihr damit spielen!«

Mit Perlen spielen? Mit diesen Perlen? Was bedeutete das denn? Noch nie hatte ich Großmutters Perlen anfassen dürfen. Sie waren beinahe etwas Heiliges für sie. Perlen gehörten zu ihrem Leben. Es waren bunte, in allen Farben glitzernde Perlen, runde und achteckig geschliffene, große tränenförmige und winzig kleine. Keine kostbaren Perlen. Sie waren nur aus Glas. Billige Glasperlen. Aber Großmutter liebte sie. In ihrer Jugend hatte sie das Perlensticken erlernt – die Patentante hatte es ihr beigebracht – und vor allem wunderbare Lampenschirme gestickt. Alle Perlen, die ihr verblieben waren, hatte sie aufgehoben. Einmal konnte ich sie heimlich beobachten: Sie saß in ihrem roten Plüschsessel, hatte die Schubladen ihrer Kommode herausgezogen und ließ gedankenvoll Perlen aus den vielen kleinen Kästchen, die sie dort versammelt hatte, durch ihre mittlerweile harten und wohl nicht mehr für die Perlenstickerei geeigneten Arbeitshände gleiten. Ich hätte nicht den Mut gehabt, sie anzusprechen, sie aus ihrer stillen Versunkenheit herauszureißen.

So war Großmutters Verhältnis zu ihren Perlen.

Und jetzt drückte sie mir etwas von ihrem stillen Reichtum einfach in die Hand?

Es war nahezu dunkel in diesem Keller. Licht durfte nicht angeknipst werden. Hin und wieder wurden Kerzen angesteckt. Aber nur selten, damit der Sauerstoff nicht zu schnell verbraucht wurde.

Max kauerte neben mir. Ab und zu hielten wir uns an den Händen. Wenn die Erwachsenen eine Kerze in unsere Nähe rückten, sagte Max: »Ich lese dir etwas vor!« Dabei konnte ich viel besser lesen als er, obwohl ich jünger war. Aber ich ließ ihn vorlesen und sagte auch dem Franz, er solle zuhören. Was Max gefiel.

Kurze Zeit war es ziemlich still in unserem Keller. Dann hörten wir ein dumpfes Dröhnen und Grollen. Ganz anders hörte es sich an als das An- und Abfliegen der Bombergeschwader. Das war kein Panzeralarm aus der Ferne mehr. Jetzt waren sie da, die Panzer. Das Geräusch schwoll an, wurde immer bedrohlicher. Es schien sich wie ein Mantel um das Haus zu legen. Nur leider war es kein Schutzmantel! Es kam näher und näher, war begleitet von Schüssen und Einschlägen.

Die Angst hatte alle im Griff. Als das Dröhnen so anschwoll, dass man annehmen konnte, das ganze Haus würde in den nächsten Sekunden hoch in die Luft geworfen und irgendwo mit uns zusammen in Einzelteilen in einem Erdkrater landen, umarmte Max mich und den Franz ganz fest und schrie mir ins Ohr: »Ich lese dir später wieder vor!«

War er der Einzige, der trotz allem an ein Später glaubte?

Das dumpfe Dröhnen wollte kein Ende nehmen.

In einem winzigen Moment relativer Stille sagte einer von den Erwachsenen mit ängstlicher Stimme: »Werden sie uns zusammenschießen? Jetzt?«

»Wer?«, fragte ein anderer.

»Na, unsere oder die Amerikaner. Oder beide! Ist im Grunde ja egal!«

Wir umklammerten uns und den Franz noch fester.

Das Dröhnen ging weiter. Stunden um Stunden.

Dann wurde es still. Wiederum nur relativ, denn Detonationen waren noch zu hören. Nur schienen sie immer weiter von uns wegzurücken.

Die Großmutter öffnete vorsichtig die Kellertür.

Max drängte sich sofort an sie heran, wurde aber streng zurückgewiesen. Die Großmutter verließ ganz allein den Luftschutzkeller. Als sie zurückkam, trug sie zwei weiße Bettlaken – ordentlich zusammengelegte Bettlaken – unter dem Arm. Ich wusste, dass es Bettlaken sein mussten, denn ich kannte Großmutters Wäscheschrank.

Unter den Erwachsenen entspann sich ein Disput.

Es ging um Sich-Ergeben oder Abwarten. Ich war noch nicht in der neuen Situation angekommen und umklammerte nach wie vor voller Angst den Franz. Max hingegen war schon wieder voll da. Weiße Tücher und ihre Bedeutung kannte er aus seinen Indianerbüchern. Aber er wusste auch um die Bedeutung weißer Fahnen in diesem Krieg. Ergeben hatten sich jedoch immer nur die anderen – wenn es überhaupt dazu gekommen war und sie nicht einfach überrollt worden waren. Und von Stalingrad hatte man Max wenig erzählt.

Max verfolgte aufmerksam die hastigen Gespräche der Erwachsenen: Zu welcher Seite hin sollte man die weiße Fahne hissen? Nach rechts in Richtung der Amerikaner? Oder in entgegengesetzter Richtung hin zu den Deutschen?

Wenn sie zur falschen Seite gehisst würde, könnte das zur Folge haben, dass das Haus in

Grund und Boden geschossen würde – das Haus, das bisher noch keinen Treffer abbekommen hatte. Keinen einzigen. Aber niemand wusste genau, wo denn derzeit die richtige Seite war. Jede übereilte und falsche Reaktion würde für alle das sichere Ende bedeuten.

Vielleicht war es sogar klüger, eine weiße Fahne nach beiden Seiten zu hissen?

Brüsk machte die Großmutter allen Debatten ein Ende. Klar und entschieden sagte sie:

»Es ist anzunehmen, dass Unsere« – es waren zu Kriegsende noch die Unsrigen – »bereits weg sind. Sonst wären wir wohl schon zusammengeschossen worden. Die sind weiter oben in den Wäldern. So schnell sehen wir die hier nicht wieder. Wir ergeben uns den Amerikanern!«

Niemand hatte einen Einwand.

Max schien die Entschiedenheit der Großmutter zu beeindrucken. Jedenfalls schlüpfte er zusammen mit ihr aus der Tür. Zuvor entriss er mir den Franz und nahm ihn mit. Alle waren so verblüfft, dass keiner ihn daran hinderte, der Großmutter zu folgen.

In der Tat half er ihr, die sich nicht mehr uneingeschränkt bewegen konnte, nahm ihr das weiße Bettlaken ab, kletterte auf das Fensterbrett eines der großen bunten Flurfenster im zweiten Stock und klemmte das Bettlaken zwischen Fensterrahmen und Fensterflügel.

Die weiße Fahne war gehisst.

Wir hatten uns ergeben.

Alle warteten, ob etwas geschehen würde und was geschehen würde.

Max hatte mir den Franz wieder in den Arm gedrückt und sich neben mich gesetzt. Leise flüsterte er mir ins Ohr: »Ich habe ihn mitgenommen, damit er deine Großmutter und mich beschützt.« Das leuchtete mir sofort ein, und ich war ihm nicht mehr böse.

*

Nach etwa zwei Stunden ging die Großmutter. Sie ging einfach nach oben in ihre Wohnung und kam nicht wieder zurück.

Alle anderen folgten ihr nach und nach, schliefen nachts zum ersten Mal wieder in ihren Wohnungen – wenn auch sehr unruhig. In den Luftschutzkeller ging keiner mehr.

Alles blieb ruhig. Auch noch am nächsten Tag. Das heißt, ruhig im Vergleich zu dem, was wir in den letzten Tagen erlebt hatten. Das Dröhnen der Panzer drang nur noch aus einiger Entfernung zu uns, Granatwerfereinschläge waren seltener geworden, und das Feuer der brennenden Wälder schien allmählich zur Ruhe zu kommen.

Am Nachmittag trafen sich alle Bewohner des Hauses auf der Wiese.

Es hatte den Anschein des Zufälligen.

Aber ganz so zufällig war es wohl nicht. Das Bedürfnis, sich einander mitzuteilen, trieb wohl alle nach draußen.

Ich schleppte den Franz wieder mit.

Alle unterhielten sich beinahe lautlos. So, als würde von irgendwoher noch Gefahr drohen. Geredet wurde natürlich über das Wunder, das geschehen war: Alle waren am Leben geblieben. Und keine Granate, nichts, hatte auch nur eine einzige Ecke des großen Hauses getroffen.

Allen war das Leben ein zweites Mal geschenkt worden. Solch großer Worte schämte sich keiner.

Die Gläubigen sprachen von Gott, der alles und alle beschützt hätte.

Ich fasste nach Großmutters Hand und sagte leise: »Der Franz hat uns beschützt, nicht wahr?« Ebenso leise antwortete die Großmutter: »Ja, das sagen wir aber keinem.« Max hatte zugehört und lächelte. Er schaffte es immer, dort zu sein, wo etwas passierte.

Onkel Emil, Träger nicht unwesentlicher hoher Orden des Ersten Weltkriegs, holte plötzlich ein

Hitlerbild unter seiner Jacke hervor. Er zeigte es allen rundum, und alle hielten den Atem an. Dann löste er es mit ruhigen Bewegungen vor aller Augen aus dem Rahmen, entfernte sich einige Schritte, drehte uns den Rücken zu, und wir sahen, wie ein gelblicher Strahl auf das Hitlerbild spritzte. Mit seinen derben Schuhen zertrat und zerfetzte er anschließend das nasse Bild, nahm die einzelnen Teile mit einer Kohlenzange auf, die er offenbar ebenfalls mitgebracht hatte, und trug alles zum Misthaufen, der wenige Meter entfernt aufgeschichtet war. Beinahe vorsichtig legte er die Teile ab. Er trat ein Loch in den Mist, nahm die Hitlerbildteile ebenso vorsichtig, wie er sie abgelegt hatte, wieder auf und beförderte sie in das Loch.

Das war wenige Tage, nachdem Hitler Selbstmord begangen hatte. Das deutsche Volk habe sich letzten Endes als zu schwach für die Verwirklichung seiner großen Ziele gezeigt, ließ er noch verlautbaren. Natürlich war er offiziell – tapfer kämpfend bis zuletzt – an der Spitze der Wehrmacht, die er noch im zeitigen Frühjahr 1945 auf eine Politik der verbrannten Erde eingeschworen hatte, gefallen.

Onkel Emil schaute sich nochmals aufmerksam um, als würde er sich vergewissern wollen, dass keiner der Schnipsel in der mittlerweile strahlenden Sonne liegen geblieben sei. Dann trampelte er das Loch wieder zu.

Der alte Mann kam zurück, schaute jedem ins Gesicht, sprach jedoch kein einziges Wort, sondern ging geradewegs zum Haus und in seine Wohnung im zweiten Stock.

*

Die Ruhe hielt an. Auch am nächsten Tag.

Max hatte sich trotz strengster Verbote seiner Mutter vom Haus entfernt und kam mit der Nachricht zurück, dass an der nur wenige hundert Meter vom Haus entfernten Kreuzung amerikanische Panzer stünden. Die Amerikaner würden aber nicht schießen, sondern Kaugummi verteilen, etwas, was er noch nie in seinem Leben gesehen hatte. Zum Beweis zeigte er denen, die ihn neugierig umringten, ein Päckchen Kaugummi, das mit gehörigem Misstrauen, aber dennoch neugierig betrachtet und schließlich in die Hände genommen wurde. Max steckte schließlich mutig einen Kaugummi in seinen Mund und nötigte auch mich dazu. Während er tapfer kaute – ein amerikanischer Soldat hatte ihm gezeigt, wie man das mache –, spuckte ich den Kaugummi rasch wieder aus. Die Großmutter entsorgte ihn, schüttelte den Kopf über die Beute, die Max da gemacht hatte, wurde jedoch sofort hellhörig, als Max meinte, die Amerikaner hätten gesagt, dass sie am nächsten Tag noch etwas anderes verteilen würden. Was, das hatten sie nicht gesagt.

Die Großmutter hatte offenbar einen besonderen Sinn für das Erkennen und Ausnutzen von Möglichkeiten. Jedenfalls zog sie ihr bestes Kleid, ihr eher altmodisches graues Seidenkleid an, das ihre schmale Figur jedoch bestens betonte und ebenso zu ihrer üppigen grauen Haarpracht passte. Ich musste mein weißes Einschulungskleid vom Vorjahr anziehen und mich mit ihr auf den Weg machen. Max durfte ich nicht mitnehmen. Er hätte nicht in Großmutters Konzept gepasst.

Großmutter hatte richtig kalkuliert: Außer Kaugummi wurde heute von den Amis auch Brot verteilt. Der Zustrom an Hungrigen hielt sich in Grenzen. Zumindest vorerst noch, da breit auf der Kreuzung stehende Panzer, selbst wenn sie nicht schossen, etwas Furchterregendes waren. Zudem wurde das Brot aus den Panzerluken heraus verteilt. Und vor allem war man sich ja keineswegs sicher, ob der Krieg nun wirklich vorbei war.

Wenige Meter vor dem ersten Panzer ließ die Großmutter meine Hand los und sagte:

»Geh allein!«

Ich begann vor Angst zu zittern, aber ich ging. Aufrecht und gerade, so wie ich die Großmutter immer gehen sah. Dennoch war die Angst fast noch stärker als die vor wenigen Tagen im dunklen Luftschutzkeller bei Panzeralarm.

Ich hatte noch nie einen richtigen Panzer gesehen. Schon gar nicht einen feindlichen. So dachte ich zumindest und alle um mich herum wahrscheinlich auch. Dabei war es einer, waren es mehrere dieser Panzer, die mich gerettet hatten. Die weder das Haus beschossen noch uns getötet hatten. Eigentlich hätte ich das Ungetüm aus Eisen und Stahl küssen, es zumindest dankbar mit der Hand berühren müssen. Wäre Max dabei gewesen, hätte er es sicher getan. Das schoss mir kurz durch den Kopf. Ich aber konnte es nicht. Immerhin ging ich ganz dicht an der mir zugewandten Seite des Panzers vorbei. Die Großmutter folgte mir.

Der Soldat musterte erst mich aufmerksam, dann die Großmutter. Wahrscheinlich boten wir zusammen ein Bild, das ihn berührte. Er schien etwas zu lächeln. Jedenfalls holte er nicht nur ein viertel oder ein halbes Weißbrot hervor, wie ich es bei meinen wenigen Vorgängern beobachtet hatte, sondern reichte mir ein ganzes Brot.

Ein ganzes Weißbrot!

Ich glaube, ich hatte bis dahin noch kein ganzes

Weißbrot gesehen. Wahrscheinlich überhaupt noch kein Weißbrot.

Großmutter nahm es mir nicht ab. Ich durfte es selbst nach Hause tragen. Nur meine Hand fasste sie sehr fest an.

In Großmutters Haus rannte ich die Treppen hoch, zeigte das Brot dem Franz und lief dann zu Max. Gemeinsam betrachteten wir das Brot. Ich holte ein Messer, teilte das Brot und gab Max die Hälfte ab. Vorsichtig und misstrauisch begannen wir davon abzubeißen.

Kurz darauf verschwand Max. Als er zurückkam, hatte er außer einem Päckchen Kaugummi ein halbes Weißbrot bei sich. Kein ganzes wie ich, aber immerhin ein halbes. Wiederum holte ich das Messer. Diesmal zerschnitt Max das Brot und gab mir die Hälfte ab.

Wir setzten uns in unsere Höhle im Garten, die wir seit dem letzten Sommer nicht mehr benutzt hatten, und aßen jeder einen Kanten von unserem Weißbrot. Jetzt schon mit einigem Selbstbewusstsein.

»Pimpf werde ich ja nun wohl nicht mehr«, sagte der Max.

Das dachte ich auch.

Wenige Tage später kamen die Amerikaner ins Haus. Sie waren weniger freundlich als die, die an der Kreuzung standen. Besser: gestanden hatten, denn sie waren mittlerweile weg. Diese hier donnerten mit Gewehrkolben an die Haustür.

Hausdurchsuchung!

Das war im Grunde zu erwarten gewesen. Ein außerhalb des Ortes stehendes Haus: anziehend und einsam zugleich. Dass sich hier vielleicht versprengte Soldaten versteckt haben könnten, war mehr als naheliegend. Mit lauten Kommandos liefen sie durch das Haus. Jede Wohnung, jede Ecke im Haus, im Schuppen, in der Scheune wurden durchsucht.

Sie fanden nichts. Aber ich erlebte zum ersten Mal, dass Max Angst bekam. Er klammerte sich an mich, weil er befürchtete, dass er vielleicht dabei beobachtet worden war, als er mit einem Kochgeschirr voll Brühkartoffeln in Richtung der deutschen Stellungen gerobbt war. Ich hätte ihn gern beruhigt, aber ich wusste nicht, wie. Schließlich fiel mir doch etwas ein, und ich riet ihm: »Du sagst ihnen einfach, dass du nun nicht mehr Pimpf werden möchtest.«

Max reagierte nicht, und zum Glück interessierte sich niemand für ihn.

Aber etwas völlig Unvorhergesehenes geschah dann doch.

Als die Amerikaner zum Abschluss der Durchsuchung nochmals in Großmutters Wohnung stürmten, wölbte sich infolge eines kräftigen Luftzugs ein bunter Vorhang in ihrer Diele auffällig nach vorn. Ein Soldat stach sofort mit seinem Bajonett durch den Vorhang in die dahinter befindliche Nische.

Ich schrie auf.

Der Soldat stieß erneut zu und riss dann mit einer einzigen Bewegung den Vorhang zur Seite.

Zum Vorschein kam eine kleine Kommode. Auf ihr saß Franz. Ich hatte ihn, als die Hausdurchsuchung begann, in Sicherheit bringen wollen.

Franz war heruntergefallen. Er war von dem Bajonett getroffen worden, lag auf dem Bauch, und aus seinem Körper quollen Büschel von Holzwolle hervor.

Die Soldaten fluchten. Dann gingen sie.

Sie kamen kein zweites Mal.

Ich sah ungläubig auf Franz. Weinen konnte ich nicht. Aber ich fühlte mich schuldig. Hatte ich doch einmal *ihn* beschützen wollen, der sonst immer uns beschützt hatte. Und es war kräftig danebengegangen!

Max hatte meinen Aufschrei gehört und war sofort neben mir, nachdem die Amerikaner gegangen waren. Beide standen wir ratlos nebeneinander. Wenige Tage zuvor hätte er sicher die Gelegenheit genutzt und mir geraten, den Franz zu entsorgen, um so einen heimlichen Rivalen loszuwerden. Jetzt konnte er das nicht mehr. Hatte er doch selbst begonnen, an dessen Schutzfunktion irgendwie zu glauben.

Die Großmutter half.

Sie hob Franz vorsichtig auf und begann, die ringsherum liegende Holzwolle behutsam in seinen schlabbrigen Bauch zu stopfen. Als sie damit fertig war, forderte sie uns auf, unsere Hände auf seine große Wunde zu legen und sie festzuhalten. Sie holte eine dicke Nadel, nahm robustes Stopfgarn und nähte unserem Hausgott den Bauch wieder zu. Etwas vorsichtig musste sie dabei allerdings sein, denn Franz war nicht mehr ganz jung und sein Teddybärfell an der einen oder anderen Stelle ziemlich brüchig. Zum Abschluss holte sie aus ihrem Verbandskasten eine Rolle Leukoplast und überklebte die genähte Wunde sorgfältig von oben nach unten. Ich fand das nicht so schön, aber die Großmutter meinte, dass das sehr praktisch sei, und beachtete meine Einwände gar nicht.

Nach einer halben Stunde durfte ich Franz wieder anziehen, wobei die Großmutter ein Ersatzhemd herausrückte, denn sein schönes rosafarbenes Hemd war durch den Bajonettstoß zerfetzt worden. Nun sah er beinahe so aus wie zuvor.

*

Plötzlich waren alle Amerikaner samt Panzern und Jeeps verschwunden.

Ich wunderte mich. Alle wunderten sich. Auch Max konnte das nicht verstehen.

Und dann hieß es: Jetzt kommen die Russen.

Und sie kamen. Ungefähr zwei und einen halben Monat nach Abzug der Amerikaner waren sie da.

Von einem Abkommen der Alliierten wussten nur die wenigsten in unserer Umgebung. Und wenn, dann verstanden sie nicht viel davon.

Großmutters Haus wurde wieder durchsucht. Aber diesmal ging es nicht darum, eventuelle Verstecke von Wehrmachtsangehörigen ausfindig zu machen, sondern es sollte ein Haus für die sowjetische Kommandantur gefunden werden. Erneut stand das ganze Haus im Fokus, wenn auch in völlig anderer Weise als in den letzten Kriegstagen. Aber alle seine Bewohner hätten es verlassen müssen, allen voran Großmutter. Wahrscheinlich zum ersten Mal in ihrem Leben fühlte sie sich hilflos. »Ich weiß mir keinen Rat« sagte sie eines Abends. Danach muss sie eine schlaflose Nacht gehabt haben, in der jedoch eine Entscheidung reifte. Jedenfalls beobachtete ich, wie sie am nächsten Vormittag – sorgfältig zurechtgemacht – das Haus in Richtung Ortseingang verließ. Erneut ganz in

Grau. Sie trug ihr altmodisches Grauseidenes, das sie mit einem bunten Tuch etwas aufgepeppt hatte. Das üppige graue Haar hatte sie hochgesteckt, wie sie es zu besonderen Gelegenheiten gern tat.

Großmutter ging wie immer aufrecht.

Nach ungefähr sieben Stunden kam sie erschöpft, aber unversehrt zurück.

Sie erzählte, dass sie sich bis zum Kommandanten – oder einem anderen hohen Militär – durchgekämpft hätte. Zunächst sei sie sehr feindselig von den umstehenden Soldaten gemustert worden. Was ja auch kein Wunder war, denn die Rotarmisten waren ja nicht im Land, um einen deutschen Freundschaftsbesuch zu erwidern. Sie grölten sich gegenseitig Worte zu. Die Großmutter verstand die fremden, harten Laute nicht. Sie vermutete sogar, dass die Kommentare möglicherweise ihrem Aufzug galten. Da hatte sie sich wohl etwas vertan. Einige hätten auch laut über sie gelacht. Eine Art Dolmetscher hätte die anderen schließlich besänftigt und erreichen können, dass die »Babuschka« passieren durfte. Er führte die Großmutter – sie befanden sich in der Villa eines angesehenen Fabrikanten, der im Gefolge der Amerikaner gemeinsam mit dem Bürgermeister die Stadt verlassen hatte – in einen holzgetäfelten Raum. An einem Schreibtisch saß ein kleiner, agiler, schwarzhaariger Mann mit einem Schnauzbart und einer Uniform voller Orden. So hatte sich die Großmutter Russen nie vorgestellt, sondern immer als ziemlich große und zumeist blonde Personen. Dass nicht alle »Russen« auch Russen waren, lernte die Großmutter erst viel später. Und ob die richtigen Russen immer groß und blond gewesen sind – das hat sie wohl zu einem späteren Zeitpunkt gar nicht mehr wissen wollen.

Der kleine Bärtige betrachtete sie verwundert, aber durchaus aufmerksam. Er gab ihr ein Zeichen zu sprechen. Der Dolmetscher übersetzte. Fünf Minuten höchstens hätte sie, sagte er ihr. Sie hatte tief Luft geholt und zunächst mitgeteilt, dass sie kein Nazi gewesen sei. Der Dolmetscher unterbrach sie und meinte, dass sie das bereits wüssten. Erkundigungen über einige ausgewählte Häuser hatten sie offenbar bereits eingeholt. Und dann hätte sie ihnen einfach gesagt, dass das Haus als Standort für eine Kommandantur oder etwas Ähnliches viel zu weit außerhalb des Ortes liege und zudem durch den steilen Zugang von der Straße aus schwer zu erreichen sei. So etwas müsse man sich ja wohl genau überlegen. Als sie mit ihrem lieben Richard das Haus gebaut und dabei auch noch mehrere Kinder bekommen habe, hätten sie das auch immer wieder tun müssen.

Die Großmutter jammerte und bettelte offenbar

nicht, sie lieferte nur einige Fakten, die gegen die Beschlagnahmung ihres Hauses sprachen.

Nichts weiter.

Voller Ungewissheit ging sie nach Hause.

Als sie später einmal gefragt wurde, ob sie denn keine Angst vor Vergewaltigung gehabt hätte, sagte sie nur: »Mein Gott, ich war ja schon eine alte Frau!« Mehr wollte sie darüber nicht sprechen, auch nicht darüber, wie fragil doch dieser Altersschutzschirm im Ernstfall gewesen wäre – selbst wenn die Rote Armee zu diesem Zeitpunkt schon wieder weitgehend organisiert war.

Großmutters gesamter Auftritt – so unmittelbar nach dem Krieg – war nicht nur ungewöhnlich, sondern mehr als mutig.

Jedenfalls kamen wenige Tage danach zwei Russen, die keine Russen waren – der eine war ein Kasache, der andere ein Georgier –, in Großmutters Haus und sagten, dass sie eine Wohnung beschlagnahmen müssten und morgen hier einziehen würden.

Der eine von ihnen war der Dolmetscher, dessen Bekanntschaft die Großmutter bereits gemacht hatte. Sie beanspruchten die Wohnung im Parterre.

Das war Großmutters Wohnung.

Und sie sagten, das sei jetzt alles. Weitere Wohnungen würden sie nicht beschlagnahmen.

Ich glaube, Großmutter war trotz allem erleichtert; wir rückten zusammen und nahmen sie zu uns.

Es würde ja nur für kurze Zeit sein.

Diesmal sprach die Großmutter nicht nur einmal vom Glück, das sie gehabt habe. Als wir allein waren, meinte sie, dass vielleicht auch der Franz seine Finger im Spiel gehabt habe. Zumindest habe er ihr bestimmt die Daumen gedrückt. Das sagte sie aber sicherlich nur mir zuliebe.

Mit ihrer Einquartierung verstand sie sich gut, der Dolmetscher legte ihr sogar hin und wieder ein kleines Stück Speck und einen Kanten dunkles Schwarzbrot vor die Tür.

Auch Max und mich störten sie nicht sonderlich.

Nach wenigen Wochen wurde ihr Standquartier verlegt, und die Russen zogen ab.

Die Großmutter hatte gehofft, wieder in ihr Domizil zurückkehren zu können. Aber die gemütliche kleine Wohnung, die sie und der Großvater beim Hausbau aus Sparsamkeitsgründen für sich vorgesehen hatten, wurde von der neuen deutschen Verwaltung sogleich konfisziert und einer ausgebombten Familie zugesprochen.

Die Großmutter durfte nie wieder in ihre Wohnung einziehen. In ihrem eigenen Haus zog sie im

Laufe der Jahre von einer winzigen Bleibe in die andere. Immer bekam sie ein oder zwei Zimmer zugeteilt. Immer wohnte sie gleichsam zur Untermiete.

*

Wir erlebten unseren ersten Friedenssommer.

Max und ich.

Zunächst mussten wir uns an das Ausbleiben an- und wegfliegender Bombengeschwader gewöhnen, und ebenso fehlten Sirenengeheul, Fliegeralarm und Entwarnung. Es war nicht etwa so, dass wir es gewollt, uns gar danach gesehnt hätten, aber es war eine neue Leere in unser Leben getreten, die wir erst füllen mussten. Viel Hilfe erhielten wir von den Erwachsenen dabei nicht. Wir begriffen erst später, dass die selbst ihren Platz im Leben neu finden mussten. Vielleicht hatten wir es sogar etwas leichter als sie.

Wir begannen unsere Höhle neu zu bauen. Ohne dass wir es beabsichtigten, richteten wir sie beinahe so ein wie unsere Ecke im Luftschutzkeller.

War das Zufall, oder konnten wir gar nicht anders?

Auch an Franz dachten wir bei der Einrichtung

unserer Höhle. Max organisierte einen guterhaltenen Schreibtischsessel, und auf ihm konnte Franz nun thronen.

Schließlich holte ich noch Großmutters Beutel voller glitzernder Perlen, mit denen ich mich während des Panzeralarms hatte trösten sollen.

Aber ich hatte nicht eine einzige Perle berührt.

Wir spielten in diesem Sommer mit anderen Kindern, die sich – wie wir – erstmals stundenlang ins Freie trauten. Nicht nur bis zur Sperrstunde. Aber lange spielten wir nie mit ihnen. Immer zogen wir uns bald wieder in unsere Höhle zurück. Dort fühlten wir uns am sichersten. Es war wie ein Sog, aus dem wir uns nicht befreien konnten.

Zuweilen lasen wir einander vor oder erzählten uns etwas. Über den Krieg sprachen wir nie. Aber Max begann, mir eine völlig neue Welt zu eröffnen. Als die Bombenangriffe es noch erlaubt hatten, war er zweimal im Kino gewesen.

Ich hatte noch nie ein Kino betreten.

Einen Märchenfilm hatte er gesehen und einen richtigen Film für Erwachsene mit wunderschön gekleideten Menschen, die miteinander tanzten, sich verliebten, sich trennten und wieder zusammenkamen. Und alles, was er auf der Leinwand gesehen hatte, war von Musik begleitet, die so wunderschön war, dass die Menschen sie nach der

Vorstellung auf ihrem Nachhauseweg noch leise vor sich hin sangen.

Singen auf der Straße? Leises Singen und Summen?

Ich erinnerte mich nur an die lauten Kampflieder im Gleichschritt marschierender Hitlerjungen – ja, vor allem marschierender Hitlerjungen –, die häufig auf der Straße vor unserem Haus vorbeigezogen waren.

Ich hätte Max stundenlang zuhören können.

Das ging mehrere Wochen lang so.

Einmal, als es besonders spannend war, rief seine Mutter.

Wir krochen beide aus unserer Höhle heraus. Max stellte sich vor mir auf – wahrscheinlich so, wie er es im Kino gesehen hatte – und fragte mich: »Darf ich Sie küssen, mein Fräulein?«

Ich sagte einfach: »Ja!«

Max küsste mich auf die Stirn.

Und nun fragte ich ihn, ob ich ihn küssen dürfe.

Genau wie ich es getan hatte, stimmte auch er sofort zu.

Ich war allerdings diesmal mutiger als er, reckte mich ein bisschen und küsste ihn auf den Mund.

Max lachte, und lachend lief er davon.

Am nächsten Tag und an zwei weiteren Tagen wartete ich vergebens auf ihn.

Es hieß, er sei mit seiner Mutter verreist.

In dieser Zeit fragte niemand, wer wohin reiste oder warum, wie er reiste und ob er überhaupt gereist sei. Und schon gar nicht, ob er angekommen sei. Antworten hätte es ohnehin nicht gegeben. Oder die falschen.

Oft ging ich in unsere Höhle und weinte. Der Franz tröstete mich zuweilen, aber dieser Kinderschmerz war wohl nicht das Richtige für ihn. Er war auf den Schutz von Häusern spezialisiert. Über den Verlust von Max konnte er nicht hinwegtrösten.

Manchmal sagte die Großmutter: »Max fehlt dir wohl sehr, nicht wahr?«

Dann nickte ich oder sagte gar nichts. Ging einfach nur weg.

Im Winter holte ich den Franz aus der Höhle. Er sollte ja nicht frieren. Und allein sein sollte er auch nicht.

Ich unterhielt mich nach wie vor mit ihm, aber insgeheim war ich ihm böse. Hätte er nicht verhindern können, dass Max so einfach verschwand? Dennoch fragte ich ihn, ob er sich wohl Kino vorstellen könne und ob er mich einmal dorthin begleiten würde. Max hatte ja gesagt, dass es irgendwann nach dem Krieg wieder einmal richtige Kinos geben würde. Aber Genaueres wusste Max nicht.

Irgendwann begann ich, Franz zu vernachlässigen.

Und dachte ich noch an Max?

Schwer zu sagen.

Vielleicht auch nicht?

*

Die Großmutter begann, ihre alten Freunde zu reaktivieren. Zum Teil stammten sie noch aus der Hausbauzeit. Die meisten waren schon ziemlich ergraut, doch sie halfen beim Mähen der Wiese, beim Obstpflücken, beim Kartoffellegen. Jeder so, wie er es vermochte.

Und sie halfen, den einen oder anderen Schaden am Haus zu beseitigen: abfallenden Putz ordentlich abzuklopfen, ein Loch zuzumauern, ein Geländer zu reparieren.

Sie selbst rackerte Tag für Tag. Legte sich Hühner zu, um Eier zu haben, stellte zwei Ziegen für Milch in den Stall, fütterte einige Kaninchen zum Schlachten heran. Sie brachte das Soll an Äpfeln auf, das für sie festgelegt war, wobei sie klugerweise dafür sorgte, dass vor allem die früh im Jahr reifenden Kläräpfel abgegeben wurden, um danach einige Winteräpfel frei verkaufen zu können.

Als das schöne rote Ziegeldach ihres Hauses an

immer mehr Stellen undicht wurde, konnten ihr Freunde und Verwandte nur noch helfen, Eimer und Wannen aufzustellen, um das Wasser aufzufangen. Mehr nicht. Und dann entwickelte sich alles wie eine ansteckende Krankheit: Ein Schaden am Dach oder anderswo aktivierte unweigerlich weitere Infektionsherde. Ausmerzen ließen sie sich kaum noch. Es fehlte an Geld, an Material und an Unterstützung durch den neuen Staat. Nach dem Krieg war das Haus gleichsam in eine Art Midlifecrisis geraten. Zuwendung hätte ihm sicher gutgetan.

Zuweilen sagte die Großmutter: »Das ist doch ein Arbeiter- und Bauernstaat, nicht wahr? Und ich bin Bauernkind und habe einen richtigen Arbeiter geheiratet, und wir haben uns gemeinsam Grund und Boden gekauft, ein Haus gebaut. Alles aus eigenen Kräften! Warum unterstützt mich dieser Staat denn nicht?« Das sagte sie nicht nur hinter vorgehaltener Hand. Ärger bekam sie nicht. Dafür war sie wohl schon zu alt. Vielleicht war ihre Denkweise auch etwas sehr schlicht, und die Großmutter wurde deshalb nicht recht ernst genommen. Aber solche Menschen wie sie hätte man eigentlich schon ernst nehmen müssen!

Hin und wieder gingen wir noch zusammen auf den Friedhof. An der bewussten Stelle verharrte Großmutter nicht mehr. Nur von meiner Hochzeit im weißen Kleid in der kleinen Kirche sprach sie unverdrossen. Vor allem vom Grauseidenen und von ihrem Platz in der ersten Reihe. Öfter noch von ihrer Beerdigung in diesem Kleid.

Einige Male erlaubte sie sogar, dass ich den Franz in unserem Handwagen mitnahm. Doch das wollte ich schon bald von mir aus nicht mehr. Ich war ja schließlich älter geworden. Aber in Großmutters Haus saß der Franz immer noch auf seiner Kommode.

*

Auf einem unserer seltener gewordenen Friedhofgänge – so gut kam die Großmutter zu Fuß mittlerweile nicht mehr voran – sagte sie plötzlich: »Warum gehen wir bloß immer zu den Gräbern der Kinder? Ich finde, wir sollten wieder einmal ein großes Fest feiern und alle einladen, die deinem Großvater und mir beim Hausbau geholfen haben. Sofern sie noch leben, natürlich. Und ich würde für jedes meiner Kinder einen Kuchen backen. Und wir denken an sie beim Feiern. Und an das Haus. Und an uns. Und daran, dass wir den Krieg überstanden haben. Und daran, wie es weitergehen wird …« Nach einer Weile meinte sie: »Na, das können wir auch weglassen!«

Dann setzte sie noch hinzu: »Wir müssen uns beeilen. Noch blühen die Linden. Und zur Lindenblütenzeit haben wir immer gefeiert. Das hast du zwar nie erlebt. Aber in dieser Beziehung müssen wir uns treu bleiben! Da würde sich mein Richard auch freuen!«

Wieder zu Hause, fing sie mit den Vorbereitungen an. Das Wichtigste war, die Einladungen zu streuen und keinen dabei zu vergessen. Alles vollzog sich streng nach einer Liste gegenseitiger Benachrichtigungen. Weitere Vorbereitungen funktionierten wie von selbst. Zwei Tage vor dem Fest wurden Kartoffeln, Sahne und Eier für den geliebten Kartoffelsalat mit hartgekochten Eiern vorbeigebracht, richtiger Bohnenkaffee aus Westpäckchen wurde ebenso geliefert wie selbst hergestellte Fruchtsäfte, eingewecktes Obst und Holundersekt. Zwei von Großmutters Cousinen zogen vorübergehend zum Helfen bei uns ein.

Die Großmutter brachte Kuchenteig und Belag im Handwagen zum Bäcker – ich half ihr dabei – und ließ dreizehn, nein vierzehn große, runde Kuchen backen. Für jedes ihrer Kinder einen Kuchen. Diesmal auch für ihren noch lebenden Sohn, der mittlerweile aus der Gefangenschaft zurückgekehrt war. Kuchen für Lebende und Tote zugleich – das war für sie kein Sakrileg, wie es etwa eine gemeinsame Bildergalerie gewesen wäre.

Und der vierzehnte Blechkuchen? Der ging mich im Grunde nichts an. Sie backte ihn für ihren Richard. Einen Mohnkuchen. Der erste Mohnkuchen nach dem Krieg. Großvater hatte diesen Kuchen vor beinahe undenkbaren Zeiten über alles geliebt. Die Großmutter hatte ein Tütchen winziger schwarzblauer Mohnkörnchen in ihrer Samenkiste über den Krieg hinweggerettet, ihn mehrfach ausgesät und mittlerweile einen stattlichen Vorrat an Mohn zusammengesammelt. Es hätte noch mehr sein können, aber davon wusste die Großmutter nichts. Immer auf der Jagd nach etwas Essbarem hatte ich die reifen Mohnkapseln entdeckt und Großmutter nicht nur einmal beraubt. Ein einziges Mal hatte sie mich erwischt. Sie sagte streng: »Lass das! Mohn macht dumm. Es gibt schon genug Dumme auf der Welt. Die brauchen dich nicht auch noch!«

Ich dachte nur: Und für Erwachsene gilt das wohl nicht? Den fertigen Mohnkuchen aß ich aus Trotz nicht, obwohl er sehr verführerisch aussah: In ein sonnengelbes Quarkbett waren kleine runde Inseln mit blauschwarzem Mohn eingefügt worden, und jedes der Inselchen lud zur Landung ein – vorausgesetzt, man hatte den schweren, gelben Quark, von dem es umgeben war, auch geschafft.

Es waren nicht mehr die ganz armseligen Nachkriegskuchen, die Großmutter backte. Wirtschaftswunderkuchen waren es auch nicht. Ein Wirtschaftswunder gab es im Osten nicht. Aber Apfelkuchen mit viel Pudding, Streuselkuchen, Quark- und gebutterte Zuckerkuchen – diese wunderbaren, einfachen ländlichen Kuchen – gab es in Hülle und Fülle.

Der *primus inter pares* war natürlich der Großvater-Gedenkkuchen.

Und für alle Kinder waren die beinahe nicht enden wollenden Ränder der runden Kuchen ein ganz besonderes Fest. Knusprig gebacken, mit ausgelassener Margarine bestrichen, gezuckert und nach Wunsch auf Extrakuchentellern serviert, waren sie etwas Unwiderstehliches. Die Erwachsenen favorisierten diese Genüsse weniger. Schon aus Gründen des sorgsamen Umgangs mit ihren Zähnen.

Lange Tische wurden auf die Wiese getragen und weiß gedeckt, Stühle aus vielen Wohnungen des Hauses herbeigeholt, und wer von den Hausleuten wollte, konnte mitfeiern – was alle bis auf eine Familie taten.

Das ehrwürdige alte Grammophon, letztes Geschenk des Großvaters an die Großmutter, wurde in Gang gesetzt – ein wuchtiges Teil aus Eichenholz, mehr als einen Meter hoch, in dem unten Platz für die Schallplatten war und sich oben der Aufsatz für Plattenteller und Tonarm befand, geschützt von einer kuppelähnlichen Abdeckung. An der Seite des Geräts befand sich eine Kurbel, die ziemlich häufig gedreht werden musste, um Musik hören zu können.

Die Großmutter öffnete ihre Fenster zum Hof, damit die Musik nach draußen dringen konnte, drehte selbst die Kurbel und ließ zur Freude aller ein wohlbekanntes Couplet ertönen: »Wie schön ist's, dass wir 'nen guten Hauswirt hab'n …« Im Übrigen hatte die alte Frau nur drei Schallplatten.

Es wurde gegessen, getrunken, geredet, gelacht. Und da es die Zeit der Lindenblüte war, wurde jeder von diesem wunderbaren Duft gleichsam zusätzlich berauscht.

Es wurde ein überwältigendes Fest. Natürlich war es auch etwas traurig, da vieler Heimgegangener – wie es hieß – zu gedenken war. Nicht nur der Kinder der Großmutter und nicht nur des Großvaters. Auch an die jungen Leute war zu denken, die mittlerweile ihre Heimat in Richtung Westdeutschland verlassen hatten. Zwar in anderer Weise als an die Heimgegangenen, aber etwas Trauer mischte sich auch da hinein.

Die Großmutter hielt die erste Rede ihres Lebens. Sie trug ihr Schwarzseidenes, das besonders hohen Festtagen vorbehalten war, sah darin wunderschön und sehr würdig aus, auch wenn sie schon nicht mehr so gerade und aufrecht stehen konnte, wie sie das früher immer getan hatte. Ihr Rücken begann, sie im Stich zu lassen. Die Rede, die sie hielt, erhielt ihre Bedeutung dadurch, dass sie überhaupt gehalten wurde. Die Großmutter sagte, sie sei leider etwas müde geworden. Ihr schönes Haus auch. Aber sie sei voller Freude, so viele ihrer Weggefährten noch einmal um sich zu haben, und sie danke für den gemeinsamen Weg und das Erleben von Verlässlichkeit.

Die Großmutter bat alle, sich noch einmal auf der Bodentreppe aufzustellen, um ein großes Foto aufnehmen zu lassen.

Es dauerte etwas länger als früher, bis alle oben angekommen waren und sich ihren Platz gesucht hatten. Dabei bestanden einige tatsächlich darauf, dort stehen zu wollen – nein, zu müssen –, wo sie immer gestanden hätten. Die Querelen hielten sich allerdings in Grenzen, und so fanden letzten Endes ungefähr vierzig Menschen ihren Ort.

Bis in die Nacht wurde nicht gefeiert, da die meisten Gäste weite Rückwege hatten, nur wenige Pferdefuhrwerke im Einsatz waren und dazu ein paar Fahrräder. Zu einem Auto hatte es noch keiner gebracht. So waren die meisten auf ihre Beine angewiesen, und die waren in der Regel nicht mehr so gut zu gebrauchen.

*

Das Fest war für die Großmutter ein Fest des Glücks gewesen.

Kurz darauf bat sie mich, sie zu ihrem kleinen Teich zu begleiten. Ich tat es, aber es war ein kompliziertes Unterfangen: Die Großmutter war in ihren Bewegungsmöglichkeiten schon sehr eingeschränkt, wollte sich das aber nicht eingestehen. Und ich mochte sie nicht brüskieren. Irgendwie schafften wir es dann doch, den Weg nach oben zu bewältigen. Angekommen, setzten wir uns auf die arg abgeblätterte weiße Bank.

Die Bank – vielleicht war es auch ihre Vorgängerin – hatte noch vor dem Hausbau existiert. Der Großvater hatte sie gebaut und fest mit einem steinernen Fundament verbunden. Während der intensiven Tage des Hausbaus wollte er sich mit der Großmutter jeweils am Abend hier ausruhen. Viel ist wohl daraus nicht geworden.

Die Großmutter ließ ihren Blick zum Haus schweifen, schaute auf ihre Obstbäume gleichsam von oben herab, schien noch einmal die zweihundert Meter Luftlinie gedanklich nachzuzeichnen, die bei Kriegsende Amerikaner und Deutsche getrennt hatte. An das Wunder, das ihrem Haus zuteilgeworden war, wird sie auch gedacht haben.

Und an die Zeit danach? Die Zeit bis heute?

Das ist anzunehmen, aber sie sagte nichts. Überhaupt nichts sagte sie.

Langsam gingen wir wieder nach unten zum Haus.

Die Großmutter begann sich zunehmend zu verändern. Oft saß sie vor ihrem Fenster und rührte keine Hand mehr. Ein für sie bisher undenkbarer Zustand! Zuweilen huschte allerdings ein leises Lächeln über ihr Gesicht.

Auch wenn sie in ihrem Zimmer war und man durch das Fenster zu ihr hineinschaute, hatte sie häufig den Kopf auf den Tisch gelegt und tat nichts. Zuweilen hatte sie die dicke, mit einem grell-bunten Bastumschlag umhüllte Bibel unter ihre Wange geschoben. Einmal hatte sie mir gesagt, dass viele Geschichten in der Bibel so ernst seien, dass man das durch einen bunten, fröhlichen Einband wieder ausgleichen müsse. Sonst wäre es ihr unmöglich, vor allem das Alte Testament auszuhalten.

Was suchte sie wohl jetzt: die Fröhlichkeit von außen oder die ernsten Geschichten in der Bibel selbst?

*

In Großmutters Haus lebte ich noch einige Jahre. Dann war es an der Zeit, sie und das Haus zu verlassen.

Ich ging zu ihr, um es ihr zu sagen.

Die Großmutter war nun sehr alt geworden und konnte sich nur langsam aufrichten, als ich kam. Aber sie schaffte es. Sie saß sehr gerade, als sie mich fragte:

»Du kommst nicht mehr zurück?«

»Nein«, sagte ich.

Die Wanduhr schlug. Mehrmals. Leicht, nahezu heiter sagte die Großmutter: »Das würde ich wahrscheinlich auch so machen.«

Nach einer Pause: »Wenn ich noch mal sechzig wäre, würde ich verreisen wollen. Weißt du, dass ich noch nie in meinem Leben einen Koffer für mich gepackt habe? Ich bin ja auch nie so richtig verreist. Zum Beispiel mit der Eisenbahn.

Das heißt: Ein paarmal bin ich schon mit der Eisenbahn gefahren. Aber nur zwei Stationen. Das war, als ich Wilhelm, Großvaters Freund, in seinem Bahnwärterhäuschen besucht habe. Nach Großvaters Tod. Wilhelm und ich waren fast ein wenig verliebt ineinander!«

Wenn ich richtig beobachtet hatte, schien Großmutter bei diesen Worten sogar leicht zu erröten. Aber kann man das in so hohem Alter eigentlich noch?

Wir schwiegen.

Und nach einer weiteren Pause: »Wo gehst du hin?«

»Aber das weißt du doch: nach Berlin.«

»Nicht weiter weg? Du weißt schon …?«

»Nein«, sagte ich.

»Und was ist mit Max?«

Wieder einmal schwieg ich. Was hätte ich auch antworten sollen!

Die Großmutter seufzte.

»Gib mir deine Hand.« Ich legte meine weiche, gepflegte Hand langsam in die abgearbeiteten, knochigen Hände der Großmutter und fühlte deren ganz leichten Druck. Allmählich fasste ich Mut, erwiderte diesen Druck und begann, die Hände der Großmutter ganz zart zu streicheln.

Das war zu dieser Zeit noch etwas durchaus Unübliches.

Als ich aufsah, lächelte die Großmutter.

So saßen wir beide eine Weile still beisammen. Dann ging ich.

*

Wenige Jahre später musste das Haus verkauft werden. Die Großmutter war gestorben. Da ich mittlerweile weit von ihr entfernt lebte, erfuhr ich zu spät davon. Und bis heute weiß ich nicht, ob sie in ihrem Grauseidenen begraben wurde.

Als der Verkauf unter Dach und Fach war, fuhr ich noch einmal zu Großmutters Haus, um die letzten Dinge an mich zu nehmen oder zu entsorgen. Im ansonsten leergeräumten Schlafzimmer stand ihre Kommode. Auf ihr saß der Franz. Etwas in sich zusammengesunken, seine Kleidung ziemlich abgerissen. Irgendjemand hatte ihm zudem die Augen eingedrückt. Ein Bild des Jammers bot er aber nicht. Noch immer schien eine gewisse Magie von ihm auszugehen, auch wenn er mir nicht mehr zublinzeln konnte.

Eine Weile schaute ich ihn an; dann nahm ich ihn auf den Arm wie in alten Zeiten. Auf einem schmalen Feldweg ging ich langsam mit ihm zu einer kleinen Abfallhalde.

»Ach, Franz«, sagte ich zu ihm, »ich muss dich gleich in eine andere Welt schicken, auch das Leben von Schutzgöttern ist limitiert. Denn wenn du kein Haus mehr hast, wen solltest du dann beschützen? In meinem neuen Domizil hättest du auch keine Funktion. Und lieben? Lieben würde dich niemand so recht. Weil sie deine Geschichte nicht kennen!«

Ich begann, eine kleine Grube in den weichen Sand zu graben.

Plötzlich fiel mir etwas ein. Ich setzte den Franz auf ein Rasenstück, ging zurück ins Haus und öffnete die Schubladen der Kommode. Hatte ich mich doch recht erinnert: Die einzelnen Schubladen waren voller bunter, glitzernder Perlen. Großmutter hatte sie aufgehoben.

Ich füllte zwei große Beutel mit ihnen und ging wieder zu Franz. Einen Teil der wunderschönen Perlen ließ ich in die Grube gleiten, setzte den Franz vorsichtig dazu und ließ behutsam eine Hand nach der anderen mit den bunten, glitzernden Perlen auf ihn hinabrieseln – bis er ganz von den Perlen bedeckt war.

»Adieu, alter Junge«, sagte ich. Und: »Danke, du warst wunderbar. Aber noch wunderbarer war die Großmutter. Ja, und was den Max angeht, da hast du einfach versagt. Leider!«

*

Lange Zeit träumte ich nicht mehr von dieser Treppe, die nach oben führte und an deren Ende die Konturen eines Hauses sichtbar geworden waren.

Aber irgendwann stand ich doch wieder einmal an ihrem Anfang. Und wieder umgab mich dieses seltsame Licht. Aber das Licht war heute eine Spur heller, durchsichtiger.

Wieder musste ich nach oben, und ich kämpfte mich Schritt für Schritt höher. Als ich die Konturen des Hauses ganz oben schon deutlich ausmachen konnte, näherten sich mir wieder Menschen. Sie hatten sich links und rechts aus den Büschen neben der Treppe gelöst.

Ich fürchtete mich nicht mehr vor ihnen; und so erkannte ich, dass sie lächelten und nach oben wiesen. Das machte mir Mut, und meine Beine waren nicht mehr so schwer wie all die Male zuvor.

Als ich oben vor dem Haus angekommen war, öffnete sich die Tür. Ein Mann trat heraus, weißhaarig schon, aber mit klaren, blauen Kinderaugen. Er lächelte, als er mir entgegenkam und sagte: »Da bist du ja endlich. Wir müssen doch noch einmal zusammen ins Kino gehen!«

*

Am nächsten Tag packte ich meinen Koffer und fuhr zu ihm.

Wohin?

Das würde sich schon ergeben.

HEINRICH HEINE

Altes Kaminstück

Draußen ziehen weiße Flocken
Durch die Nacht, der Sturm ist laut;
Hier im Stübchen ist es trocken,
Warm und einsam, stillvertraut.

Sinnend sitz' ich auf dem Sessel,
An dem knisternden Kamin,
Kochend summt der Wasserkessel
Längst verklungne Melodien.

Und ein Kätzchen sitzt daneben,
Wärmt die Pfötchen an der Glut;
Und die Flammen schweben, weben,
Wundersam wird mir zumut.

Dämmernd kommt heraufgestiegen
Manche längst vergessne Zeit,
Wie mit bunten Maskenzügen
Und verblichner Herrlichkeit.

Schöne Fraun, mit kluger Miene,
Winken süßgeheimnisvoll,
Und dazwischen Harlekine
Springen, lachen, lustigtoll.

Ferne grüßen Marmorgötter,
Traumhaft neben ihnen stehn
Märchenblumen, deren Blätter
In dem Mondenlichte wehn.

Wackelnd kommt herbeigeschwommen
Manches altes Zauberschloss
Hintendrein geritten kommen
Blanke Ritter, Knappentross.

Und das alles zieht vorüber,
Schattenhastig übereilt –
Ach! da kocht der Kessel über,
Und das nasse Kätzchen heult.

MIKKO RIMMINEN

Über die Angst erwischt zu werden und die langsamste Verfolgungsjagd auf finnischen Straßen

Ich beschleunigte in Richtung Kerava. Die Straße wurde von schroffen Fichten gesäumt, es sah aus, als stünde da eine Schar riesiger Männer und stemmte die Hände in die Hüften. Im Spiegel erkannte ich, dass mir vom Friedhof her bereits ein Schwarm Autos hinterherkam, und da vor mir gerade kein Ungemach zu erkennen war, wagte ich es, aufs Gas zu treten, und zwar so fest, wie es der leichte Schuh und der kalte Fuß erlaubten. Auch diese Maßnahme half letzten Endes nicht, sondern machte alles nur schlimmer, und dazwischen meldete sich, endlich, der Gedanke, dass womöglich noch Sommerreifen drauf waren. Und da tatsächlich ständig die Gefahr bestand, in den Graben oder auf die Gegenfahrbahn geschleudert zu werden, kam mir aus dem unerschöpflichen Vorrat maßloser Irrsinnigkeiten, die mir in letzter Zeit durch den Kopf schwirrten, prompt mein Sohn in den Sinn und das Lied, das der Bursche kurz nach Erhalt des Führerscheins ständig vor sich hin geträllert hatte, darin hieß es ungefähr: Auf der Gegenspur – fahren Ärsche nur. Auch dafür hatte ich ihm die Ohren langgezogen, schon allein wegen der Verwendung eines Kraftausdrucks in der Öffentlichkeit, und auch dafür, dass er damit ein Unglück erst heraufbeschwor.

In ausgedehntere Erinnerungen konnte ich mich allerdings nicht vertiefen, denn ich musste mich wirklich auf das Fahren konzentrieren. Ich fuhr langsam, aber nicht so langsam, dass es nicht vorwärtsgegangen wäre, und plötzlich war die Fichtensäumung auf einen Schlag verschwunden, und stattdessen riss eine blendende Felderhelligkeit auf, mit klotzigen Siedlungsumrissen dazwischen. Und auch wenn die Gegenden, die mir eigentlich vertraut waren, irgendwo jenseits der Innenstadt lagen, so stellte sich doch eine gewisse Traurigkeit oder Wehmut im Magen ein, um dort herumzuwühlen, weil irgendwie die Vorahnung zuschlug, dass ich dort, in Kerava, vielleicht eine Zeitlang nichts mehr zu suchen hätte. Dann war ich jedoch plötzlich an der großen Kreuzung, hinter der sich die Straße auf vier Spuren verbreiterte; sogleich brausten haufenweise Autos an mir vorbei, in deren Richtung ich nicht einmal kurz zu gucken wagte, weil ich wusste, dass mich dort lediglich Wutausbrüche unterschiedlicher Art erwarteten. Ein rotes Vehikel überholte mich, kam dann aber von seiner Spur direkt vor mich geschossen, um zu trödeln und Schnee aufzuwirbeln. Im Heckfenster tauchte ein kleiner, kugelförmiger Flachskopf auf und daneben eine winzige Faust, aus der ein Mittelfinger aufragte.

An der Autobahnauffahrt, auf die ich hinter dem roten Auto in letzter Sekunde abbog, brachte ich einen weiteren Stau zustande. Die Auffahrt bestand aus einer dermaßen engen Kurve, dass mir das Auto wieder ständig außer Kontrolle zu geraten drohte und das Tempo auf knapp über dreißig gedrosselt werden musste, weshalb ich also wieder eine Schlange hinter mir herzog, außerdem führte die Straße bergauf, und die Reifen drehten durch, und das ganze Auto schlingerte. Neue Misslichkeiten standen an, als ich schließlich den Beschleunigungsstreifen erreichte, wo ich mich hätte trauen müssen zu beschleunigen, um Bestandteil des temporeichen Rummels zu werden, der sich aus denjenigen, die bereits in fürchterlicher Geschwindigkeit auf der Autobahn dahinrasten, und den hinter mir wie wahnsinnig auf die Beschleunigungsspur drängenden Autos zusammensetzte. Und da das Tempo nun einmal war, wie es war, musste ich am Ende ein ordentliches Stück auf der Standspur fahren, bis sich im Verkehrsstrom eine Lücke auftat, bei der ich einen Versuch wagte, und auch dann folgte natürlich allerlei Gehupe und Faustgeschüttle, weil die anderen wahrscheinlich dreimal so schnell fuhren.

Eine Weile durfte ich trotzdem meine eigene Geschwindigkeit beibehalten und die anderen vorbeibrausen lassen, und die Schneelandschaft und das inzwischen warm gewordene Auto beruhigten mich ein bisschen. Augenblicksweise, wenn ich nicht zu genau über alles nachdachte, kam es mir sogar so vor, als hätte ich nun auch dieses Durcheinander überstanden, mich wenigstens in gewisser Weise aus der Klemme gezogen.

Und erst, als auf der Höhe von Korso die blauen Lichter im Rückspiegel aufblinkten, merkte ich, wie unwahrscheinlich dankbar ich für diese kurze Atempause gewesen war.

In hohem Tempo näherten sie sich, die nervös zuckenden kalten Lichter, und auch wenn ich versuchte, den Blick auf der Straße und das Auto unter Kontrolle zu halten, so sah ich doch auch ohne gründlichere Spähmaßnahmen, dass es sich nicht um ein isoliertes Lichtphänomen handelte, sondern dass sich unter den Lichtern ein ganz und gar echtes Polizeiauto verbarg.

Ich richtete den Blick wieder nach vorn, und weil in dem Moment gerade nichts anderes als die gerade, von Wald gesäumte Autobahn zu sehen war, auf der sich zumindest nichts zu bewegen schien, das noch langsamer war als ich, wagte ich es, erneut in den Spiegel zu gucken. Da kam sie, die blaue Scheuche, der Unherzschrittmacher oder Herzunschrittmacher, wie auch immer, eine Form der Gefahr jedenfalls, und sie näherte sich in erhabener Einsamkeit auf der linken Spur, weil alle anderen Autos gehorsam auf die rechte Spur auswichen, auf der auch ich fuhr. Dies hatte natürlich die nur allzu verständliche Folge, dass die anderen eben mit mir auf ein und derselben Spur fahren mussten, weshalb sich hinter mir schnell alles staute, und da hatte ich auf einmal wieder doppelt und dreifach Anlass zum Schwitzen und Kopfzerbrechen.

Andererseits wurde es in diesem Stadium allmählich physisch schon unmöglich, noch mehr zu erschrecken. Ich war müde, schlapp, einfach fix und fertig, und was die Angst vor dem Erwischtwerden und der damit verbundenen Scham betraf, so ging dieser Angst inzwischen ziemlich die Puste aus.

Und da sie nun einmal mit tausendeinhundert Sachen ankamen, die Polizisten, waren sie im Nu auch fast auf meiner Höhe. Dann bekamen sie jedoch ein Problem, weil sie natürlich irgendwie hinter mich kommen mussten, aber weil sich die Autos da Stoßstange an Stoßstange quetschten, mussten sie abbremsen und sich den Platz an meinen Hacken erst freiblinken. Immerhin drängten sie nicht gleich jemanden von der Straße. Und weil von hinten sofort scharenweise ungeduldige Autofahrer an der Schlange vorbeidrängelten, bildete sich für kurze Zeit eine sonderbare Stauung, die garantiert allerlei Komisches an sich gehabt hätte, wenn man sich in der Situation eine gewisse Empfänglichkeit für Dinge dieser Art bewahrt hätte: Zunächst mussten sie, die Polizisten, also ein paar Meter hinter mir unter Sirenengeheul abbremsen, in dem Versuch, auf meine Spur zu kommen, und gleichzeitig bildete sich hinter ihnen bereits eine Schlange; und als sie endlich ein Lückchen fanden und sich an mich hängten, wo sie es dann blau und rot blinken ließen, trauten sich die Zivilbürger nicht mehr an ihnen vorbei. Vermutlich steckt das tief im Menschen drin, dass man ein Polizeiauto nicht überholt, weil das unweigerlich eine Geldbuße oder Schlimmeres nach sich zieht.

Das führte jedenfalls dazu, dass sie jetzt auf zwei Spuren kamen, die Autos aller Art, und eine Weile machte es den Eindruck, als würde sich niemand so recht trauen, die Angelegenheit in irgendeine Richtung aufzulösen.

Ich war natürlich ebenso ratlos. Also fuhr ich einfach weiter, was letzten Endes sicherlich nicht einmal die schlechteste aller Varianten war, nämlich sich aufs Fahren zu konzentrieren, auf der Straße zu bleiben, weil sich noch immer keinerlei Erleichterung eingestellt hatte, der Fuß wollte ständig unverhältnismäßig stärker aufs Gas treten, als es der Sicherheit entsprach, und dann fing sofort wieder das ganze Auto zu schlittern an. Die Sonne war hinter den Bäumen verschwunden, und es hatte auch wieder angefangen, träge zu schneien, obwohl der Himmel über mir blau war; im Süden sah man allerdings eine große, düstere Wolke, deren Rand orange leuchtete wie glühende Lava. Für solche Gedanken fand ich in der Situation die Zeit, ehrlich gesagt, murmelte ich es sogar vor mich hin, irgendwie half das, auch wenn niemand da war, mit dem ich reden konnte; Gesellschaft hätte ich allerdings gefunden, wenn ich den Anhaltebefehl der Polizisten befolgt und mit ihnen ein Gespräch angefangen hätte. Auf jeden Fall fühlte ich mich inzwischen ganz außergewöhnlich: Da waren Angst und Scham und Sorge, alles wohlvertraute Empfindungen aus der letzten Zeit, aber am stärksten arbeitete die Sorge in mir, die Sorge um Irja und all die anderen guten Menschen, und die besorgte Frage, ob ich aus purer Dummheit tatsächlich eine ganze Beerdigung verdorben hatte, einfach so, ich konnte es kaum glauben, war aber trotzdem überzeugt, dass genau das geschehen war. Und im selben Komplex existierte dann ja auch noch meine seltsame Beziehungslosigkeit zu all dem, was gerade passierte, zu der Tatsache, dass ich irgendwie schlingernd auf der A4 gelandet war und ein Polizeiauto an der Stoßstange hängen hatte.

Irgendwie schien mir, alles würde in zehn Metern Abstand vor sich gehen, etwa so, als wenn man im Bus sitzt und beobachtet, wie draußen ein Artgenosse gejagt wird.

Und als dann die Abfahrt zum Ring 3 samt benachbartem Ikea vorbeihuschten und ich im Seitenspiegel irgendwo weiter hinten neue blaue Blinklichter auftauchen sah, da entspann sich etwas in Geist und sterblicher Hülle, nicht direkt Stolz, aber doch eine Art Widerspenstigkeit, ein bisschen nach dem Motto: Muss ich mich denn für alles genieren und alles bereuen? Das dann wohl doch nicht, um Himmels willen; zwar hatte ich durchaus einen ganz schönen Haufen an Fehleinschätzungen und sonstigem Schabernack zusammengetragen, aber ich hatte niemandem etwas zuleide tun wollen und wollte es noch immer nicht, damit brauchte mir keiner zu kommen, endlich einmal hatte ich an meinem Leben etwas verändert, wie es immer und überall aufdringlich empfohlen wird, und nebenbei noch eine Freundin gefunden, die es immer noch gab, irgendwo, trotz allem, dessen war ich mir sicher. Und als das zweite Polizeiauto sich dann hinten anhängte und sogar ein drittes sich zu nähern schien, da schoss mir ein ganz neues, wundersames, sozusagen sanftmütig stures Ehrgefühl in den Leib: Ich werde jetzt meine ureigenen fünfzig Lenze nach Hause fahren, und dann sehen wir weiter. Wäre doch arg merkwürdig, wenn der Mensch bei Schneegestöber nicht so langsam, wie er konnte und wollte, von einer Beerdigung nach Hause fahren dürfte.

Ich hielt also tatsächlich nicht an, obwohl das dritte Polizeiauto nun neben mir auftauchte, auf der linken Spur. Wahrscheinlich ist es nun einmal so, dass man in einer heiklen Lage versucht, alles ins Positive zu wenden, jedenfalls überkam mich für kurze Zeit wieder ein vernunftwidriges Triumphgefühl, wenn ich daran dachte, was für eine Schlange ich gerade hinter mir herzog. Alles nur meinetwegen!

Für einen Moment waren mir meine Ausrutscher ins Selbstgefällige ein bisschen peinlich, aber dann lenkte ich meine Aufmerksamkeit auf einen

Feldhasen, der allerdings in sicherem Abstand über die Straße hoppelte, und anschließend auf das Handy, dessen Klingeln ich lediglich anhand des Lichtscheins in der Öffnung meiner auf dem Beifahrersitz liegenden Handtasche registrierte.

Ich meldete mich, ohne auf das Display zu blicken, ich weiß nicht warum, es war verrückt, wahnsinnig, noch mehr Gefahrensituationen heraufzubeschwören und weitere Anklagen wegen neuer Verbrechen und Vergehen, aber irgendwie hatte ich das Ding plötzlich am Ohr, und schon rauschte das erste Hallo durch die Leitung.

»Furchtbarer Krach«, sagte mein Sohn. »Wo bist du?«

Ich brauchte einen Moment, bis ich analysiert hatte, dass tatsächlich mein Sohn dran war; seine Stimme kam so sehr von anderswo, ich musste erst mal nach allen Seiten schauen, im Auto, auf die blinkenden Lichter in den Spiegeln, auf den Wald, der rechts vorbeihuschte, und auf die Felseinschnitte, die links aufragten, und die Wohntürme von Jakomäki obendrauf; dann erst kam sie heraus, die seltsam stumpfe Antwort angesichts dessen, was eigentlich alles zu sagen wäre: »Im Auto.«

Diesmal hörte ich kein Rauschen oder sonstige Undeutlichkeiten, weil das Auto so einen Lärm machte, aber still war er, mein Sohn, auf seine ärgerliche Art, die mich in diesem Moment natürlich ganz besonders auf die Palme brachte, er begriff nicht, dass ich gerade mitten in einer heiklen Lage steckte, woher hätte er es auch wissen sollen, aber trotzdem. Rechts kam jetzt der Flugplatz Malmi, und die Stadt näherte sich, auch hier hatte es geschneit und schneite es noch immer leise vor sich hin, und wieder machte sie mir Angst, die Stadt, wie würde ich dort mit diesen Reifen klarkommen, und erst da wurde mir bewusst, dass ich eine ganze Weile schon alles andere vergessen hatte, die Polizisten, die Autos hinter mir, den ganzen Kuddelmuddel.

»Wo bist du?«, fragte ich. »Ich hab versucht dich anzurufen.«

»Ich auch«, bellte er mit aufs Blut beleidigter Stimme ins Telefon.

»Hast du nicht«, fauchte ich und trat dabei, angespornt von einem blödsinnigen Impuls, auf die Bremse, weil auf der rechten Seite plötzlich ein Auto auftauchte. Es dauerte ein Weilchen, bis mir klarwurde, dass dort jetzt eine zusätzliche Spur war, die stammte wahrscheinlich von der einmündenden Autobahn aus Porvoo, und kurz rutschte das Auto, wohin es wollte, und wäre fast gegen sämtliche von rechts kommenden geprallt, die zunächst flink vorbeisausten, bis eines von den Polizeiautos hinter mir nach rechts ausscherte und die Spur blockierte.

Mit Müh und Not bekam ich mein Auto wieder unter Kontrolle und fuhr auf der mittleren Spur den Ring-1-Brücken und der Stadt entgegen und dachte, da fahr ich jetzt also auf der mittleren Spur über die Autobahn und hab die Polizei an den Hacken; und als ich aus dem Telefon dann das lange, keuchende Husten meines Sohnes hörte, ergänzte ich die Liste: und telefoniere auch noch dabei.

»Wo hast du dir denn so einen Husten eingefangen?«, fragte ich, als gäbe es nichts anderes zu bereden.

Mein Sohn murmelte etwas von wegen Ach, den hab ich halt, und da sein Murmeln nun einmal aufgekeimt war, ließ er es auch weitersprießen, zweifellos mit etwas rechtfertigendem Unterton, aber es war trotzdem unmöglich, auch nur den geringsten Inhaltsbestandteil zu verstehen, weil ich gleichzeitig bemerkte, wie das rechte Polizeiauto als dunkle Gestalt mit blinkender Krone an mich heranschlich und auf einen Schlag dafür sorgte, dass alles sozusagen zurückkam, die ganze Beschwernis, das Schwitzen und Zittern und alle denkbaren Ängste und Schrecken und Schuld- und Schamgefühle; die eigentümliche Gelassenheit und Selbstsicherheit, die sich gerade eben noch in mich verirrt hatte, war im Nu dahin. Ich rief dem Jungen zu, es wäre gerade ungünstig, ich müsse aufhören, was ja auch stimmte, mir saß auf einmal wieder alles und jeder im Nacken, es schien unmöglich, das Auto weiter auf der Straße zu halten, und als mein Sohn laut wurde und wissen wollte: »Mama, was ist los bei dir?«, da rutschte mir heraus, Polizisten seien hinter mir her, Was, Polizisten, Was für Polizisten, Na Polizisten halt Polizisten Polizeipolizisten, Hinter dir her, Eigentlich sind sie schon fast neben mir, Was machen die da, Wo, Na hinter oder neben dir, Ich weiß es nicht, Wo bist du, Hier eben, Und wo ist hier, Das weiß ich nicht aber sie sind hinter mir her, Die Polizisten, Genau, Hast du was angestellt, Bestimmt bin ich verkehrt gefahren, Verkehrt, Vielleicht zu langsam, jetzt red keinen Unsinn, Red ich auch nicht, Redest du doch, Die versuchen mich anzuhalten, Dann halt eben an nee warte mal, Was, O Scheiße, Was, Schon gut entschuldige.

Und dann, bevor mein Sohn weiterreden konnte, sprudelte in mir alles hoch, aus dem tiefsten Inneren, dass ich mit meinem Jungen hätte reden und mir Sorgen machen sollen, ich hatte das Gefühl, mich rechtfertigen zu müssen, gerade so, als wäre ich eine Kriminelle, meine Güte, bei meinem Sohn hatte ich oft genug den Verdacht gehabt und hatte ihn immer noch, wo er überall seine Finger im Spiel haben mochte und wo er überhaupt war. Aber ich konnte nichts dagegen tun, ich musste mit jemandem reden, und auch wenn man seinem eigenen Sohn nicht alles erzählen kann, kam es mir plötzlich schon viel vor zu sagen, es sei ein Missverständnis passiert, ein schreckliches Missverständnis, ich hätte unbedacht gehandelt, mich vielleicht etwas dumm angestellt, wie auch immer, jedenfalls habe jemand die Polizei verständigt, und womöglich hätte ich auch einen Verstoß gegen die Straßenverkehrsordnung begangen, und das wäre also jetzt die Lage.

»Scheiße, Scheiße, Scheiße«, stöhnte mein Sohn.

Ich konnte gerade noch sagen, dass man so nicht mit seiner Mutter redete, dann kam von seiner Seite noch mehr hinterher, »Mama«, sagte er immer wieder, gut, dass er es nicht schrie, und man hörte ein sonderbares Rumpeln und dann wieder einen langen Redeschwall, aus dem man kaum schlau wurde, »Mama, hey«, schrie er, und dann »hey, Mama«, und dass das Auto, also wegen der Versversver; ich konnte noch einmal zurückrufen: »Was?«, und er konnte noch einmal sagen: »Bei dem Auto«, ich müsste wissen, dass die Versversvers, und dann hörte ich noch ein einzelnes Versver, gefolgt von tuut-tuut-tuut, und danach nur noch bodenlose Leere und einsames Rauschen.

»Hallo«, flüsterte ich ins Handy, erfasste jedoch die Lage und schmiss das Ding frustriert in die Handtasche. Es war ein seltsames Gefühl, eines, das ich allerdings kannte, wenn ein Telefongespräch abbrach oder unterbrochen wurde und einem die darauffolgende Stille bei aller Überraschung so hart vorkam, dass man für einen Moment glaubte, ganz allein auf der Welt zu sein. In dem Fall kam es mir gleich mehrfach sonderbar vor, weil ich immerhin in einem fahrenden Auto saß und ständig doch irgendwie den Verkehr und das Geblinke und das ganze Geschehen um mich herum wahrnahm und in gewisser Weise spürte, dass ich durchaus an all dem ringsum beteiligt war. Dennoch hörte und begriff ich nichts so richtig, sondern hatte das Gefühl, mich in einer lautlosen, gepolsterten Blase zu befinden.

Und als die Welt dann in meine Sinne zurückkehrte, machte sie gleich wieder einen Riesenlärm. Die Autobahn, die mir wie ein unbeherrschbar reißender Strom vorkam, schob sich ins Bewusstsein, der abrupt über sie hinwegfliegende Ring 1, aber auch die hinter und neben mir grauenerregend gleichmäßig fahrenden Polizeiautos; und weil auch noch das Dröhnen, Zittern, Donnern des Motors, der Reifen, des Windes und wer weiß was noch alles hinzukam, da schien es mir erst einmal so, als hätte ich seit einer Ewigkeit nichts mehr gesehen und gehört und müsste jetzt quasi zur Strafe sämtliche Sinneswahrnehmungen auf einmal über mich ergehen lassen.

Die eigentümliche Panik und Schreierei meines Sohnes machte es nicht einen Deut leichter. Was hatte er mir sagen wollen? Dass das Auto Sommerreifen hatte? Unbrauchbare Scheibenwischer? Kaputtes Rücklicht, leere Pissanlage? Sonst ein Mangel, welcher?

Beim letzten Gedanken hätte ich fast schon ein düsteres Halblachen ausgestoßen, aber weil ich von Autos nichts verstand, konnte ich darüber keine Scherze machen, ich hatte bloß Angst, dass es mitten auf der Straße zusammenbrechen und mich umbringen würde. Dann, im selben Moment, in dem ich merkte, dass ein Schneegestöber eingesetzt hatte und das Auto bereits an der letzten Ecke des Friedhofs von Malmi vorbei in Richtung Pihlajamäki und den vom Schnee zu Torten aufgemotzten Felsen vorbeizockelte, ließ irgendeine Macht einen unschönen, grässlichen Gedanken wurmartig die Gliedmaße entlangkriechen: Es war die Erwähnung der Polizisten gewesen, die meinen Sohn zum Fluchen gebracht hatte; und da dauerte es nicht mehr lange, gerade mal eine Brückenunterquerung auf Höhe der Kläranlage, bis ich von den feuchten Zehen bis zur juckenden Stirn unter der Baskenmütze mit der gigantischen Gewissheit erfüllt war, dass er mit dubiosen Machenschaften zu tun hatte, mein Sohn, insbesondere, dass in dem Auto etwas versteckt war, schwarzer Alkohol, gestohlene Ware, Rauschgift oder Waffen oder Leichen, was auch immer, womöglich war das ganze Auto geklaut.

Die Stadtteile Jokisuu und Koskela näherten sich bereits, draußen setzte die Abenddämmerung ein, riesige, trockene und quasi leise Flocken fielen auf die Scheibe. Es tat weh, an meinen Sohn zu denken, am liebsten hätte ich ihn gründlich in die Pfanne gehauen, aber in irgendeiner Vertiefung meines Hirns pochte trotzdem der Beschützerinstinkt, da war nichts zu machen, ich wünschte ihm ebenso wenig Schwierigkeiten wie mir; eine Mutter kann ihr Kind, solange es noch ein Kind ist, in den Laden an der Ecke schicken, um die Süßigkeit zu bezahlen, die es dort gestohlen hat, aber man schickt nicht seinen erwachsenen Sohn ins Gefängnis, nein, das geht einfach nicht. Und da gelang es mir dann, die letzten Reste von Stocksteifigkeit abzuschütteln und trotz aller Müdigkeit und einmal, ohne mich um irgendetwas zu scheren, der Stadt entgegenzufahren. Sie war schon zu wittern, da vorne, das Rauschen der Koskelantie, die vom

Schnee dekorierten Gärten in Kumpula und irgendwo dahinter die Kopfsteinhinterhöfe von Vallila und überhaupt ganz Helsinki; und auch wenn es unmöglich war, länger diverse Empfindungen wiederzukäuen, so wusste ich wenigstens, dass ich hier nicht bleiben wollte, so kurz davor, quasi am Stadttor, schon ganz in der Nähe und doch draußen. Ich wollte heim, nach Hakaniemi, schlafen.

Ich hielt also noch immer nicht an, auch wenn die Botschaft der Blinklichter noch so unmissverständlich war. Ohne den Kopf zu drehen, riskierte ich einen Blick zur Seite, um die Polizeiautos auf den Spuren rechts und links zu betrachten, das linke war ein Minna-Modell, und von dem rechten sah man nur den Kühlergrill; in keines von beiden konnte ich hineinschauen, weil sie genau den dafür notwendigen Meter zurückblieben, wie aus Höflichkeit, und ich beklagte mich deswegen nicht, denn die Fahrt wäre mit Sicherheit zu Ende gewesen, wenn ich gezwungen gewesen wäre, einem Wachtmeister in die Augen zu schauen.

Ich halte nicht an, ich fahre weiter, ich halte nicht an, ich fahre weiter, und unter solchen von Angst und Panik gefalzten Hin-und-her-Schutzgedanken ging sie dann recht fix dahin, die Fahrt, wahrscheinlich eher alptraumhaft als zum Beispiel, na, touristisch, ja, auf einmal war ringsum wieder alles frei, und Schnee wirbelte durch die Luft, so dass man weder vorn noch hinten klare Sicht hatte, hinten wirbelten bloß die blauen und roten Lichter und färbten den Schnee ein, dem der Wind übel mitspielte, mehr war dort nicht zu erkennen, schwer zu sagen, ob sich da noch immer die vermutlich bereits zu einem gigantischen Strom angeschwollene Autoschlange wälzte oder ob er bereits umgeleitet worden war, der nachkommende Verkehr. Beim Depot, wo ein paar erleuchtete und irgendwie betrübt aussehende Straßenbahnen vor den Türen warteten wie frierende Tiere, die ins Warme wollen, aber vielleicht doch lieber noch ein bisschen draußen toben, also, wo war ich, ach ja, beim Straßenbahndepot, wo ich wieder nach vorne schaute und versuchte, das Auto auf der Straße zu halten, deren Randstreifen inzwischen kaum noch auszumachen waren, aber ich erfasste immerhin, dass die Fahrspuren wieder auf zwei geschrumpft waren und ich vermutlich ziemlich genau auf dem unter Schnee begrabenen Mittelstreifen fuhr, weshalb sich die Polizeiautos nun wieder hinter mich zurückfallen lassen mussten, ja, also, wo war ich, dauernd musste ich mich das fragen, ich fühlte mich irgendwie fiebrig und hatte Schwierigkeiten, meine Position zu bestimmen, weder im Verkehr noch in der ganzen absurden Situation, in die ich aus unbegreiflichen Gründen geraten war, ja, was ja, wo war ich, bei den Straßenbahnhallen, dann aber auch schon an einer Kreuzung, die Schienen glitschten unter den Rädern oder umgekehrt, aber die Fahrt ging weiter, den Tacho sah ich nicht mehr, weil die Augen voller Weiß und Heiß waren, überschritt aber die Geschwindigkeitsbeschränkung wohl immer noch nicht, dennoch kam es mir so vor, als näherte sich die Stadt mit rasender Geschwindigkeit, zu schnell, es kam die nächste Kreuzung, da ging es wohl nach Kumpula ab, auf der Intiankatu, irgendwo in den Schneegestöberflocken versprühte eine Ampel Gelb, matte Lichter entgegenkommender Fahrzeuge huschten irgendwo da vorne vorbei, aber sonst war kein Verkehr im eigentlichen Sinn zu sehen und auch keine Fußgänger, was mich allmählich etwas wunderte, hatten sie angefangen, die Stadt vor mir zu räumen, hielten sie mich für eine Terroristin, aber es war unmöglich, sie danach zu fragen, die Polizisten, wenn man nicht anhalten wollte, und das hatte ich ja nicht vor, oder es war wohl eher so, dass ich nicht dazu imstande war, und was blieb mir da anderes übrig, als weiter zu versuchen vorwärtszukommen, durch all das unruhig tobende Trübe hindurch, und zu versuchen, dabei niemandem Schaden zuzufügen. Nach Hause, nach Hause, hämmerte es in meinem Kopf, und nach Hause fuhr ich auch, es war nicht mehr weit, nun rauschte schon die undeutliche Ansammlung neuer Universitätsgebäude auf der Anhöhe vorbei, als würde dort oben ein riesiger Steinhaufen thronen oder vielleicht doch eher ein Schneelicht, weil dort Licht durch Ritzen schien, und links dann, hinter der freien Fläche, die so vertraut war, dass man sie gar nicht richtig wahrnahm, also da leuchtete dann das Einkaufszentrum Arabia, und dahinter blinkten weitere Lichter, es dauerte einen Moment, bis ich darauf kam, was dort war, genau, das Gefängnis, aber weil ich diesen Gedanken um keinen Preis zulassen wollte, musste ich etwas tun, was auch immer, und da ich nun einmal nicht vorhatte anzuhalten, trat ich eben aufs Gas, etwas anderes fiel mir auf die Schnelle nicht ein, und natürlich war das keine Vernunftentscheidung, weil das Auto dadurch nur anfing zu jaulen und zu heulen und hin und her zu schlittern, weshalb ich dann auf sämtliche Pedale treten musste, von denen ich überhaupt nicht mehr wusste, welches welches war, und gleichzeitig an dem blöden Lenkrad drehen und kurbeln, dessen Kälte sogar durch die Handschuhe drang, obwohl es im übrigen Auto so heiß wie in der Sauna war; und endlich, unmittelbar vor der Brücke, die über die Eisenbahnschienen und an den Schrebergärten vorbei nach Vallila führte, ja, da also bekam ich, sicherlich nicht durch eigenes Verdienst, sondern eher dank einer Vorsehung, das Auto wieder unter Kontrolle, so dachte ich es mir, tatsächlich kam mir kurz sogar ein Schutzengel in den Sinn, löste sich aber sofort wieder auf, begleitet von einem abscheulichen, nassen und quasi spuckigen Schmatzen, als die Reifen über ein Hindernis hubbelten; gleich darauf wiederholte sich der entsetzliche Aufprall bei den Hinterrädern, und während ich die restliche Brücke überquerte, dachte ich nur noch, ergriffen von einem vom Scheitel herablaufenden, alles überziehenden Horror, dachte ich also nur noch, dass ich nun dem Ganzen die Krone aufgesetzt hatte, indem ich einen Unschuldigen überfahren hatte.

Und direkt nach der Brücke ging es dann los, ein unwiderruflich wirkendes Spurgeln und Pruckeln, und zunächst glaubte ich schon, im Tiefschnee gelandet zu sein, man sah bei dem Gestöber ja nichts, aber dann bretterten sie mir auch schon wieder in den Kopf, die Gedanken, die schlimmen Gedanken, Gedanken, die man nicht denken wollte und eigentlich auch nicht konnte, die aber einfach angekrochen kamen und sich in den Außenbezirken des Hirns niederließen, um ihre kriechtierhafte Existenz zu melden. Plötzlich war der Kopf voller Varianten, Kinder, Erwachsene, Mütter, Väter,

Liebende, Minderbemittelte, geistig Behinderte, alles gleich furchtbar, so dass ich gar keine Lust mehr hatte zu schlafen, sondern nur noch sterben wollte; gleichzeitig ging es immer zäher voran, und da konnte man natürlich nicht anders, als sich zu fragen, ob man da gerade einen Menschenrest mitschleifte oder ob das nur Schnee war, Schnee von gestern oder am liebsten gleich ein Traum, aber als an der Kreuzung von Hämeentie und Sturenkatu von den Rädern her zuerst ein lautes Brüllen und danach eine Art Knirschen und Sirren und Zischen zu hören war, gleichzeitig vorne blaurote Lichter zu schwirren begannen und unter dem Auto etwas erschlaffte und das ganze Gefährt dabei gegen etwas Hartes und Kreischknirschendes torkelte und stehenblieb, musste ich wohl oder übel einsehen, dass es zumindest kein Traum war, aus dem ich durch Aufwachen oder Zurückstoßen herauskommen würde.

Lange saß ich einfach nur da. Die Lüftung toste ohrenbetäubend und spuckte mir trockene, heiße Luft direkt in die Augen, es war schwer zu sagen, ob sie gerade erst losgelegt oder schon die ganze Fahrt über so geschnauft hatte. Zwischen den Instrumenten hinterm Lenkrad brannte ein Konglomerat überwiegend roter Lämpchen, wie ein kleines Dorf an einem fernen Berghang, außerdem sah ich sowohl vor mir als in sämtlichen Spiegeln noch mehr blaues und rotes Flackern. Es wurde allmählich dämmerig. Der Schnee war blau. Kartoffelchipsgroße Schneeflocken landeten auf der Windschutzscheibe, dünn gehäkelte Flocken, sie schmolzen schnell und ließen die im Gestöber verschwindenden Häuser und die dazwischen stehenden Einsatzfahrzeuge zu tränender, länglicher, melancholischer Lava zusammenfließen. Durch das rechte Seitenfenster sah ich die undeutlichen Umrisse der Paulskirche hinter Ahornbäumen aufragen. Die schwarzen Baumstämme waren an der Nordseite von Schneezuckerguss überzogen, der so stabil aussah, als wären die Bäume mit zähflüssigem Rasierschaum bespritzt worden. Es war keine einzige menschliche Gestalt in Sicht, noch immer nicht, bloß Gebäude und Bäume und Fahrzeuge und Lichter und natürlich Schnee, die Lüftung brüllte weiterhin, langsam gewöhnte man sich daran, auf einmal wurde es irgendwie vollkommen still, so still, wie es nur sein kann, wenn man so gut wie nichts als fallenden Schnee sieht; auch im Innern war es still, wie man so sagt, kaum möglich, noch etwas zu fühlen, zwar war mir zum Heulen, klar, aber die Augen blieben knochentrocken, auch hätte ich lachen können, aber in den Gesichtsmuskeln rührte sich nichts, obwohl ich es versuchte. Und da weiterhin niemand zu sehen war und nichts passierte, außer dass der Schnee auf der Scheibe schmolz und alles verzerrte und in die Ferne rückte, da sackte ich quasi zwangsläufig in eine Art Halbbewusstlosigkeit ab, und so hing ich über dem Lenkrad und lauschte dem Rauschen, das sich in Stille verwandelt hatte oder umgekehrt, und starrte auf ein handtellergroßes Stück Papier auf der feuchten Gummimatte vor dem Beifahrersitz, für eine Weile war es mir an und für sich und in seiner ganzen Undeutlichkeit genug, dann nahm es aber aus irgendeinem Grund doch eine Form an, es erinnerte ein bisschen an Sizilien, aber so gern ich nach dieser Assoziation innerlich in südlichen Ländern, bei Feuer, das die Zehen kitzelte, und bei einem Nachmittagsschläfchen verweilt hätte, so sehr rief mir der Zettel doch Kerava ins Gedächtnis, eine der vielen Uhren an so mancher Wand und dadurch auch alles andere, und so blieb mir nichts anderes übrig, als mich zu bücken, um es genauer ins Auge zu fassen, das feuchte Stück Papier, und bei näherer Betrachtung erkannte ich sofort, was es war, einer meiner ersten Versuche, eine blöde Frage, die ich trotz ihrer Blödsinnigkeit sowohl bei Irja als auch bei den Jalkanens losgelassen hatte, o je, bevorzugen Sie frische oder getrocknete Pflaumen. Und kaum hatte ich quasi schläfrig gedacht, ich muss den Zettel als eine Art Andenken aufheben, den Arm nach ihm ausgestreckt und ihn sogar schon zwischen die Finger bekommen, da sah ich im Augenwinkel eine Gestalt am fahrerseitigen Fenster auftauchen, worauf ich schnell die Hand aus dem Fußraum nahm und in Sitzposition zurückschnellte und dabei erst auf die Idee kam, dass man bei solchen abrupten Bewegungen in bestimmten Ländern und Situationen wahrscheinlich ziemlich leicht erschossen wird.

Aber sie schossen nicht. Ich kurbelte das Fenster herunter, weil die Tür ja klemmte, und schaute hinaus auf die Gestalt, von der bei dem Licht und dem Schneegestöber unmöglich mehr zu sagen war, als dass es sich um eine männliche großen Ausmaßes handelte, dem Overall nach zu schließen, um einen Polizisten. Meine rechte Hand lag schlaff im Schoß, der schmierige Formularfetzen war an den Fingern kleben geblieben. Ich schüttelte ihn schlaff zwischen den Sitzen ab und dachte zerstreut, jetzt sind andere mit Fragen dran.

»Ist mit Ihnen alles okay?«, fragte der Wachtmeister und schaute zum Fenster herein.

EVA IBBOTSON

Der Große Karpfen Ferdinand

Dies ist eine wahre Geschichte, die Geschichte von einem Weihnachtsfest in Wien in den Jahren vor dem Ersten Weltkrieg. Und es ist nicht nur eine wahre, sondern auch eine höchst dramatische Geschichte, in der es um Liebe geht und um Schwierigkeiten und (wenigstens beinahe) auch um Tod – und das, obwohl der Held der Geschichte ein Fisch ist.

Natürlich nicht irgendein Fisch, sondern ein mächtiger und furchterregender Fisch: der Große Karpfen Ferdinand. Und wenn Sie meinen, die Geschichte sei übertrieben und kein Fisch, so mächtig er auch sein mag, könne das Leben einer ganzen Familie so tiefgehend erschüttern, dann irren Sie sich. Denn ich kenne die Tatsachen aus erster Hand, nämlich von einer der Beteiligten, der »kleinsten Nichte« in der Geschichte, der, deren Füße zugegebenermaßen nicht einmal die erste Strebe der riesigen lederbezogenen Esszimmerstühle mit den silbernen Beschlägen erreichten, deren Augen aber gut sechs Zentimeter über die Tischkante schauten, wie sie betont. Sie hat alles gesehen. (Diese kleinste Nichte kam Jahre später nach England und wurde meine Mutter, und so habe ich die Geschichte bewahrt und immer wieder auf ihre Korrektheit überprüft.)

Die Rolle, die der Große Karpfen Ferdinand im Leben der Familie Mannhaus zu spielen hatte, war einfach, aber entscheidend. Um es rundheraus zu sagen: Er war das Weihnachtsessen. Denn in Wien, wo sie am Heiligen Abend feiern und niemand auch nur im Traum daran denken würde, in der Heiligen Nacht Fleisch zu essen, schätzen sie nichts so sehr wie einen kräftig eingelegten, saftig gebratenen Karpfen. Und ehrlich gesagt hat man, bevor man nicht einen frischen Karpfen mit der Symphonie von Beilagen (saure Sahne, gedünsteter Sellerie, dunkles Pflaumenmus) gekostet hat, kulinarisch gesprochen nicht gelebt.

Aber die Betonung liegt auf dem Wort *frisch*. Und so war die ganze Familie Mannhaus hoch erfreut, als ein dankbarer Klient mit berühmten Fischgründen in Kärnten Onkel Ernst eine Woche vor Weihnachten einen lebenden Zwanzigpfünder überreichte. Onkel Ernst, ein O-beiniger kleiner Mann, dem sein geheucheltes Mitgefühl zu einer florierenden Anwaltskanzlei verholfen hatte, war entzückt. Tante Gerda, seine plumpe und treusorgende Ehefrau, war entzückt. Graziella, ihre liebreizende (und heißgeliebte) Tochter, war ebenso entzückt wie Herr Franz von Rittersberg, Graziellas »Zukünftiger«, der das Essen liebte. Entzückt waren auch Tante Gerdas drei kleine Nichten, die bereits mit ihrer englischen Gouvernante zum Weihnachtsfest im Hause Mannhaus eingetroffen waren, und ebenfalls entzückt die zahllosen armen Verwandten und reichen Paten, die die mütterliche Tante Gerda jeden Heiligen Abend um sich sammelte, um die Kerzen am großen Tannenbaum zu entzünden, Geschenke auszupacken und zu essen – und zwar gebratenen Karpfen.

Den Fisch unterzubringen war kein besonderes Problem. Das Haus in Wien war groß, und die Dienstmädchen, schlichte Mädel vom Lande, die daran gewöhnt waren, sich in Holzzubern abzuschrubben, traten bereitwillig das eigentlich ihnen zugedachte Badezimmer ab.

Hier, in dem riesigen mahagoniverkleideten Badezimmer mit Kupferhähnen von der Größe der Niagarafälle, schwamm der enorme graue Fisch majestätisch hin und her und her und hin und schien nichts von seiner ruhmreichen letzten Bestimmung oder auch von der Pracht um ihn her zu ahnen. Denn dies war kein gewöhnliches Badezimmer. Französische Teerosen – herrliche Blüten in der Größe von Kohlköpfen – schwirrten über die Tapete und wiederholten sich auf der riesigen Waschschüssel aus Porzellan und auch in dem ungeheuren Nachttopf – einem so großzügig bemessenen Gefäß, dass selbst die älteste der kleinen Nichten spurlos darin hätte verschwinden können.

Und hierher kamen die verschiedenen Mitglieder der Familie Mannhaus, um ihn zu besuchen, während es im Paradeschritt auf Weihnachten zuging.

Onkel Ernst kam und zog an seiner langen schwarzen Pfeife mit dem Porzellandeckel. Als unsentimentaler, aber dem guten Essen äußerst zugetaner Mann betrachtete er die letzte Bestimmung des Karpfens als durch und durch angemessen. Und doch, als er dem großen grauen Fisch so in die Augen sah und die sanft schwankenden Barteln bewunderte (die so viel prächtiger waren als sein eigener spärlicher Schnurrbart), fühlte Onkel Ernst deutlich eine Vertrautheit mit diesem einzigen anderen männlichen Wesen in einem ansonsten reinen Frauenhaushalt. Und als er also dort saß und an seiner Pfeife zog und dem vereinzelten Plätschern lauschte, wenn der Karpfen die Wasseroberfläche durchbrach, ließ Onkel Ernst für eine Weile all die Last von seinen Schultern gleiten, die es bedeutete, das Haus in Wien zu unterhalten, die Villa in Baden-Baden, das Chalet am Wörthersee, die etwa ein Dutzend Verwandten von Gerda, die wirklich sehr früh jede Bemühung eingestellt hatten, für sich selbst aufzukommen. Er vergaß sogar den Berg von Rechnungen, die dem Fest folgen würden. Und beinahe, aber nicht ganz, vergaß er sogar diese kleine bohrende Sorge um seine Tochter Graziella.

Auch Tante Gerda stattete dem Karpfen ihre Besuche ab – aber nur kurz, denn mit Weihnachten ging es ihrer Überzeugung nach auch nicht eine Minute ohne sie voran. Sie kam mit Listen behängt, die Stirn in Kopfschmerzfalten gelegt, den Kopf voll schlimmer Befürchtungen. Würde der Baum an die Decke stoßen, oder schlimmer noch: Würde er zu kurz sein? Würde Sacher den Baiser-Schwan mit Eis pünktlich liefern? Sollte man (und das war wirklich ein Problem) die Pfischingers »bedenken«, die *sie* letztes Jahr nicht »bedacht« hatten, aber dafür das Jahr davor? (Ach, dieses furchtbare Jahr, als die Steinhausens im allerletzten Moment noch einen Korb mit kandierten Früchten geschickt hatten und alle Geschäfte schon geschlossen waren, so dass sie schließlich den Azaleentopf, den die Hellers geschickt hatten, hatte neu einwickeln und an die Steinhausens schicken müssen – um sich die ganze restliche Weihnachtszeit über zu fragen, ob sie auch das Kärtchen abgenommen hatte!)

Während sie sich über den Fisch beugte, dachte Tante Gerda über die Sauce nach. Auch hier gab es Grund zu Bedenken. Sellerie, ja, Zitrone, ja, Zwiebeln, ja, Pfefferkörner, Ingwer, Mandeln, Walnüsse – alles gar keine Frage. Geriebener Honigkuchen, natürlich, Thymian, Lorbeer, Paprika und Pflaumenmus. Aber nun hatte ihre Schwester in einem Brief aus Linz Muskatblüte vorgeschlagen. Diese Idee war neu, geradezu revolutionär. Der Mannhauser Karpfen, ohne Muskatblüte, war ein gastronomisches Stadtgespräch in Wien. Man musste auch an die Gefühle der Köchin denken. Andererseits … selbst Sacher höchstpersönlich scheute sich nicht, ein altbewährtes Rezept abzuwandeln.

Die Gleichgültigkeit des Karpfens gegenüber seinem kulinarischen Drumherum war irgendwie beruhigend. Sie schloss für eine Sekunde die Augen und hatte ganz plötzlich die flüchtige Ahnung, dass Weihnachten *hinter* alldem lag, wenn sie es nur erreichen könnte. Wenn sie nur sicher sein könnte, dass es Graziella gutging. Und nun seufzte sie, denn sie hatte nie vorgehabt, irgendjemanden so sehr zu lieben, wie sie ihre einzige Tochter liebte.

Auch Franz von Rittersberg kam, um den Karpfen anzuschauen. Der Besuch des goldhaarigen, blauäugigen, strahlenden jungen Mannes, Erbe einer Kohlenmine in Schlesien, hatte ausschließlich etwas mit Arithmetik zu tun. Er maß den Karpfen im Geiste ab, teilte ihn durch die Anzahl der zu erwartenden Tischgäste, beschloss für sich, dass seine Portion als zukünftiger Schwiegersohn der Mannhausens sicher aus der breiteren Mittelpartie genommen werden würde – und ging zufrieden wieder fort.

Und die kleinen Nichten, die der englischen Gouvernante entwischt waren, kamen auch; kichernd und herumtrippelnd wie Mäuschen, mit weißen Strümpfen und braunen Schuhen, die Hinterteile allerliebst mit mehreren Lagen von Unterröcken ausgepolstert, und jede eine gestohlene Semmel fest in der Hand.

»Ferdinand«, flüsterte die Jüngste verzückt und balancierte dabei auf dem umgestülpten rosenverzierten Nachttopf. Ihre Schwestern, die auch ohne Hilfsmittel über den Badewannenrand lugen konnten, standen mit ernster Miene dabei und krümelten Brot ins Wasser. Der Fisch war ein Wunder – eines, das sich nicht um sie scherte, aber doch ihres. Ein *wahres Wunder.*

(Abends, jeden Abend, wenn das Kindermädchen sie allein ließ, kamen sie unter ihren Federbetten hervorgepurzelt und reihten sich zum immer gleichen Gebet auf. »Lieber Gott, mach, dass sie uns etwas Lebendiges zu Weihnachten schenken«, beteten sie Abend für Abend für Abend.)

Aber Graziella, die Tochter des Hauses, kam am häufigsten. Da hockte sie dann neben der Wanne, die schwärzlichen Locken im heftigen Wettstreit mit den Kohlrosen an der Wand, und sah mit dunklen, mitleidigen Augen auf den Fisch hinunter. Aber obwohl sie bei weitem die Lieblichste von allen seinen Besuchern war, behandelte Ferdinand sie äußerst unzivilisiert. Schlicht gesagt: Er ignorierte sie. Karpfen sind schließlich Süßwasserfische, und es war ihm nicht entgangen, dass die Tropfen, die auf ihn herunterfielen, wenn sie da war, bedauernswert viel Salz enthielten.

Die Götter hatten es wahrlich gut mit diesem Mädchen gemeint – sie war liebevoll und geliebt, freundlich und heiter, und vor ihr lag eine rosige Zukunft als Frau Franz von Rittersberg. Dennoch schien sie mit jedem Tag ein wenig dünner und blasser zu werden, und in ihren Augen stand ein immer größer werdendes Entsetzen. Denn wenn man sich sein Leben lang daran gewöhnt hat, immer nur zu geben und zu geben, wacht man vielleicht eines Tages auf und stellt fest, dass man – sich selbst hergegeben hat. Und dann verbringt man, so man kein Heiliger ist (und vielleicht sogar auch, wenn man einer ist), die Nächte elendiglich unter seinem Kissen versteckt und leckt sich die dummen Tränen fort.

Und so zogen sich die Tage langsam dahin, immer auf ihren Höhepunkt zu – den Heiligen Abend. Es schneite, der Baum kam, auf dem Adventskranz wurde die letzte Kerze angezündet. Die jüngste Nichte fiel in Ungnade, weil sie den Schornstein vom Pfefferkuchenhaus naschte. Immer hektischer wurden Geschenkkörbe hin und her getauscht. Die Pfischingers, die immer noch nichts geschickt hatten, schlichen sich schon in Tante Gerdas Träume …

Am Morgen des Dreiundzwanzigsten kamen Onkel Ernst und sein zukünftiger Schwiegersohn zusammen, um die Opferriten über dem Großen Karpfen Ferdinand zu vollziehen.

Die kleinen Nichten hatte man in Mäntel und Strumpfhosen gesteckt und in den Prater verfrachtet. Graziella, die man als zartbesaitet kannte, war zu Rumpelmayers geschickt worden, um etwas zu besorgen. Und nun stand die Köchin mit einem riesigen Bräter aus Steingut am Fuß der Treppe –

zu ihrer Linken die Dienstmädchen, rechts das Küchenpersonal. Auf dem Treppenabsatz weiter oben legte Tante Gerda ihren Männern die Waffen an – ein Küchenmesser mit langer Klinge, einen sieben Pfund schweren Hammer, ein altes, leicht angerostetes Schwert aus der kaiserlichen Armee, das einmal nach einer Abendgesellschaft zurückgeblieben war …

Im Badezimmer sah Onkel Ernst den Fisch an, und der Fisch sah Onkel Ernst an. Ein vages Gefühl, nur der Hauch einer Vorahnung befiel Onkel Ernst, dessen Eingeweide einen leisen Hüpfer zu vollführen schienen.

»Du scheuchst ihn hier herüber«, befahl Franz mit ungeheurer Nonchalance. »Und dann, wenn er am Fußende ist, schlage ich zu.«

Onkel Ernst scheuchte. Der Karpfen schwamm. Franz schwenkte den Hammer über dem Kopf und – schlug zu.

Der Krach war ohrenbetäubend. Emaillesplitter flogen durch die Luft.

»Auauaua, mein Auge, mein *Auge*«, schrie Franz und ließ den Hammer fallen. »Ich habe einen Splitter im Auge. Hol ihn RAUS!«

»Ja«, sagte Onkel Ernst. »Ja …«

Er legte das Schwert aus der kaiserlichen Armee ab und kletterte vorsichtig auf den Badewannenrand. Selbst da war er erst so gerade eben auf gleicher Höhe mit Franzens tränendem blauen Auge. Blind, wie er war, streckte Franz den Kopf vor. Der Rest war unausweichlich. Respektable Wiener Anwälte in mittleren Jahren sind keine Akrobaten. Sie geben auch nicht vor, welche zu sein. Der Karpfen schwamm gemächlich zwischen den Falten von Onkel Ernstens Hose herum und stellte wie erwartet fest, dass dort nichts auch nur annähernd Essbares zu finden war.

Kurz nach dem Mittagessen ward Onkel Ernst, der inzwischen wieder trocken und in seine englischen Knickerbocker gewandet war, allmählich eine Eingebung zuteil.

Im Grunde war es doch so einfach. Das ganze rauhe Schlagen und Zupacken war gar nicht nötig. Man ging einfach nach oben; man zog den Stöpsel; man ging hinaus und schloss die Tür hinter sich. Und dann wartete man …

Wenige Minuten später war Onkel Ernst völlig gelassen wieder zurück in seinem Arbeitszimmer. Nicht nur hielt er die Zeitung richtig herum, er *las* sie praktisch auch.

Im Hause war es still. Franz war nach ausführlichster Bemutterung durch die Damen des Hauses heimgegangen. Die kleinen Nichten hielten ihren

Mittagsschlaf. Das Arbeitszimmer hatte ohnehin stoffbezogene Doppeltüren. Selbst *wenn* es irgendein Klatschen gab – wie es etwa ein im Todeskampf zappelnder Fisch verursachen würde –, Onkel Ernst würde es nicht hören.

Was er allerdings wenig später hörte, war ein Schrei. Ein wirklich beängstigender Schrei, äußerst virtuos, und er hatte keinerlei Mühe, ihn dem zweiten Hausmädchen zuzuschreiben, dessen Bruder der Jodelkönig von Schruns war. Ein zweiter Schrei gesellte sich dazu und dann ein dritter. Onkel Ernst stürzte in den Flur hinaus.

Sein erster Eindruck war, dass der Flur voller Menschen war. Der zweite, dass er nass war. Beides erwies sich als korrekt.

Graziella war damit beschäftigt, Tante Gerda zu beruhigen, die zitterte und kurz vor einem Nervenzusammenbruch stand. Die englische Gouvernante hatte, ehrfurchtgebietend wie alle Vertreterinnen ihrer Zunft, bereits Eimer und Wischlappen geordert und sich in die Bresche geworfen. Die Hausmädchen wischten und jammerten und rubbelten – und immer noch kam das Wasser stetig die Treppe heruntergeflossen, vorbei an den geschnitzten Putten auf dem Geländer, und verwandelte den Perserteppich in Brei.

Als man schließlich dazu kam, nach dem Verursacher zu fragen, war die Antwort eigentlich nur noch eine Formalität, da die Schuldigen freimütig alles zugaben. Da standen sie, die kleinen Nichten, blass und zitternd und verängstigt – und dennoch sahen sie nicht wirklich zerknirscht aus. Ja, sie hatten es getan. Ja, sie hatten den Schlüssel hinter der Uhr hervorgeholt, die Badezimmertür aufgeschlossen, den Hahn aufgedreht …

Schweigend und gottergeben warteten sie auf ihre Bestrafung. Nur das plötzlich herunterrutschende Hosenbein der Jüngsten verriet eine schier unerträgliche Spannung.

Graziella rettete sie, wie sie immer alles rettete.

»Bitte, Mutti? Bitte, Vati? … So kurz vor Weihnachten?«

Es schlug Mitternacht. In der Mannhaus-Villa herrschte endlich Stille. Die kleinen Nichten, nachdem sie ihr Abendgebet absolviert hatten, waren erschöpft eingeschlafen. Tante Gerda stöhnte im Schlaf, sie träumte, die Pfischingers hätten einen riesigen Korb voller Sauce geschickt.

Da öffnete sich eine Tür, und Onkel Ernst kam auf leisen Sohlen im Schlafanzug aus dem Rauchsalon geschlichen. Er hatte eine enorme Flinte in der Hand – eine furchtbare, an die dreißig Jahre alte Waffe aus dem Besitz seines Vaters – und im

Herzen einen Blutdurst, der ebenso heftig war wie unerwartet.

Erbarmungslos stieg er die Treppe hinauf; erbarmungslos betrat er das Badezimmer und drehte hinter sich den Schlüssel um. Und erbarmungslos trat er drei Schritte zurück, visierte die Wanne an – und schoss.

Graziella, die in diesen Tagen regelmäßig nachts wach lag, kam als Erste bei ihm an.

»Ist alles in Ordnung mit dir, Papa? Alles in Ordnung?«

Doch hinter der verschlossenen Tür erhob sich nur ein erneutes schreckliches Wehklagen. Tante Gerda kam mit wippendem grauem Zopf herbeigeeilt. »Ernst, Ernst«, flehte sie und hämmerte gegen die Tür. Es war hoffnungslos.

»Ruft den Doktor an, die Feuerwehr. Schickt nach Franz, schnell«, befahl Gerda. »Ein Mann – wir brauchen einen Mann.«

Die Gouvernante stürzte zum Telefon. Aber Graziella in ihrer Verzweiflung warf sich den Pelzumhang über das Nachthemd und lief auf die Straße hinaus.

Und so kam es, dass das Leben von Sebastian Haffner binnen einer halben Minute ganz und gar auf den Kopf gestellt wurde. In der einen Minute war er noch frei wie der Wind und unbeschwert, ein junger Mann, der nur für seine Forschungen an der Universität lebte – und nur Sekunden später war er gefesselt, voller grenzenloser Leidenschaft, bereit, Berge zu erklimmen, gegen Drachen zu kämpfen und eine gigantische Hypothek auf ein Haus aufzunehmen. Und das aus keinem anderen Grund, als dass Graziella, die blind die Stufen hinunter auf die beleuchtete Straße gestürzt kam, ihm direkt in die Arme lief.

Für den Bruchteil einer Sekunde blieb die Umarmung, in der Sebastian das zitternde Mädchen hielt, väterlich und beschützend. Dann schlossen sich seine Arme fester um sie, und er wurde nicht mehr väterlich – ganz und gar nicht väterlich. Und Graziella sah mit Schneeflocken im Haar zu dem dunklen, sanften Gesicht dieses Fremden auf und konnte nicht – konnte einfach nicht fortsehen.

Dann besann sie sich und machte sich los. »Oh, bitte, kommen Sie«, stotterte sie und zog Sebastian bei der Hand. »Schnell. Es ist mein Vater … Der Karpfen hat ihn erschossen.«

Sebastian sortierte seine Träume sofort um. Er würde sie regelmäßig in der Anstalt besuchen, ihr Blumen mitbringen und vorlesen. Und ganz langsam würde sie geheilt werden, durch seine ergebene Liebe.

»Beeilen Sie sich. Bitte. Bitte. Er hat so gestöhnt.«

»Der Karpfen?«, versuchte es Sebastian und rannte mit ihr die Stufen hinauf.

»Mein Vater. Oh, *kommen* Sie.«

Die Hausmädchen standen klagend am Fußende der Treppe. Tante Gerda schluchzte auf dem Treppenabsatz.

Sebastian war überwältigend. Binnen Sekunden hatte er einen geschnitzten Eichenstuhl ergriffen und begann auf die Tür einzuschlagen. Die große Tür ging recht schnell zu Bruch und fiel heraus. Sebastian dicht auf den Fersen, strömten alle ins Badezimmer.

Onkel Ernst saß aufrecht gegen die Badewanne gelehnt und stöhnte und fluchte abwechselnd, die Hand auf der blutüberströmten Schulter. Um ihn verstreut lagen rosenverzierte Porzellanscherben und das Glas eines Spiegels, den die von allen Wänden des Bades zurückprallenden und Onkel Ernsts Schulter streifenden Schrotkugeln schließlich zersplittert hatten. Der Karpfen, der sich unter die Wasserhähne verzogen hatte, schien zu schlafen.

»Ernst«, kreischte Tante Gerda und fiel neben ihm auf die Knie.

»Binden, Schere, Verbandsmull«, befahl Sebastian, und Graziella stob davon wie der Wind.

Es war nur eine Fleischwunde, und Sebastian, o

Wunder aller Wunder, war ein Doktor, wenn auch einer von denen, die in einem Laboratorium arbeiten. Schon bald lag Onkel Ernst, unzweifelhaft der Held der Stunde, auf einem Sofa und schlürfte tapfer an einem Cognac mit Eigelb und Vanille, Erdbeerlikör *und* Kirschwasser. Der Hausarzt kam, lobte Sebastian für seine hervorragende Arbeit und blieb ebenfalls auf einen Cognac. Die Feuerwehr, die in der Küche einmarschierte, zog Slibowitz vor.

Und oben standen vergessen Graziella und Sebastian und hatten nur Augen füreinander.

Das ist es also, dachte Graziella, dass man singen und tanzen und laut herausschreien möchte und sich doch so voller Demut fühlt und so *gut.* Das war es, was sie nie gefühlt hatte, so dass sie sich beinahe Franz hingeworfen hätte, wie man einem Hund einen Knochen vorwirft, damit er aufhört zu knurren … Wie ein Echo zu ihren Gedanken schrillte in diesem Moment die Hausglocke, und Franz von Rittersberg wurde eingelassen. Sein Auge war immer noch geschwollen und er selbst nicht eben bester Laune.

»Dieses Haus wird langsam zu einer Irrenanstalt«, sagte er, während er die Treppe hinauflief. »Weißt du, wie spät es ist?«

Graziella wusste es nicht. Die Zeit war stehengeblieben, als sie Sebastian in die Arme gelaufen war. Es würden Jahre vergehen, bevor sie sie wieder gänzlich einholte.

»Dann lasst uns um Himmels willen diesen vermaledeiten Fisch umbringen und wieder ins Bett gehen«, sagte er, zog den Mantel aus und holte ein Messer und eine Flasche mit Glasstopfen hervor. »Ich habe Chloroform mitgebracht.«

»Nein!«

Graziellas Stimme klang so durchdringend, dass beide Männer erschraken. »In England, wenn da jemand gehängt wird, und es klappt nicht ... also, wenn das Seil reißt, dann lässt man ihn am Leben.«

»Herrgott noch mal, Graziella, jetzt mach uns nicht wahnsinnig«, giftete Franz. »Was zum Teufel sollen wir dann morgen essen?«

Er stolzierte ins Badezimmer. »Sie können mir helfen«, rief er über die Schulter Sebastian zu, der still auf dem halberleuchteten Treppenabsatz gestanden hatte. »Ich ziehe den Stöpsel raus und schütte ihm dies Zeug über. Dann schlagen Sie seinen Kopf gegen den Wannenrand.«

»Nein«, Sebastian trat ins Licht. »Wenn Fräulein ... wenn Graziella nicht will, dass dieser Fisch getötet wird, dann wird dieser Fisch nicht getötet.«

Franz stellte seine Flasche ab. In seiner Wange

zuckte ein Muskel. »Sie … Sie … Für wen halten Sie sich eigentlich, dass Sie sich einfach hier reindrängen und mir sagen, was ich zu tun und zu lassen habe?«

Wenn man bedenkt, dass beide beteiligten Herren aus einer guten Familie stammten, war der folgende Kampf eine außerordentlich schmutzige Angelegenheit. Die Queensberry-Regeln, auf dem Kontinent durchaus bekannt, hätten ebenso gut gar nicht existieren können. In gewisser Weise war das Ergebnis natürlich unvermeidlich, denn Franz wurde nur von Hass und Gier nach seinem Weihnachtsessen angetrieben, wohingegen Sebastian aus Liebe kämpfte. Aber obwohl sie nicht im Mindesten an Sebastians Sieg zweifelte, besprenkelte Graziella frohen Mutes ein Badehandtuch mit Chloroform und sorgte für absolute Sicherheit.

Der Tag brach an. Die Glocken am Stephansdom läuteten die Geburt Christi ein.

In der Mannhaus-Villa schlief Graziella, lächelte und schlief weiter. Onkel Ernst, auf sieben Daunenkissen gebettet, öffnete ein Auge, dachte zufrieden, dass heute niemand etwas von ihm wollen konnte – kein Tranchieren, kein Herumgewackel auf Trittleitern, kein Kerzenanzünden –, und machte das Auge wieder zu.

In der Küche aber schauten Tante Gerda und die Köchin bei ihrer Rückkehr von der Messe Unglück und Schande ins Auge. Alles war bereit – die gehackten Kräuter (die Köchin hatte tapfer der Muskatblüte zugestimmt), der Wein, die Sahne, die Zitrone … und oben schwamm mit kräftigen Zügen der Hauptbestandteil, die *raison d'être* vieler Tage der Planung und Berechnung, der doch schon seit Stunden in seiner Marinade hätte schwimmen sollen.

Und als wäre es nicht genug, kam, als sie sich gerade zum Frühstück niederließen, die Nachricht von Franz. Er war immer noch unpässlich und würde nicht zum Abendessen zu ihnen kommen. Es dauerte eine geschlagene Minute, bis die ganze Tragweite dieser Nachricht zu Tante Gerda durchgedrungen war. Als es so weit war, ließ sie den Kopf hängen und stöhnte: »Dreizehn! Wir werden dreizehn Personen zum Abendessen sein! Du lieber Himmel! Großtante Wilhelmina wird das niemals dulden!«

Aber das Schicksal war noch nicht fertig mit Tante Gerda. Die Frühstücksteller waren noch kaum abgeräumt, als es an der Hintertür klingelte und das Mädchen unter einem gewaltigen Korb ächzend wieder hereinkam.

»O nein … NEIN!«, kreischte Tante Gerda.

Und nun war er da, der Moment, dem all die vergangenen Wochen zur Vorbereitung gedient hatten. Es war früher Abend, die kleinen Nichten brodelten und kochten in ihren Unterröcken, gescheucht von Kindermädchen mit Lockenscheren und Schleifen. Im »Weihnachtszimmer« kletterte Tante Gerda unter den wohlwollenden Blicken Onkel Ernstens die Trittleiter hinauf und wieder runter, um die Kerzen zu überprüfen, den Wassereimer und ob der Silberstern richtig saß. Murmelnd und mit der Zunge schnalzend, wieselte sie von einem zum nächsten Geschenkehaufen, die sie auf dem riesigen weißen Tuch unter dem Baum verteilt hatte. Graziellas junger Arzt, den man in seinem Laboratorium erreicht hatte, hatte die Einladung zum Abendessen angenommen, damit sie nicht dreizehn wären. Irgendwie hatte er sogar Geschenke für die kleinen Nichten aufgetrieben – drei winzige Holzkästchen, die Tante Gerda nun ihren Haufen hinzufügte.

Und nun waren alle Kerzen entzündet, und sie läutete die Schweizer Kuhglocke mit dem hübschen Ton, das Zeichen, dass alle hereinkommen durften.

Obwohl sie vor der Tür gekauert und gedrängelt hatten, kamen die kleinen Nichten, als sie geöffnet wurde, nur langsam, ganz langsam herein, und die Kerzen am Baum leuchteten in ihren Augen.

Hinter ihnen kam Graziella, den Kopf zu dem glitzernden Stern hin geneigt, und neben ihr der junge Doktor, der ihr nur eine einzelne Rose geschenkt hatte.

Und plötzlich waren Tante Gerdas Kopfschmerzen verflogen, und sie weinte ein bisschen und wusste doch wieder einmal, dass das, wofür sie sich die ganze Zeit angestrengt hatte, da war. Weihnachten.

Man sollte meinen, das wäre nun das Ende der Geschichte, nicht wahr? Aber meine Mutter, die sie mir Jahre später erzählte, fuhr gerne noch ein ganz klein wenig damit fort. Bis zu dem Moment, in dem die kleinen Nichten, die höflich einen Berg kostspieliger Nichtigkeiten ausgepackt hatten, plötzlich in Schreie höchsten Entzückens und Erfüllung ausbrachen. Denn als sie Sebastians Kästchen öffneten, fand eine jede darin eine winzige rotäugige *lebendige* Maus.

Oder noch ein wenig weiter. Zur Familie, die um den Tisch sitzt – Damast, Kristallkelche, tiefrote Rosen in einer Vase. Zu den kleinen Nichten (die Jüngste bedenklich auf ihrem Kissenberg wackelnd), deren Taschen im Unterkleid je eine schläfrige, heimlich hineingeschmuggelte Maus wölbte. Zu Onkel Ernst, so eindrucksvoll in seinen Bandagen, und Graziella und Sebastian, die glühten gleich Kometen … Zu den sich plötzlich versteifenden, weiß hervortretenden Fingergelenken um die schweren Löffel, als Tante Gerda die riesige silberne Servierplatte hereintrug.

Und dem erleichterten Aufatmen und dem Ausdruck bewundernder Gier, als sie sie absetzte. Mit Eiern verziert und von Essiggurken übersät, die durchsichtigen Tiefen von exotischen Fischen und winzigen juwelenbesetzten Gemüsen glitzernd, wackelte das gefeierte Gericht ganz sanft vor ihren Augen: Flussneunaugen in Aspik! O ja – die Pfischingers hatten getreulich an sie gedacht.

Als die kleinste Nichte erwachsen und meine Mutter geworden war, schloss sie ihre Geschichte am liebsten an dieser Stelle. Aber ich bekniete sie jedes Mal, noch ein bisschen fortzufahren. Bis zu dem Tag nach Weihnachten. Zum Haus der Pfischingers am anderen Ende von Wien. Zu Herrn Doktor Pfischinger, einem kleinen, kahlen, milde gestimmten Mann, der die Treppe zu seinem Badezimmer emporsteigt. Er hält ein Messer mit langer Klinge in der Hand, einen Hammer, eine *Donnerbüchse* …

MARIE LUISE KASCHNITZ

Das Wunder

Die Schwierigkeit, die man im Verkehr mit Don Crescenzo hat, besteht darin, dass er stocktaub ist. Er hört nicht das Geringste und ist zu stolz, den Leuten von den Lippen zu lesen. Trotzdem kann man ein Gespräch mit ihm nicht einfach damit anfangen, dass man etwas auf einen Zettel schreibt. Man muss so tun, als gehöre er noch zu einem, als sei er noch ein Teil unserer lauten, geschwätzigen Welt.

Als ich Don Crescenzo fragte, wie das an Weihnachten gewesen sei, saß er auf einem der Korbstühlchen am Eingang seines Hotels. Es war sechs Uhr, und der Strom der Mittagskarawanen hatte sich verlaufen. Es war ganz still, und ich setzte mich auf das andere Korbstühlchen, gerade unter das Barometer mit dem Werbebild der Schifffahrtslinie, einem weißen Schiff im blauen Meer. Ich wiederholte meine Frage, und Don Crescenzo hob die Hände gegen seine Ohren und schüttelte bedauernd den Kopf. Dann zog er ein Blöckchen und einen Bleistift aus der Tasche, und ich schrieb das Wort »Natale« und sah ihn erwartungsvoll an.

Ich werde jetzt gleich anfangen, meine Weihnachtsgeschichte zu erzählen, die eigentlich Don Crescenzos Geschichte ist. Aber vorher muss ich noch etwas über diesen Don Crescenzo sagen. Meine Leser müssen wissen, wie arm er einmal war und wie reich er jetzt ist, ein Herr über hundert Angestellte, ein Besitzer von großen Wein- und Zitronengärten und von sieben Häusern. Sie müssen sich sein Gesicht vorstellen, das mit jedem Jahr der Taubheit sanfter wirkt, so als würden Gesichter nur von der beständigen Rede und Gegenrede geformt und bestimmt. Sie müssen ihn vor sich sehen, wie er unter den Gästen seines Hotels umhergeht, aufmerksam und traurig und schrecklich allein. Und dann müssen Sie auch erfahren, dass er sehr gern aus seinem Leben erzählt und dass er dabei nicht schreit, sondern mit leiser Stimme spricht.

Oft habe ich ihm zugehört, und natürlich war mir auch die Weihnachtsgeschichte schon bekannt. Ich wusste, dass sie mit der Nacht anfing, in der der Berg kam, ja, so hatten sie geschrien: Der Berg kommt, und sie hatten das Kind aus dem Bett gerissen und den schmalen Felsenweg entlang. Er war damals sieben Jahre alt, und wenn Don Crescenzo davon berichtete, hob er die Hände an die Ohren, um zu verstehen zu geben, dass dieser Nacht gewiss die Schuld an seinem jetzigen Leiden zuzuschreiben sei.

Ich war sieben Jahre alt und hatte das Fieber, sagte Don Crescenzo und hob die Hände gegen die Ohren, auch dieses Mal. Wir waren alle im Nachthemd, und das war es auch, was uns geblieben war, nachdem der Berg unser Haus ins Meer gerissen hatte, das Hemd auf dem Leibe, sonst nichts. Wir wurden von Verwandten aufgenommen, und andere Verwandte haben uns später das Grundstück gegeben, dasselbe, auf dem jetzt das Albergo steht. Meine Eltern haben dort, noch bevor der Winter kam, ein Haus gebaut. Mein Vater hat die Maurerarbeiten gemacht, und meine Mutter hat ihm die Ziegel in Säcken den Abhang hinuntergeschleppt. Sie war klein und schwach, und wenn sie glaubte, dass niemand in der Nähe sei, setzte sie sich einen Augenblick auf die Treppe und seufzte, und die Tränen liefen ihr über das Gesicht. Gegen Ende des Jahres war das Haus fertig, und wir schliefen auf dem Fußboden, in Decken gewickelt, und froren sehr.

Und dann kam Weihnachten, sagte ich, und deutete auf das Wort »Natale«, das auf dem obersten Zettel stand.

Ja, sagte Don Crescenzo, dann kam Weihnachten, und an diesem Tage war mir so traurig zumute wie in meinem ganzen Leben nicht. Mein Vater war Arzt, aber einer von denen, die keine Rechnungen schreiben. Er ging hin und behandelte die Leute, und wenn sie fragten, was sie schuldig seien, sagte er, zuerst müssten sie die Arzneien kaufen und dann das Fleisch für die Suppe, und dann wollte er ihnen sagen, wie viel. Aber er sagte es nie. Er kannte die Leute hier sehr gut und wusste, dass sie kein Geld hatten. Er brachte es einfach nicht fertig, sie zu drängen, auch damals nicht, als wir alles verloren hatten und die letzten Ersparnisse durch den Hausbau aufgezehrt waren. Er versuchte es einmal, kurz vor Weihnachten, an dem Tage, an dem wir unser letztes Holz im Herd verbrannten. An diesem Abend brachte meine Mutter einen Stoß weißer Zettel nach Hause und legte sie vor meinen Vater hin, und dann nannte sie ihm eine Reihe von Namen, und mein Vater schrieb die Namen auf die Zettel und jedes Mal ein paar Zahlen dazu. Aber als er damit fertig war, stand er auf und warf die Zettel in das Herdfeuer, das gerade am Ausgehen war. Das Feuer flackerte sehr schön, und ich freute mich darüber, aber meine Mutter fuhr zusammen und sah meinen Vater traurig und zornig an.

So kam es, dass wir am vierundzwanzigsten Dezember kein Holz mehr hatten, kein Essen und keine Kleider, die anständig genug gewesen wären, damit in die Kirche zu gehen. Ich glaube nicht, dass meine Eltern sich darüber viel Gedanken machten. Erwachsene, denen so etwas geschieht, sind gewiss der Überzeugung, dass es ihnen schon einmal wieder bessergehen wird und dass sie dann essen und trinken und Gott loben können, wie sie es so oft getan haben im Laufe der Zeit. Aber für ein Kind ist das etwas ganz anderes. Ein Kind sitzt da und wartet auf das Wunder, und wenn Das Wunder nicht kommt, ist alles aus und vorbei …

Bei diesen Worten beugte sich Don Crescenzo vor und sah auf die Straße hinaus, so als ob dort etwas seine Aufmerksamkeit in Anspruch nähme. Aber in Wirklichkeit versuchte er nur, seine Tränen zu verbergen. Er versuchte, mich nicht merken zu lassen, wie das Gift der Enttäuschung noch heute alle Zellen seines Körpers durchdrang.

Unser Weihnachtsfest, fuhr er nach einer Weile fort, ist gewiss ganz anders als die Weihnachten bei Ihnen zu Hause. Es ist ein sehr lautes, sehr fröhliches Fest. Das Jesuskind wird im Glasschrein in der Prozession getragen, und die Blechmusik spielt. Viele Stunden lang werden Böllerschüsse abgefeuert, und der Hall dieser Schüsse wird von den Felsen zurückgeworfen, so dass es sich anhört wie eine gewaltige Schlacht. Raketen steigen in die

Luft, entfalten sich zu gigantischen Palmenbäumen und sinken in einem Regen von Sternen zurück ins Tal. Die Kinder johlen und lärmen, und das Meer mit seinen schwarzen Winterwellen rauscht so laut, als ob es vor Freude schluchze und singe. Das ist unser Christfest, und der ganze Tag vergeht mit Vorbereitungen dazu. Die Knaben richten ihre kleinen Feuerwerkskörper, und die Mädchen binden Kränze und putzen die versilberten Fische, die sie der Madonna umhängen. In allen Häusern wird gebraten und gebacken und süßer Sirup gerührt.

So war es auch bei uns gewesen, solange ich denken konnte. Aber in der Christnacht, die auf den Bergsturz folgte, war es in unserem Hause furchtbar still. Es brannte kein Feuer, und darum blieb ich so lange wie möglich draußen, weil es dort immer noch ein wenig wärmer war als drinnen. Ich saß auf den Stufen und sah zur Straße hinauf, wo die Leute vorübergingen und wo die Wagen mit ihren schwachen Öllämpchen auftauchten und wieder verschwanden. Es waren eine Menge Leute unterwegs, Bauern, die mit ihren Familien in die Kirche fuhren, und andere, die noch etwas zu verkaufen hatten, Eier und lebendige Hühner und Wein. Als ich da saß, konnte ich das Gegacker der Hühner hören und das lustige Schwatzen der Kinder, die einander erzählten, was sie alles erleben würden heute Nacht. Ich sah jedem Wagen nach, bis er in dem dunklen Loch des Tunnels verschwand, und dann wandte ich den Kopf wieder und schaute nach einem neuen Fuhrwerk aus; als es auf der Straße stiller wurde, dachte ich, das Fest müsse begonnen haben und ich würde nun etwas vernehmen von dem Knattern der Raketen und den Schreien der Begeisterung und des Glücks. Aber ich hörte nichts als die Geräusche des Meeres, das gegen die Felsen klatschte, und die Stimme meiner Mutter, die betete und mich aufforderte, einzustimmen in die Litanei. Ich tat es schließlich, aber ganz mechanisch und mit verstocktem Gemüt. Ich war sehr hungrig und wollte mein Essen haben, Fleisch und Süßes und Wein. Aber vorher wollte ich mein Fest haben, mein schönes Fest …

Und dann auf einmal veränderte sich alles auf eine unfassbare Art. Die Schritte auf der Straße gingen nicht mehr vorüber, und die Fahrzeuge hielten an. Im Schein der Lampen sahen wir einen prallen Sack, der in unseren Garten geworfen, und hochgepackte Körbe, die an den Rand der Straße gestellt wurden. Fine Ladung Holz und Reisig rutschte die Stufen herunter, und als ich mich vorsichtig die Treppe hinauftastete, fand ich auf dem niederen Mäuerchen, auf Tellern und Schüsseln, Eier, Hühner und Fisch. Es dauerte eine ganze Weile, bis die geheimnisvollen Geräusche zum Schweigen kamen und wir nachsehen konnten, wie reich wir mit einem Male waren. Da ging meine Mutter in die Küche und machte Feuer an, und ich stand draußen und sog inbrünstig den Duft in mich ein, der bei der Verbindung von heißem Öl, Zwiebeln, gehacktem Hühnerfleisch und Rosmarin entsteht.

Ich wusste in diesem Augenblick nicht, was meine Eltern schon ahnen mochten, nämlich, dass die Patienten meines Vaters, diese alten Schuldner, sich abgesprochen hatten, ihm Freude zu machen auf diese Art. Für mich fiel alles vom Himmel, die Eier und das Fleisch, das Licht der Kerzen, das Herdfeuer und der schöne Kittel, den ich mir aus einem Packen Kleider hervorwühlte und so schnell wie möglich überzog. Lauf, sagte meine Mutter, und ich lief die Straße hinunter und durch den langen finsteren Tunnel, an dessen Ende es schon glühte und funkelte von buntem Licht. Als ich in die Stadt kam, sah ich schon von weitem den roten und goldenen Baldachin, unter dem der Bischof die steile Treppe hinaufgetragen wurde. Ich hörte die Trommeln und die Pauken und das Evvivageschrei und brüllte aus Leibeskräften mit. Und dann fingen die großen Glocken in ihrem offenen Turm an zu schwingen und zu dröhnen.

Don Crescenzo schwieg und lächelte freudig

vor sich hin. Gewiss hörte er jetzt wieder, mit einem inneren Gehör, alle diese heftigen und wilden Geräusche, die für ihn so lange zum Schweigen gekommen waren und die ihm in seiner Einsamkeit noch viel mehr als jedem anderen Menschen bedeuteten: Menschenliebe, Gottesliebe, Wiedergeburt des Lebens aus dem Dunkel der Nacht.

Ich sah ihn an, und dann nahm ich das Blöckchen zur Hand. Sie sollten schreiben, Don Crescenzo. Ihre Erinnerungen. – Ja, sagte Don Crescenzo, das sollte ich. Einen Augenblick richtete er sich hoch auf, und man konnte ihm ansehen, dass er die Geschichte seines Lebens nicht geringer einschätzte als das, was im Alten Testament stand oder in der Odyssee. Aber dann schüttelte er den Kopf. Zu viel zu tun, sagte er.

Und auf einmal wusste ich, was er mit all seinen Umbauten und Neubauten, mit der Bar und den Garagen und dem Aufzug hinunter zum Badeplatz im Sinne hatte. Er wollte seine Kinder schützen vor dem Hunger, den traurigen Weihnachtsabenden und den Erinnerungen an eine Mutter, die Säcke voll Steine schleppt und sich hinsetzt und weint.

THEODOR FONTANE

Noch einmal ein Weihnachtsfest

Noch einmal ein Weihnachtsfest,
Immer kleiner wird der Rest,
Aber nehm' ich so die Summe,
Alles Grade, alles Krumme,
Alles Falsche, alles Rechte,
Alles Gute, alles Schlechte –
Rechnet sich aus all dem Braus
Doch ein richtig Leben raus.
Und dies können ist das Beste
Wohl bei diesem Weihnachtsfeste.

PATRICK ROTH

Lichternacht

Da nun Joseph vom Schlaf
erwachte, tat er, wie ihm aufgetragen der Engel des Herrn,
und nahm seine Frau an.
Matthäus 1,24

Über den Abend des 24. Dezember 2002 habe ich mit den wenigen Gästen, die außer dem Brautpaar und mir damals dabei waren, nie mehr gesprochen. Keiner der Freunde hat ihn, soweit mir bekannt ist, je wieder erwähnt, geschweige denn an Joes Worte gerührt. Eigentlich war es, als hätte es ihn nie gegeben, den Abend. Das »Resultat«, sicher, daran erinnerte sich jeder. Unsere Freunde Joe Travers und Rose Reed waren an jenem Abend getraut worden. In ihrer Wohnung in der Zweiten Straße, unweit vom Santa-Monica-Strand. Die Sonne versank gerade im Meer, und das Wohnzimmer, in dem wir mit dem Bräutigam auf das Erscheinen der Braut warteten, färbte sich eine Zeitlang weinrot.

Eine halbe Stunde zuvor hatte uns Rose noch in T-Shirt und Jeans die Tür geöffnet, dann die Pastorin vorgestellt – eine beleibte Dame, die, flüsterte Rose uns zu, Joe in den Gelben Seiten gefunden und ihrer sympathischen Stimme wegen sofort angeheuert habe (Joe sprach gerade den Ablauf der Zeremonie mit ihr durch) –, hatte an vier von uns *instamatic cameras* verteilt, mit Larry und Trish ein Zeichen verabredet, auf das Trishs Videokamera und Larrys *Here Comes the Bride*-CD gestartet würden, damit sie, Rose, am Treppenabsatz erscheinen könne, und eilte dann aufgeregt, sich aber plötzlich nochmals umwendend – nach wem?, nach Joe, sah ich, seltsam und schrecklich, denn mir schien, als nähme sie Abschied in dieser Sekunde –, die Stufen nach oben, um sich, wie Joe ihr mehrmals zugerufen hatte, endlich würdig in Schale zu werfen.

Wie gesagt, eine halbe Stunde war vergangen, noch schien niemand besorgt. Einige hatten Joe gefragt, warum das Paar gerade diesen Tag als Hochzeitstermin gewählt habe. Der Bräutigam hatte die Frage umgangen, hatte fleißig Wein nachgeschenkt, nach dem Buffet gesehen, ein paar Tannenbaumnadeln aufgelesen und sich von Trish, die darauf bestand, die Krawatte neu binden lassen. Trish hielt es für irgendwie aufregend, dass Joe und Rose, wie sie eben gehört habe, sogar den Wortlaut des Eheversprechens geändert hätten.

»Das hätte mir vor zwei Jahren einfallen sollen«, rief Larry, und Trish fand das gar nicht lustig.

Joe wirkte beunruhigt. Mir war, als ginge – um uns her – etwas vor, von dem nur Joe wusste und wofür er verantwortlich war. Larry schien es auch zu spüren. Er meinte, Trish könne ja mal rauf, nach der Braut sehen.

»Nein, lass sie«, sagte Joe. »Wartet noch ein wenig mit mir. Mir fehlt etwas.«

»Die Braut!«, lachte einer.

»Ich bin euch eine Erklärung schuldig.« Joe warf einen Blick zur Treppe. Er zögerte und begann dann zu erzählen. »Es war 1977, am Weihnachtsvorabend, also heute vor ... 25 Jahren. Ich war damals – ich lebte noch in New York – in eine junge Frau verliebt ...«

»Whoaaa, jetzt kommt's raus, Frau Pastorin, hören Sie gut zu«, rief Larry. »Hey, Rose, hörst du da oben?«

Joe grinste verlegen. »Ich war völlig ... besessen von diesem Mädchen. Dachte nur noch an sie, an uns und wie wir ... den Rest unseres Lebens zusammen verbringen würden. Ich war Manager in einem Rund-um-die-Uhr-Diner in der Bronx. Da hatte sie mal ihre Schultasche liegenlassen. Ich weiß nicht, woher ich den Mut nahm ... Ich hätte sie anrufen sollen, klar: ›Ihre Sachen liegen hier, Miss. Sie können sie jederzeit abholen.‹ Aber ich tat nichts dergleichen. Fuhr den ganzen Weg rüber nach Queens, über die Brücke – sie wohnte in Whitestone – und bei ihr vorbei und ... ja, und ich hielt. Stieg aus, ging zur Tür – ich erinnere mich, ich musste auf halbem Weg nochmals zum Auto zurück, weil ich die Schultasche auf dem Beifahrersitz hatte liegenlassen. Es war ein kleines einstöckiges Haus. Ich habe angeklopft. Ja ... Und ein halbes Jahr später hab ich ihr dann den Ring gekauft. Einen Ring. Ich hatte ihr nichts davon gesagt, nichts. Am Weihnachtstag, dachte ich, am Weihnachtsmorgen dann sage ich's ihr, überrasche sie damit. *Willst du meine Frau werden?*«

»Was hast du nur mit dem Tag, Joe?«, meinte Trish. »Weihnachten, Mann, da gibt's doch schon genug zu feiern!«

»Für mich war da nie was«, sagte Joe. »Der Tag hat mir nie was bedeutet. Eine ganze Kindheit lang, dieses Getue! Jeder verschwand zu seiner Familie. Jeder, der eine hatte. Mir hat er nie was bedeutet. Aber der Tag, an dem ich um ihre Hand anhielte, der wäre zu feiern, dachte ich. Der würde mir ein Leben lang was bedeuten, versteht ihr? Ich hatte Vorkehrungen getroffen, von denen sie natürlich nichts ahnen konnte. Weihnachten und den Abend davor hätte ich Nachtschicht im Diner, log ich. ›Habe leider keine Vertretung gefunden‹, sagte ich. Sie war traurig, sah es ein, natürlich. Sie weinte sogar. Da war ich versucht, was zu sagen. Na ja, ich werd's bald wiedergutmachen, dachte ich.

Aber dann kam Sal nicht. Sal, der mich die Nacht vor Weihnachten Punkt zehn Uhr ablösen sollte. So war's ausgemacht. Draußen fiel Schnee, schon seit Mittag. Ein starker Wind war hinzugekommen, und ich dachte zunächst: Bei dem Wetter, klar, Sal wird sich ein wenig verspäten. Um zehn Uhr wollte ich los – kurz nach Hause, duschen, dann zu ihr. Aber Viertel vor elf war er noch nicht da. Um elf rief ich bei ihm an. Niemand nahm ab. Ich wählte die Nummer der Eltern, die in der Nähe wohnten. Die Mutter behauptete glatt, Sal sei krank. Liege mit hohem Fieber im Bett, was weiß ich. Nein, sie könne dem Sohn den Hörer nicht geben. Mann, hab ich mich aufgeregt! Umsonst, was sollte sie sagen.

Einen Moment lang dachte ich: Du bleibst eben hier. Die Nacht bringst du auch noch rum – mit den andern, die sich im Diner eingefunden hatten. In den zwei, drei Nächten um Weihnachten waren's immer mehr als sonst. Obdachlose, die vorgaben, nur mal eben so auf ein paar Stunden reinzuschaun.

Saßen vor ihrem Kaffee und schlossen, du konntest es sehen, die Hand fest um die Tasse, schoben den Finger tief in den Henkelring.

Da kam die Wut wieder hoch. Sollte dieser Sal meinen Plan verderben? Verdammt noch mal: Mein erstes gemeinsames Weihnachten? Ich ging zum Telefon zurück und rief bei ihr an. Sie hatte natürlich nicht mehr mit mir gerechnet. Es klang, als hätte sie schon geschlafen.

Gegen Mitternacht jedenfalls war ich mit meinem Wagen auf dem Weg zu ihr. Ich war in heller Aufregung. Der Schneesturm machte mir zu schaffen. Ich näherte mich gerade der Brücke. Ich weiß noch: Von Queens – vom anderen Flussufer – konntest du nichts mehr erkennen. Als gäbe es das Land schon nicht mehr, wo sie lebt. Windböen stießen mir seitlich an den Wagen. Ich beschleunigte, weiß ich noch, fuhr auf eines der beleuchteten Mauthäuschen am Eingang der Brücke zu. Sein Licht beruhigte mich irgendwie, war schon von weitem zu sehen gewesen. Und dahinter: Der Weg über die Brücke, und dann wäre es nicht mehr weit bis zu ihr. Dachte ich das noch?

Plötzlich gingen die Scheinwerfer aus, die Scheibenwischer hielten, die Flocken schossen aus dem Dunkel heran. Das war das Letzte, was ich sah. Dann ruckte der Wagen geräuschlos nach rechts.

Kein Motor mehr zu hören, ich trat voll aufs Pedal. Nichts. Auch keine Kraft in den Armen, das fühlte ich, das Steuer im letzten Moment herumzureißen. Der Wagen prallte mit Wucht gegen das Brückengeländer.

Hab mir die Stirn aufgeschlagen, dachte ich, als ich das Blut aufs Knie tropfen fühlte. Da lag ich mit dem Kopf noch am Steuerrad. Ich richtete mich auf, tastete die Stirn ab. Über der Nasenwurzel blutete es, aber nur leicht. Glück im Unglück, dachte ich. Im Wagen war es rasch kalt geworden. Die Heizung war an, als ich losfuhr, aber der Wind hatte die Wärme aus den Ritzen gesogen. Stieß immer kälter nach. Erst da bemerkte ich, dass ich keinen Mantel trug, nicht mal eine Jacke, und – wie konnte ich das vergessen – losgefahren war, ohne mich umzuziehen. Ich trug nur die dünne Uniform, das weiße Hemd mit dem Diner-Logo und meinem Namensschild.

Ich glaube, da kam mir der Verdacht … – den ich schnell beiseiteschob. Wie gesagt, es war verdammt kalt geworden. Ich drehte den Zündschlüssel um, versuchte, den Motor in Gang zu bringen. Nicht mal ein Hauch von Geräusch. Jedenfalls war bei dem Sturm nichts zu hören. Im Auto könnte ich auf Hilfe nicht warten, wusste ich. Müsste hier raus.

Ich versuchte, durch die Scheibe nach vorn zu sehen. War gar nicht einfach, sie war schon so gut wie zugeweht. Aber die Mautstelle, die eine, glaubte ich im Dunkel noch zu erkennen. Sie lag geradeaus vor mir, ihr warmes Licht – im Sturm schien es gleichsam zu flackern – war keine zwanzig Meter vom Wagen entfernt, schätzte ich.

Erst mal dorthin, dachte ich. Der Mann würde mir weiterhelfen. Den Abschleppdienst rufen.

Ich steige also aus dem Wagen und … – Sagt mal, könnt ihr mir folgen?«

»Jaja«, antworteten wir ungeduldig, als solle er uns jetzt nicht im Schnee stehenlassen. »Erzähl weiter«, sagte ich und warf einen Blick zum Treppenabsatz: Noch kein Zeichen von Rose.

»Ich steige also aus«, sagte Joe, »und geh ein paar Schritte im Sturm, Kopf nach unten, die Arme – mich panzernd – verschränkt auf der Brust. Schon nach wenigen Metern haut es mich um. Der Wind. Reißt mich zu Boden. Ich liege flach, rapple mich auf, spüre, wie es sofort kalthaftend nachzieht, durch Knie, Arme, die Brust, meine Hände. Ich stiere nach vorn. Mir ist, als säh ich überhaupt nichts mehr, nur noch Dunkelheit. Schwarzen Schnee. Das Licht des Mauthäuschens war nicht mehr zu erkennen. Mein Wagen – ich wandte mich um – war's aber noch, noch gut zu erkennen, wie beruhigend, nur vier, fünf Meter hinter mir. Also weiter, nur weiter, dachte ich, in der Richtung da vorn muss es ja liegen. Wird gleich wieder auftauchen.

Vier, fünf Schritte gegen den eisigen Schneewind, der in voller Stärke auf mich zuhielt, und ich hatte den Eindruck, es könnte noch Stunden dauern, bis ich die Mautstelle erreiche, als wanderte ich schon Tage, so erschöpft war ich.

Endlich sah ich's, wie durch ein Sieb, an dem das Licht brüchig gefror. Sah es auftauchen vor mir, das Häuschen mit seiner Schranke. Ich hörte Weihnachtsklänge hinter den Fenstern, irgendeine glockenselig heile Musik, die mich im Diner verrückt gemacht hätte, mich aber jetzt euphorisch stimmte. Ich würde es schaffen. Der Mann hatte mich schon bemerkt, ungläubig erst, wer da aus dem Dunkel im Sturm vor den Fenstern auftauchte: *Einer zu Fuß!* Ich sah sein besorgtes Gesicht, als er Anstalten machte, mir zu öffnen. Beim letzten Schritt noch, auf die Tür zu, fiel mir ein, dass ich den Ring im Auto gelassen hatte. Dürfte ihn später nicht vergessen.

Sobald ich ins Innere des Mauthäuschens trat, der Mann die Tür hinter mir schloss, Wärme mich umfing, die eine kleine elektrische Heizung – er hatte sie sich seitlich neben den Stuhl gestellt – im

Raum verbreitete, war mir, als entdeckte ich eine neue Welt, eine Insel im Sturm, ganz für sich und allen Zeiten trotzend, komme, was da wolle. Ich habe wohl nur gestottert, konnte ihm zunächst nichts erklären. Er winkte ab, gab mir eine Decke und hieß mich die nassen Sachen ausziehen, Platz auf seinem Stuhl zu nehmen – ich sollte mich erst mal aufwärmen. Er goss mir Tee aus seiner Thermosflasche ein. Der dampfte wohlig, roch nach Likör. Ich trank noch nicht, zog mich mit Mühe aus und war dann zu schwach, mir die Decke um den Leib zu wickeln, mich wieder zu setzen. Er half mir, schob auch den Heizofen zurück, damit, wie er sagte, nichts Feuer finge.

›Heute Nacht noch über die Brücke?‹, fragte er. Das klang, als stünde mein Wagen fahrbereit vor der Tür.

›So war's geplant‹, sagte ich. ›Aber jetzt müssen wir erst mal jemanden bekommen, der mir den Wagen –‹

›Und warum?‹, unterbrach er mich neugierig.

Da durchschoss mich ein Schmerz, riss sich vom Herz bis in die Spitzen der linken Hand, dass ich auffuhr, die Augen schloss. Ich tat aber, als sei ich aufgestanden, besorgt, nach dem Wagen zu sehen. Was geht *den* das an, dachte ich. Was geht's einen Fremden an, warum ich heute Nacht …

›Wir sollten uns um den Wagen kümmern‹, hab ich zu ihm gesagt. Und dachte dabei: Wirklich, bei dem Sturm kannst du froh sein, wenn dich der Abschleppdienst noch ausgraben kann.

Ich blickte also nach hinten, ihm anzudeuten, in welcher Richtung mein Wagen stand. Und erschrak, als ich das Auto – auf die Entfernung – ohne weiteres sehen konnte. Es war angestrahlt, überschneit wie es war, deutlich zu sehen. Eine Polizeistreife hatte ihre Scheinwerfer darauf gerichtet. Ein Blinklicht rotierte, rot-weiß-blaue Flecken spiegelten sich nass auf einer freigelegten Stelle meiner Windschutzscheibe. Da wollen sie sehen, ob jemand noch drinsitzt, dachte ich.

›Ich muss hin, denen sagen, dass ich …‹

Ich winkte den Cops, die mich aber noch nicht bemerkt hatten. Hielt inne, als ich ein zweites Blinklicht bemerkte, das hinter dem Streifenwagen auftauchte. Ich sah Sanitäter herbeieilen. Sah einen Polizisten, der meine Wagentür öffnete: einen, der drin saß. Vornübergesunken, leblos. Sah *mich.*«

Joe sog den Atem ein, als tauchte er unter. Mit uns. Denn da war es, als stünden wir alle im Schneewind auf der Brücke vor seinem Wagen. Hätte ein Zuspätgekommener in diesem Moment durchs Wohnzimmerfenster der Zweiten Straße in Santa Monica geblickt, er hätte niemanden gesehen. Keine Hochzeitsgesellschaft, keinen Bräutigam, niemand in Erwartung der Braut.

Wir standen auf der Brücke nach Queens. Der böige Wind trieb den Schnee in Wirbeln durch die Lichtkegel. Einer war auf die Autotür gerichtet, die ich jetzt öffnete. Ich war der Polizist und hielt Larry, der sich in der Uniform des Sanitäters ins Innere des Wagens beugte, die Tür auf, an der die Winde rüttelten. Joe wurde kurz untersucht. Dann hörte ich Larrys Stimme: »Tot. Schon ’ne ganze Weile.«

»Ich stand am Fenster im Mauthaus«, sprach Joe, »und beobachtete, wie sie mich tot aus dem Wagen zogen. Ich sah meine linke Hand von der Trage gleiten. Sie sank in den Schnee auf der Brücke, als sie mich niederlegten, um auch den anderen Sanitäter einen Blick auf mich werfen zu lassen.

›Heute Nacht noch über die Brücke‹, hörte ich den Mann im Mauthaus hinter mir sagen. Jetzt war es eine Feststellung, keine Frage mehr.

Nochmals fuhr der Schmerz in mich, der mich bis hierher gebracht hatte. Und mit ihm die Erinnerung: Ich hatte sie noch aus dem Diner angerufen, sie hatte nicht mehr mit mir gerechnet. Es klang, als hätte sie bereits geschlafen. Aber etwas an ihren Worten, ihrem Atem, als ich sagte, ich würde noch kommen, beunruhigte mich. ›Bin gleich bei dir‹, sagte ich und hörte ein Geräusch im Hintergrund, eine Stimme. Einen Mann.

›Wer ist da? Wer ist bei dir?‹, hab ich sie gefragt. Sie schwieg, und als ich sie wiederholte, die Frage, hieß es: ›Komm nicht.‹ Sie habe es mir längst sagen wollen, habe es nicht übers Herz gebracht. ›Übers Herz‹. Sie hat nichts geleugnet. Nichts. ›Morgen komm ich bei dir vorbei‹, hat sie gesagt. Und nochmals hörte ich die Stimme im Hintergrund. Wer immer bei ihr war, war wütend, dass sie überhaupt mit mir sprach. Da wurde mir schwindlig.

Die Bedienung sah, wie ich den Hörer fallen ließ, mich am Geschirrwagen stützte, kaum mehr Atem bekam. Mit letzter Kraft bin ich nach draußen gerannt. Stieg in den Wagen, um zu ihr zu fahren. Ich musste zu ihr, musste sie sehen. Noch diese Nacht.

Es war still geworden im Mauthäuschen. Der Sturm war zu sehen, aber nicht mehr zu hören. Auch das Radio, fiel mir auf, war ausgeschaltet, die Röhren des elektrischen Ofens erloschen. Die Wärme, die blieb, stieg nach oben, und ich glaubte, die Seiten des alten Kalenders, der an der Wand hing, in sanftem Luftstrom rascheln zu hören. Fast unmerklich wurde es dunkler. Das Licht der Deckenlampe, das die Mautstelle hell beleuchtet hatte, nahm sich zurück. Als drehe jemand an einem Rheostat, dachte ich. Der Mann saß wieder in seinem Stuhl, von mir abgewandt. Er wartete. Es sah aus, als warte er, bis auch dieser Raum sich verdunkelt hätte. Ich wusste, gleich ist es so weit.

Ein Dämmerzustand trat ein. Letzte Gedanken zogen vorbei, über die ich nur staunen konnte: Ich sah die geliebte Frau, die ich … gar nicht gekannt hatte. Wer war sie gewesen? Wen liebte ich, wenn ich an sie dachte? ›Wo bist du‹, dachte ich, als spräche ich sie noch einmal an. Auch Bilder aus einem Traum, den ich Tage zuvor gehabt hatte, als ich nah an ihr schlief. Da träumte mir, ich spielte in einem Märchen. Ein paar von uns waren daraus erwacht und mussten nun fliehen, uns verstecken, um nicht mehr im Märchen mitspielen zu müssen. Die meisten spielten es weiter, manche von uns in Todesangst, ihr Wachgewordensein könnte entdeckt werden. Das bist alles du, Joe, das warst alles du, sagte ich mir.

Jetzt war es dunkel. Hinter dem Mann aber, von der anderen Seite der Brücke her, kam ein Licht.

Er stand langsam auf, sah es kommen. Wir beide sahen es kommen. Es waren Scheinwerfer, ein einzelner Wagen, der von der anderen Seite her über die Brücke kam. Sein Licht streifte unsere Fenster. Wie seltsam, dachte ich, wie kindisch märchenhaft: Man kommt von der anderen Seite dich abholen, Joe.

Langsam, sehr langsam, als ginge es über brüchiges Eis, fuhr der Wagen, bis er, einige Spuren entfernt, auf der Höhe der Mautstelle hielt. Jemand stieg aus und – ich sah es sofort – wollte quer über die Bahnen auf den verunglückten Wagen zu. Es war die Frau, die ich liebte. Sie hielt die Hand gegen den Wind und hastete kurz darauf an unseren Fenstern vorbei.

Sie wird sich das nie vergeben, dachte ich. Und im selben Moment: Dabei ist es nicht einmal ihre Schuld. Verglichen mit dem, was mir jetzt bevorstand, verglichen mit der Dunkelheit des Raums, in dem wir standen, schien mir ›Schuld‹ unbegreiflich. Was war das? Etwas, das ich ihr angetan hatte? Etwas, das sie mir schenkte? Weil ich nicht aufwachen wollte – oder, aufgewacht, weiterspielte, todesängstlich weiter im Märchen, ihr den Ring noch zu geben. Zu binden, was unverbunden war.

Ich sah sie zu den Sanitätern eilen. Die Polizisten suchten sie zu beruhigen. Man wollte die Bahre vom Boden heben, den Körper zum Wagen tragen. Da – ich fühlte, wie ein entsetzlicher Schmerz mich durchriss – fasste sie meine Hand. Fasste die Linke, die neben dem Bahrenrand im Schnee lag. Hob sie und legte sie neben mein Bein. Sie ließ nicht los, obwohl es mich schmerzte, ließ nicht los, obwohl die Leute nun standen, die Bahre erhoben, ließ nicht los, obwohl sie damit zum Wagen trotteten, ließ nicht los, obwohl ich schrie, schrie hinterm Fenster, sie solle mich gehen lassen, ließ nicht los. Ließ nicht los, als sie die Bahre in ihren Wagen schoben, ließ nicht los, als einer sagte: ›Das geht nicht, Sie können nicht mit.‹ Ließ nicht los, als sie die Türen zuschlugen, es dunkel wurde. Ließ nicht los. Nie mehr los.«

Joe hatte sie nicht bemerkt. Wir alle hatten sie nicht bemerkt. Nur Larry deutete auf die Treppe, die sich erhellt hatte – denn das war das Zeichen.

»Hey, Joe …«, sagte Larry.

Da kam Rose, zu den Takten von *Here Comes the Bride*, in einem weißen Kleid, das sie auf Montana Avenue gekauft hatte, die Treppe herab auf Joe zu. Als sie seine Hand fasste, vor die Pastorin zu treten, blitzten die Kameras auf.

WILLIAM SAROYAN

Am dritten Tag nach Weihnachten

Donald Efaw, sechs Jahre und drei Monate alt, stand an der Ecke der dritten Avenue und der siebenunddreißigsten Straße; sein ärgerlicher Vater Harry hatte ihm vor einer Stunde befohlen, eine Minute hier zu warten, während er in den Laden ging, um eine Arznei für Alice zu holen, die hustend und weinend krank zu Bett lag. Alice war drei und hatte sie alle die ganze Nacht wach gehalten. Donalds nervöser Vater Harry hasste den Lärm und gab Mutter die Schuld. Mutter hieß Mabelle. »Mabelle Louisa Atkins Fernandez, ehe ich Harry Efaw heiratete«, hatte der Junge seine Mutter einmal zu einem Mann sagen hören, der das zerbrochene Fenster in der Küche reparieren sollte. »Mein Mann hat von seiner Mutter etwas Indianerblut, und ich habe von meinem Vater etwas Indianerblut. Fernandez klingt mehr mexikanisch oder spanisch als indianisch, aber mein Vater hatte trotzdem einen Schuss indianisches Blut. Allerdings haben wir nie unter Indianern gelebt, wie manche Mischlinge. Wir haben immer in Städten gewohnt.«

Der Junge trug Überziehhosen und ein altes kariertes Jackett, das sein Vater abgetragen hatte; wenn es nicht so schlecht gesessen hätte, dann hätte es einen Mantel für das Kind abgeben können. Die Ärmel waren abgeschnitten, damit sie ihm passten, das war alles. Die Taschen saßen außer Reichweite, und der Junge musste sich die Hände reiben, um sie warm zu halten. Es war jetzt vormittags gegen elf Uhr.

Donalds Vater war in den Laden gegangen. Nun würde er sicher bald herauskommen; und dann gingen sie heim, und dann gab Mutter Alice etwas von dem Zeug – Milch und Medizin –, und dann hörte Alice auf zu weinen und zu husten, und die Eltern hörten auf zu streiten.

Der Laden war Haggertys Bar. Sie hatte einen Eingang an der Ecke und einen andern an der Seitenstraße. Harry Efaw hatte den Ausgang nach der 37. Straße benutzt, fünf Minuten nachdem er hineingegangen war. Er hatte den Jungen auf der Straße nicht vergessen, er wollte nur eine Weile weg von ihm, und auch weg von den andern. Er hatte einen kleinen Schuss Korn getrunken, der zu viel gekostet hatte, das war alles. Er hatte einen Vierteldollar gekostet, und das war zu viel für einen Schuss

Korn. Er hatte das Getränk hinuntergekippt und war aus dem Lokal gelaufen und weggegangen; er wollte nach ein paar Minuten zurückkommen und den Jungen abholen und dann Lebensmittel und Medizin kaufen und nach Hause gehen, um zu sehen, ob etwas gegen die Krankheit des kleinen Mädchens zu tun sei, aber irgendwie war er einfach immer weitergegangen.

Endlich trat Donald in den Laden und merkte, dass er anders war als jeder andere Laden, den er gesehen hatte. Der Mann in der weißen Jacke sah ihn an und sagte: »Du darfst nicht hier herein. Geh nach Hause.«

»Wo ist mein Vater?«

»Ist der Vater dieses Jungen hier im Hause?«, rief der Mann, und alle Leute im Lokal, es waren sieben Männer, drehten sich um und sahen Donald an.

Sie sahen ihn nur einen Augenblick an, dann fuhren sie fort zu trinken und zu reden.

»Wer auch dein Vater ist«, sagte der Mann, »hier ist er nicht …«

»Harry«, sagte Donald. »Harry Efaw.«

»Ich kenne niemand, der Harry Efaw heißt. Los, geh nach Hause!«

»Er sagte mir, ich soll draußen eine Minute warten.«

»Ja, ich weiß. Na ja, hier kommen viele Leute her, die bloß ein Glas trinken und dann gehen. Ich glaube, er hat's auch so gemacht. Wenn er dir gesagt hat, du sollst draußen warten, dann tu's lieber. Du kannst nicht hier drin bleiben.«

»Draußen ist es kalt.«

»Ich weiß, dass es draußen kalt ist«, sagte der Barkellner.

»Aber du kannst hier nicht bleiben. Warte draußen, wies dir dein Vater gesagt hat, oder geh nach Hause.«

»Ich weiß nicht, wie«, sagte der Junge.

»Weißt du die Adresse?«

Offenbar verstand der Junge den Sinn der Frage nicht, und so versuchte es der Barkellner auf andere Art.

»Weißt du die Nummer von eurem Haus, und den Namen der Straße?«

»Nein. Wir kamen zu Fuß. Um Medizin für Alice zu holen.«

»Ja, ich weiß«, sagte der Mann geduldig. »Und ich weiß auch, dass es draußen kalt ist, aber es ist besser, du gehst trotzdem hier heraus. Ich darf keine kleinen Jungem in dies Lokal kommen lassen.«

Ein schwächlicher Mann von etwa sechzig, der mehr als halbbetrunken und halbtot war, stand von seinem Tisch auf und ging auf den Barkellner zu.

»Ich würde den Jungen gern nach Hause bringen, wenn er mir den Weg zeigt.«

»Setzen Sie sich wieder«, sagte der Barkellner. »Der Junge weiß den Weg nicht.«

»Vielleicht doch«, sagte der Mann. »Ich habe selbst Kinder gehabt, und die Straße ist kein Platz für kleine Jungen. Ich bringe ihn wirklich gerne nach Hause zu seiner Mutter.«

»Ich weiß«, sagte der Barkellner. »Aber setzen Sie sich nur hin.«

»Ich bringe dich heim, Jungchen«, sagte der alte Mann.

»Setzen Sie sich hin.« Der Barkellner schrie es fast, und der alte Mann drehte sich erstaunt um.

»Für was halten Sie mich überhaupt?«, fragte er leise. »Der Junge hat Angst bekommen und friert und braucht seine Mutter.«

»Wollen Sie sich bitte hinsetzen?«, sagte der Barkellner. »Ich weiß alles von dem Jungen. Und Sie sind schon gar nicht der Mann, um ihn nach Hause zu seiner Mutter zu bringen.«

»Jemand muss ihn doch nach Hause zu seiner Mutter bringen«, sagte der alte Mann leise, dann rülpste er. Er steckte in abgetragener und derber Kleidung von der Art, die man – das wusste der Barkellner – von Wohlfahrtsverbänden bekommt. Er besaß vermutlich noch dreißig oder vierzig

Cents für Bier, Geld, das er sich höchstwahrscheinlich erbettelt hatte.

»Es ist der dritte Tag nach Weihnachten; keiner von uns hat das Recht, einfach zu vergessen, dass man so einem kleinen Burschen nach Hause helfen muss!«

»He, was ist eigentlich los?«, fragte ein anderer Trinker von seinem Platz her.

»Nichts ist los«, sagte der Barkellner. »Der Vater dieses Jungen hat zu ihm gesagt, er soll draußen auf ihn warten – das ist alles.« Der Mann wandte sich an Donald Efaw. »Wenn du nicht weißt, wie du nach Hause kommst, dann warte eben draußen, wie's dir dein Vater gesagt hat; sicher kommt er bald zurück und nimmt dich mit nach Hause. Nun mach voran – geh raus!«

Der Junge verließ das Lokal und begab sich wieder dorthin, wo er schon über eine Stunde gestanden hatte. Der alte Mann ging dem Jungen nach. Der Barkellner schwang sich über die Bar, griff vor der Schwingtür den Alten bei den Schultern, drehte ihn herum und führte ihn zurück zu seinem Stuhl.

»Jetzt setzen Sie sich«, sagte er sanft. »Es steht Ihnen nicht zu, sich Gedanken über den Jungen zu machen. Kümmern Sie sich um sich selbst. Ich werde dafür sorgen, dass ihm nichts passiert.«

»Für was halten Sie mich überhaupt?«, sagte der alte Mann wieder.

Mit einem kurzen Blick die Straße auf und nieder wandte sich der Barkellner, ein kleiner, gedrungener Ire, Anfang der fünfzig, an der Schwingtür um und sagte: »Haben Sie in letzter Zeit einmal in den Spiegel gesehen? Sie würden nicht bis zur nächsten Ecke kommen, mit dem kleinen Jungen an der Hand.«

»Warum nicht?«, fragte der alte Mann.

»Weil Sie nicht wie der Vater irgendeines kleinen Jungen aussehen oder wie ein Großvater oder Freund oder so was.«

»Ich hatte selbst Kinder«, sagte der Alte leise.

»Ich weiß«, sagte der Barkellner. »Aber sitzen Sie bloß still. Manche Leute dürfen eben nett zu Kindern sein, und manche nicht. Das ist alles.«

Er brachte eine Flasche Bier zum Tisch des alten Mannes und stellte sie neben sein leeres Glas.

»Hier ist eine Flasche auf meine Rechnung«, sagte er. »Ich darf zu alten Leuten, wie Sie einer sind, gelegentlich nett sein, und Sie dürfen gelegentlich zu Barkellnern, wie ich einer bin, nett sein. Aber Sie dürfen nicht nett sein zu einem kleinen Burschen, dessen Vater wahrscheinlich in einem Lokal hier in der Nähe ist. Sitzen Sie lieber still und trinken Sie Ihr Bier.«

»Ich brauche Ihr dreckiges Bier nicht«, sagte der alte Mann. »Und Sie können mich nicht gefangen halten in Ihrer dreckigen Bar.«

»Bleiben Sie bloß still sitzen, bis der Vater des Jungen kommt und ihn nach Hause bringt, dann können Sie so schnell Sie wollen hier raus.«

»Ich will aber jetzt hier raus«, sagte der alte Mann. »Ich brauche von niemand in der ganzen Welt Schimpfworte einzustecken. Wenn ich Ihnen mal was darüber erzählte, wer ich bin, ich glaube, dann würden Sie nicht so zu mir sprechen, wie Sie gesprochen haben.«

»Gut, gut«, sagte der Barkellner. Er wollte nicht, dass ihm die Sache aus der Hand glitt, er wollte keinen Krach, und er spürte, dass er den Alten im Guten davon abbringen konnte, dem Jungen durchaus helfen zu wollen. »Erzählen Sie mir was darüber, wer Sie sind, und vielleicht sprech ich dann ganz anders zu Ihnen, nicht so wie jetzt.«

»Das würden Sie sicher, sag ich Ihnen!«, sagte der alte Mann.

Der Barkellner war froh, als er sah, dass der Alte sich Bier in sein Glas goss. Er beobachtete, wie er das erste Drittel des Glases austrank, und dann sagte der alte Mann: »Mein Name ist Algayler, ja, das ist mein Name.«

Er trank noch etwas Bier, und der Barkellner

wartete, dass er weiterspräche. Er stand jetzt am Ende der Theke, so dass er ein Auge auf den Jungen auf der Straße haben konnte. Das Kind rieb die Hände aneinander, aber sonst fehlte ihm offenbar nichts. Es war ein Junge, der durch Härten aller Art zäh geworden war, und das Warten auf der Straße, bis der Vater käme, würde ihm nicht übermäßig viel anhaben können.

»Algayler«, sagte der alte Mann wieder, und er sprach leise weiter. Der Barkellner konnte nicht hören, was er dann sagte, aber das machte nichts, denn er wusste, dass der Alte von jetzt an in Ordnung war. Er hatte wieder völlig zu sich selbst zurückgefunden.

Eine Frau, die schon etwa eine Woche jeden Tag um Mittag in die Bar kam, trat ein mit einem Foxterrier an der Leine und sagte: »Draußen steht ein kleiner Junge vor der Tür – in der Kälte! Zu wem gehört er denn?«

Die Frau biss die falschen Zähne zusammen, als sie die Trinker musterte, und der Hund tanzte um ihre Füße, um sich an die Wärme des Lokals zu gewöhnen.

»Ihm fehlt nichts«, sagte der Barkellner. »Sein Vater macht eine Besorgung. Er wird jede Minute zurückkommen.«

»Er täte gut daran, in einer Minute zurückzukommen«, sagte die Frau. »Wenn ich etwas nicht ausstehen kann, dann ist es ein Vater, der seinen Jungen auf der Straße rumstehen lässt!«

»Algayler.« Der alte Mann drehte sich um und sprach mit sehr lauter Stimme.

»Was sagen Sie zu mir, Sie betrunkener alter Strolch?«, sagte die Frau. Der Hund ging auf den alten Mann zu, strammte die Leine und bellte ein paar Mal.

»Es ist nichts Schlimmes«, sagte der Barkellner höflich. »Er hat nur seinen Namen gesagt.«

»Na, dann ist es ja in Ordnung, wenn er nichts anderes gesagt hat«, meinte die Frau und biss ihre falschen Zähne wieder zusammen. Auch der Hund beruhigte sich ein wenig, musste aber immer noch wegen der Wärme herumtanzen. Er trug eine kleine Schabracke, die sie ihm bei kaltem Wetter immer anzog, aber die nützte seinen Pfoten nichts, und seine Pfoten waren es, die die Kälte am meisten spürten.

Der Barkellner goss Bier für die Frau in ein Glas, und sie begann, an der Bar stehend, zu trinken. Schließlich kletterte sie auf einen Barstuhl, um sich's gemütlich zu machen, und der Hund hörte auf zu tanzen, um herumzuschnüffeln.

Der Barkellner brachte Algayler eine weitere Flasche Freibier, und ohne ein Wort, ja, ohne einen

Blick waren beide übereingekommen, auf dieser Basis Frieden zu halten.

Ein Mann von etwa fünfunddreißig, dessen Gesicht und sauber geschnittenes Bärtchen irgendwie bekannt schienen, trat von der Tür zur 37. Straße her ein und forderte einen Schluck Bourbon; der Barkellner schenkte ein und fragte darauf so leise, dass kein anderer ihn hören konnte: »Das ist doch sicher nicht Ihr Sohn, der da draußen steht, nicht wahr?«

Der Mann hatte das kleine Glas an die Lippen gehoben und dabei angeschaut, aber nun, nachdem er die Frage gehört hatte, sah er vom Glas auf zum Barkellner, schluckte schnell hinunter und ging wortlos zum Fenster, um einen Blick auf den Jungen zu werfen. Schließlich wandte er sich nach dem Barkellner um und schüttelte den Kopf. Er forderte noch ein Glas und trank es aus, dann ging er hinaus und an dem Jungen vorbei, ihn kaum beachtend.

Nachdem Algayler seine zweite Flasche Bier ausgetrunken hatte, begann er auf seinem Stuhl vor sich hin zu dösen, und die Frau mit dem Foxterrier fing an, dem Barkellner etwas von ihrem Hund zu erzählen.

»Ich habe Tippy, seit er lebt«, sagte sie, »und wir sind die ganze Zeit zusammen gewesen. Jede Minute!«

Ein Mann unter dreißig in ziemlich guter Kleidung kam um Viertel nach zwölf herein und bestellte sich einen Johnny Walker, schwarzes Etikett, auf Eis und mit einem Glas Wasser, entschied sich dann rasch für Rotes Etikett, und als er ausgetrunken hatte, fragte er: »Wo ist der Fernsehapparat?«

»Wir haben keinen.«

»Keinen Fernsehapparat?«, fragte der Mann aufgeräumt. »Ja, was ist denn das für'n Laden? Ich wusste nicht, dass es in ganz New York 'ne Bar gibt, die keinen Fernsehapparat hat. Was sehen sich die Leute denn hier drin an?«

»Wir haben bloß einen Musikautomaten.«

»Gut, also okay«, sagte der Mann. »Wenn das alles ist, was Sie haben, dann ist es eben alles. Was möchten Sie gern hören?«

»Ganz nach Ihrem Belieben.«

Der Mann studierte die Titel der verschiedenen Platten, die im Automaten waren, und sagte dann: »Wie wär's mit Benny Goodman – Jingle Bells?«

»Wie Sie wünschen«, sagte der Barkellner.

»Okay«, sagte der Mann und steckte einen Nickel in den Schlitz, »also Jingle Bells.«

Der Automat lief an, während sich der Mann wieder an die Bar setzte und der Barkellner ihm noch ein Glas Rotes Etikett über Eis mischte. Die Musik begann, und nachdem der Mann einen Augenblick zugehört hatte, sagte er: »Das ist nicht Jingle Bells, das ist etwas anderes.«

»Sie haben auf die falsche Nummer gedrückt.«

»Na«, sagte der Mann freundlich, »spielt keine Rolle. Spielt keine Rolle. Das da ist auch keine schlechte Nummer.«

Der Junge kam wieder herein, aber der Musikautomat machte zu viel Lärm – der Barkellner konnte ihm nicht sagen, er solle hinausgehen, ohne ihn anzuschreien, und so ging er hinüber zu dem Jungen und führte ihn hinaus auf die Straße.

»Wo ist mein Vater?«, sagte Donald Efaw.

»Er wird jede Minute zurück sein. Warte nur hier draußen!«

So ging es weiter bis halb drei, als es anfing zu schneien. Der Barkellner passte einen geeigneten Augenblick ab, um hinauszugehen und den Jungen hereinzuholen. Er machte kleine Abstecher in die Küche und holte dem Kind etwas zu essen. Der Junge saß auf einer Kiste hinter der Theke, so dass ihn niemand sehen konnte, und aß von dem Deckel einer zweiten Kiste.

Nachdem er gegessen hatte, wurde er schläfrig, und nun machte ihm der Barkellner ein Lager auf ein paar leeren Bierkästen, wo er sich ausstrecken konnte; er benutzte seinen Mantel als Matratze und drei alte Schürzen aus dem Wäschebeutel und sein Jackett als Decke. Sie hatten beide kein Wort gesprochen, er und der Junge, seit er ihn hereingebracht hatte, und als das Kind sich jetzt ausstreckte und am Einschlafen war, lächelte und weinte es beinahe gleichzeitig.

Die morgendlichen Trinker waren weggegangen, mit ihnen Algayler und die Frau mit den falschen Zähnen und dem Foxterrier, und das einkehrende Publikum wechselte ein weiteres Mal, während der Junge immer noch schlief.

Es war Viertel vor fünf, als er sich aufrichtete. Er erinnerte sich schnell an den Barkellner, aber sie sprachen wieder nicht. Er setzte sich auf, als wäre er zu Hause in seinem Bett, träumte zehn Minuten mit offenen Augen und stieg dann herunter.

Jetzt war es draußen dunkel, und es schneite so heftig wie bei einem Unwetter. Der Junge betrachtete einen Augenblick den Schnee, dann wandte er sich um und sah zu dem Barkellner auf.

»Ist mein Vater zurückgekommen?«, fragte er.

»Noch nicht«, sagte der Barkellner.

Er kniete sich hin, um mit ihm zu sprechen.

»In ein paar Minuten bin ich mit meiner Arbeit fertig, und wenn du mir euer Haus zeigen kannst, wenn du's siehst, werde ich versuchen, dich nach Hause zu bringen.«

»Ist denn mein Vater nicht gekommen?«

»Nein, er ist nicht gekommen. Vielleicht hat er vergessen, wo er dich stehenließ.«

»Er ließ mich doch hier«, sagte der Junge, als wäre das etwas, was man unmöglich vergessen kann. »Direkt vor der Tür.«

»Ich weiß.«

Der Barkellner vom Nachtdienst kam in seiner weißen Jacke aus der Küche und sah den Jungen.

»Wer ist denn das, John? Eins von deinen Kindern?«

»Hmmm ja«, sagte der Barkellner, der keine Lust hatte, dem andern auseinanderzusetzen, was geschehen war.

»Wo hat er denn den Rock her?«

Der Junge zuckte zusammen und sah zu Boden.

»Es ist ein alter Rock von mir«, sagte der Barkellner. »Er hat natürlich einen eigenen, aber er will durchaus gerade diesen alten Rock tragen.«

Der Junge blickte mit einem Mal zu dem Barkellner auf, überrascht.

»Ja, ja, John, so ist es nun einmal mit Kindern«, sagte der vom Nachtdienst, »immer wollen sie gerne so sein wie der Vater.«

»Das stimmt«, sagte der Barkellner.

Er legte seinen weißen Kittel ab und zog sein Straßenjackett und seinen Mantel an und nahm den Jungen bei der Hand.

»Gute Nacht«, sagte er, und sein Kollege wünschte ihm auch gute Nacht und sah ihm nach, wie er mit dem Jungen auf die Straße trat.

Schweigend gingen sie drei Blocks weiter, dann traten sie in einen Drugstore und setzten sich an den Ladentisch.

»Schokolade oder Vanille?«

»Ich weiß nicht.«

»Ein Schokoladen- und ein Vanille-Eiscreme-Soda«, sagte der Barkellner zu dem Soda-Jungen, und als die Gläser auf der Theke standen, machte sich der Barkellner an das Vanille-Eis. Der Junge ließ sich das andere schmecken, und dann gingen sie wieder zusammen hinaus in den Schnee.

»So, nun versuch dich mal zu erinnern, in welcher Richtung du wohnst. Kannst du das wohl?«

»Ich weiß die Richtung nicht.«

Der Barkellner stand im Schnee und versuchte sich klarzumachen, was er tun sollte, aber das war schwer, und er kam nicht weit.

»Also«, sagte er schließlich, »was meinst du – willst du die Nacht zu Hause bei mir und meinen Kindern bleiben? Ich habe zwei Jungen und ein kleines Mädel. Wir machen dir ein Lager, wo du schlafen kannst, und morgen kommt dein Vater und holt dich ab.«

»Kommt er?«

»Na sicher!«

Sie gingen weiter im lautlosen Schneetreiben, und dann hörte der Barkellner, wie der Junge leise zu weinen anfing. Er versuchte nicht, ihn zu trösten, weil er wusste, dass es für ihn keinen Trost gab. Aber der Junge ließ sich nicht gehen, er weinte nur ganz leise und ging mit seinem Freund weiter. Er hatte von Fremden gehört, und er hatte von Feinden gehört und war zu der Meinung gekommen, dass sie ein und dasselbe seien, aber hier war nun jemand, den er nie zuvor gesehen hatte und der doch weder ein Fremder noch ein Feind war. Trotzdem war es schrecklich einsam ohne seinen ewig gereizten Vater.

Sie fingen an, ein paar Stufen hinaufzusteigen, die mit Schnee bedeckt waren, und der Freund des Jungen sagte: »Siehst du, hier wohnen wir. Jetzt bekommen wir etwas Warmes zu essen, und dann kannst du dich schlafen legen, bis morgen, wenn dein Vater dich abholen kommt.«

»Wann wird er kommen?«, fragte der Junge.

»Morgen früh«, sagte sein Freund.

Als sie in das beleuchtete Haus traten, sah der Barkellner, dass der Junge nicht mehr weinte – vielleicht würde er nie mehr weinen müssen.

WALTER BENJAMIN

Ein Weihnachtsengel

Mit den Tannenbäumen begann es. Eines Morgens, als wir zur Schule gingen, hafteten an den Straßenecken die grünen Siegel, die die Stadt wie ein großes Weihnachtspaket an hundert Ecken und Kanten zu sichern schienen. Dann barst sie eines schönen Tages dennoch, und Spielzeug, Nüsse, Stroh und Baumschmuck quollen aus ihrem Innern: der Weihnachtsmarkt. Mit ihnen aber quoll noch etwas anderes hervor: die Armut. Wie nämlich Äpfel und Nüsse mit ein wenig Schaumgold neben dem Marzipan sich auf dem Weihnachtsteller zeigen durften, so auch die armen Leute mit Lametta und bunten Kerzen in den bessern Vierteln. Die Reichen aber schickten ihre Kinder vor, um denen der Armen wollene Schäfchen abzukaufen oder Almosen auszuteilen, die sie selbst vor Scham nicht über ihre Hände brachten. Inzwischen stand bereits auf der Veranda der Baum, den meine Mutter insgeheim gekauft und über die Hintertreppe in die Wohnung hatte bringen lassen. Und wunderbarer als alles, was das Kerzenlicht ihm gab, war, wie das nahe Fest in seine Zweige mit jedem Tage dichter sich verspann. In den Höfen begannen die Leierkasten die letzte Frist mit Chorälen zu dehnen. Endlich war sie dennoch verstrichen und einer jener Tage wieder da, an deren frühesten ich mich hier erinnere. In meinem Zimmer wartete ich, bis es sechs werden wollte. Kein Fest des späteren Lebens kennt diese Stunde, die wie ein Pfeil im Herzen des Tages zittert. Es war schon dunkel; trotzdem entzündete ich nicht die Lampe, um den Blick nicht von den Fenstern überm Hof zu wenden, hinter denen nun die ersten Kerzen zu sehen waren. Es war von allen Augenblicken, die das Dasein des Weihnachtsbaumes hat, der bänglichste, in dem er Nadeln und Geäst dem Dunkel opfert, um nichts zu sein als nur ein unnahbares und doch nahes Sternbild im trüben Fenster einer Hinterwohnung. Doch wie ein solches Sternbild hin und wieder eins der verlassnen Fenster begnadete, indessen viele weiter dunkel blieben und andere noch trauriger im Gaslicht der frühen Abende verkümmerten, schien mir, dass diese weihnachtlichen Fenster die Einsamkeit, das Alter und das Darben – all das, wovon die armen Leute schweigen – in sich fassten. Dann fiel mir wieder die Bescherung ein, die meine Eltern eben rüsteten. Kaum aber hatte ich so schweren Herzens, wie nur die Nähe eines sichern Glücks es macht, mich von dem Fenster abgewandt, so spürte ich eine fremde Gegenwart im Raum. Es war nichts als ein Wind, so dass die Worte, die sich auf meinen Lippen bildeten, wie Falten waren, die ein träges Segel plötzlich vor einer frischen Brise wirft: »Alle Jahre wieder / kommt das Christuskind / auf die Erde nieder / wo wir Menschen sind« – mit diesen Worten hatte sich der Engel, der in ihnen begonnen hatte, sich zu bilden, auch verflüchtigt. Doch nicht mehr lange blieb ich im leeren Zimmer. Man rief mich in das gegenüberliegende, in dem der Baum nun in die Glorie eingegangen war, welche ihn mir entfremdete, bis er, des Untersatzes beraubt, im Schnee verschüttet oder im Regen glänzend, das Fest da endete, wo es ein Leierkasten begonnen hatte.

ELIZABETH VON ARNIM

Weihnachten in einem bayerischen Dorf

Als ich in der Dämmerung eines taubengrauen Nachmittags aus dem Zug stieg, kam mir meine Tochter auf dem Bahnsteig entgegengerannt, und neben ihr rannte ein junger Mann in kurzen Lederhosen und mit nackten Knien, und da es schon stark dunkelte und mir dieser Aufzug vertraut war, dachte ich, es sei ihr Ehemann. Deshalb begrüßte ich ihn entsprechend überschwenglich, nahm seine Hände in die meinen und rief: »Wie reizend von dir, bei dieser Kälte aus dem Haus zu gehen!«

Zum Glück kam es zwischen meinem Schwiegersohn und mir nicht zum Begrüßungskuss, doch abgesehen davon, war alles eitel Freude und Entzücken, wozu natürlich auch das vertrauliche »Du« gehörte. Meine Tochter zupfte mich am Arm. »Das ist der Taxifahrer«, flüsterte sie und kämpfte gegen ihr Gekicher an.

Ich muss sagen, der junge Mann ließ mein Benehmen mit Würde über sich ergehen. Vielleicht dachte er, alle Fremden machten das so, wenn sie auf Bahnhöfen ankämen, und die Engländer seien in Wirklichkeit gar nicht so unterkühlt, sondern ein recht feuriger Menschenschlag.

Etwas kleinlaut geworden, wurde ich aus dem Bahnhof in eine Welt von Christbäumen geführt. Vor den meisten Häusern stand ein Baum mit elektrischer Beleuchtung, und in der Mitte der einzigen breiten Straße erhob sich eine riesengroße Tanne, eine wahre Pyramide festlichen Glanzes.

Ich hatte das Gefühl, in eine Weihnachtskarte hineinspaziert zu sein: glitzernder Schnee, alte Häuser mit steilen Dächern, und auch die völlige Windstille einer Weihnachtskarte herrschte hier. Seit 1909 hatte ich keine deutsche Weihnacht mehr erlebt, die letzte in einer ganzen Kette solcher Feste, und wenn man bedenkt, dass 1909 schon so lange zurückliegt und seither viele Dinge geschehen sind, war es eigenartig, wie sehr ich mich heimisch fühlte, wie vertraut mir alles erschien und wie leicht dies, wäre die richtige Reihenfolge eingehalten worden, Weihnachten 1910 hätte sein können.

Auf der Eingangsstufe des kleinen Hauses inmitten von verschneiten Feldern und umgeben von steil aufragenden Bergen stand, überströmend von Willkommensfreude, mein echter Schwiegersohn. Er war genauso gekleidet wie der Taxifahrer, mit kurzer Lederhose und einem bestickten Hemd. Wie also konnte man von jemandem erwarten zu wissen, wer wer war? Daher schaute ich ihn mir genau an, ehe ich diesmal zu Herzlichkeiten überging. »Wie reizend von dir«, sagte ich, als ich mir ganz sicher war, »bei dieser Kälte aus dem Haus zu gehen!« Denn ich habe nicht viele deutsche Sätze auf Lager, und so muss einer mehrmals herhalten.

Nicht nur er kam mir auf der Eingangsstufe entgegen, sondern auch viele köstliche Düfte empfingen mich, sehr wohltuend für eine Hungrige, darunter solche von Lebkuchen, Leberwurst und Kraut, Gänsebraten und der ernstere Geruch – ernster, weil er auch Beerdigungen begleitet und Grabstätten umgibt –, der Geruch des Tannenbaums, der fertig geschmückt im Wohnzimmer stand.

Es war der Abend vor Weihnachten, der Tag, den die Deutschen als Heiligen Abend feiern; und während ich im ersten Stock meine Sachen ablegte, wurden die Kerzen am Baum angezündet, so dass, als ich herunterkam, der ganze Haushalt, bestehend aus Vater, Mutter, Töchterchen, drei Dienstmädchen mit weißen Häubchen und weißen Baumwollhandschuhen sowie zwei Scotchterriern, in der Diele vor der verschlossenen Tür des geheimnisvollen Zimmers auf mich wartete. Zu den

Klängen von *Stille Nacht, heilige Nacht* marschierten wir in der Reihenfolge unseres Alters hinein, wobei die Jüngste den Anfang machte und die Köchin hinter mir das Schlusslicht bildete. Da seit geraumer Zeit jedermann jünger zu sein scheint als ich, war ich richtig froh über die Köchin.

Ich wusste genau, was mich im Inneren des Zimmers erwarten würde, denn hatte ich nicht jahrelang selbst solche Räume mit ihren Bäumen und Geschenktischen vorbereitet? Da standen die Tische in der gewohnten Anordnung, für jeden einer, und auf ihnen stapelten sich hübsch eingewickelte Päckchen mit silbrigen Bändern, dekoriert mit Zyklamen- und Azaleentöpfen zwischendrin, und dort erhob sich der Baum mit der kleinen Krippe zu seinen Füßen, und Marzipanschafe scharten sich um die aus Schokolade bestehenden Heiligen Drei Könige.

Wir standen im Halbkreis, die Blicke fest auf den Baum gerichtet, damit sie ja nicht zu den Tischen schweiften, denn das hätte von schlechten Manieren gezeugt, und während wir, begleitet von den Klängen des Grammophons, eifrig *Stille Nacht* sangen, verspeisten die Scotchterrier, die keine Manieren hatten, vor unseren entsetzten Augen ein Marzipanschaf nach dem anderen, bis keines mehr übrig war. Wegen des Weihnachtsbrauchs konnten wir nichts tun, als steif dazustehen und zu singen. Tradition und Schicklichkeit ließen uns wie angewurzelt verharren. Glücklicherweise gab es nur zwei Strophen, so dass die Weisen aus dem Morgenland gerade noch rechtzeitig gerettet wurden, und ich dachte bei mir, nur Deutsche können so diszipliniert sein und sich, geschult durch viel Übung, den Anschein geben, in die heiligen Worte vertieft zu sein, während sie gewiss innerlich kochen.

Doch wegen des unmanierlichen Betragens der Scotchterrier verzögerte sich die Bescherung. Sie mussten zur Vernunft gebracht und aus dem Zimmer verbannt werden, ehe wir unsere Aufmerksamkeit den Geschenken zuwenden konnten. Die Hunde machten sich gar nichts daraus, dass sie in Ungnade gefallen waren. Die Schafe hatten sie ja sicher in ihren Bäuchen verwahrt, und ich hätte schwören können, dass sie lachten, als man sie hinausführte.

Etwas kleinlaut – nun schon zum zweiten Mal seit meiner Ankunft –, denn es schien betrüblich für die Familie, so viele Schafe zu verlieren, die man, wie ich wusste, meinetwegen erst diese Weihnachten neu angeschafft hatte und die mindestens an weiteren fünf Weihnachten unterm Christbaum hätten stehen sollen, begann ich, meine Päckchen auszuwickeln, und bald gerieten wir alle wieder in richtige Weihnachtsstimmung. Von jedem Tisch kamen Schreie der Begeisterung und Freude. Von jedem Tisch kam dauernd jemand gelaufen, um sich zu bedanken und einen zu umarmen oder zu danken und einem die Hand zu küssen. Sogar die Köchin und ich, die *doyennes* der Feier, waren nahe daran, uns um den Hals zu fallen. Zum Glück musste sie sich schon bald in die Küche zurückziehen, um letzte Hand an die Gans zu legen, sonst weiß ich nicht, ob wir uns schließlich nicht doch noch in den Annen gelegen hätten.

Durch zerrissenes Geschenkpapier und silbrige Bänder watend, begaben wir uns zu Tisch, tranken, hielten kleine Ansprachen und waren fröhlich. Nach dem Essen wateten wir wieder zurück und waren nicht mehr ganz so fröhlich, und nachdem wir Baumkuchen genascht und heißen Glühwein getrunken hatten, waren wir so gut wie überhaupt nicht mehr fröhlich, weil wir am liebsten schlafen gegangen wären, dies aber aus Gründen der Tradition und Schicklichkeit nicht tun konnten.

»Man kann sich eigentlich nicht vorstellen«, sagte ich, indem ich mich von der Benommenheit zu befreien versuchte, die auf mir lastete, »dass dieses heutige Deutschland so gar nicht anders ist als das Deutschland, das ich kannte.«

»Oh, aber es ist …«, begann meine Tochter, um

sofort von ihrem Ehemann mit einem schnellen »Sei vorsichtig –« unterbrochen zu werden, denn die Dienstmädchen waren ins Zimmer gekommen. Davon wurde ich sofort wieder hellwach. Sei vorsichtig … Aber wovor denn?

Etwas kleinlaut, nun zum dritten Mal, ließ ich mich in meinen Pelzmantel stecken und zur Mitternachtsmesse fahren. Eine glitzernde Nacht. Eine Nacht voll Frieden und Schönheit. Die Glocken der alten Kirche auf dem Hügel läuteten, und Ströme von schwarzen Gestalten – Ströme, stellte ich mit Erstaunen fest – strebten im frommen Schweigen zu ihr hinauf! Drunten auf der Straße stand strahlend der riesige Christbaum. Auf jedem Grab im Friedhof brannte ein winzig kleiner, und alle zusammen erleuchteten den gesamten Ort mit Symbolen der Erinnerung und Liebe. Und drinnen in der Kirche, so dicht zusammengedrängt, dass wir kaum hindurchkamen, war eine Menschenmenge so andächtig versammelt, so auf den Gottesdienst konzentriert, so versunken in die Schönheit des Gesangs von (abermals) *Stille Nacht*, dass ich, die ich meine *Times* lese und weiß, was mit den Kirchen in Deutschland geschieht, meinen Augen nicht traute.

»Aber …«, begann ich, wie ich so am Arm meines Schwiegersohnes hing.

»Sei vorsichtig«, flüsterte er schnell und umfasste meine Hand.

Sei vorsichtig. Schon wieder. Muss man hier also ständig auf der Hut sein? Und was hatte ich denn schließlich gesagt, außer »aber«?

GEORG KREISLER

Weihnachten bringt alles durcheinander

Ich wasch mich jeden Morgen so um sieben,
geh jeden dritten Mittwoch zum Ballett,
schreib Mutter jeden Elften
und in beiden Monatshälften
geh ich einen Tag besonders früh zu Bett.
Ich schwimm im Sommer dienstags nach der
Arbeit
und kriege jeden Fünfzehnten mein Geld.
Ich darf an jedem Achten
bei der Käthe übernachten,
wenn der Neunte nicht auf einen Montag fällt.

Ich esse mittags stets in der Kantine.
Dort isst man billig, wenn auch schlecht.
Ich fahre jeden Sonntag raus ins Grüne,
und wenn es regnet, dann erst recht.
In andern Worten, ich bin sehr zufrieden,
ich hab mein Leben sorgsam arrangiert,
nur Weihnachten bringt alles durcheinander,
durcheinander, durcheinander.

Die Leute bevölkern die Straßen
bis spät in den Abend mit tausend Paketen
und sind so zerstreut und verworren
und irgendwie glücklich, man könnte sie treten.

Ich irre umher und ich weiß nicht wohin
und mein Leben wird zum Labyrinth,
in dem ich warten muss,
bis der Alltag wieder beginnt.

Der Alltag kommt und mit ihm meine Freude.
Ich darf mich wieder kurz nach sieben rasieren,
trink abends meinen Schoppen,
darf mir Untergebene foppen
und mir allzu Untergebene ignorieren,
darf wieder meine Vorgesetzten grüßen –
nach Weihnachten erwidern sie's nicht so
schnell –
darf wieder streng vermeiden,
mich so weit zu unterscheiden,
dass man glaubt, ich wäre individuell.

Ich gehe durch die Straßen mit Migräne
und lächle niemals, wo ich geh.
Ich zeige überhaupt nie meine Zähne,
außer beim Zahnarzt, da tut's auch weh.

In andern Worten, ich bin sehr zufrieden.
Mein Leben ist vor allen Dingen ernst.
Nur Weihnachten bringt alles durcheinander,
durcheinander, durcheinander.
Denn plötzlich erwartet man grundlos,
ich solle die ärmeren Leute bedauern,
womöglich am Boden mit rotzigen Kindern
bei ’nem schäbigen Tannenbaum kauern.
Zu Weihnachten wird die Bevölkerung verrückt,
jeder Bettler bekommt Appetit.
Da muss man stark sein,
sonst macht man am Ende noch mit.

Von Zeit zu Zeit betracht ich meine Umwelt.
Die meisten Menschen halten ziemlich dicht.
Man arbeitet, man frisst was,
manchmal fühlt man, man vermisst was,
aber trotzdem tut man immer seine Pflicht.
Man fährt zur Kirche oder nach Italien,
man kauft sich erst ein Auto, dann ein Haus,
man kriecht entlang des Lebens –
dass man jung war, war vergebens –
und man sucht sich einen Lieblingsfilmstar aus.

Man ließe sich für's Vaterland zerlegen,
man wählt den Kanzler, schreit hurra
und geht der Zukunft frohgemut entgegen.
Erst wenn sie da ist, ist sie da.

In andern Worten, ich bin sehr zufrieden.
Die meisten Leute sind genau wie ich.
Nur Weihnachten bringt alles durcheinander,
durcheinander, durcheinander.
Die Menschen vergessen die Zukunft,
vor allem diejenige, die schon gewesen.
Sie kaufen einander Geschenke,
darunter auch Bücher, die könnten sie lesen.
Zu Weihnachten ziehn sich die Völker zurück,
man wird weich und empfindsam und schlapp.
Deutschland erwache! Schaff Weihnachten ab!

Nachweis

Der Verlag dankt folgenden Rechteinhabern für die Genehmigung zum Abdruck:

Elizabeth von Arnim (1866–1941)
Weihnachten in einem bayerischen Dorf. Aus: Elizabeth von Arnim, *Weihnachten.* Herausgegeben und aus dem Englischen von Angelika Beck. © der deutschen Übersetzung Insel Verlag Frankfurt am Main 2000. Alle Rechte bei und vorbehalten durch Insel Verlag Berlin.

Ursula Drews (geb. 1938)
Ankommen. Originalbeitrag für diese Anthologie. Copyright © 2016 by Ursula Drews.

Nora Gomringer (geb. 1980)
Tiefkühl. Originalbeitrag für diese Anthologie. Copyright © 2016 by Nora Gomringer.

Nino Haratischwili (geb. 1983)
Marthas Fest. © by Nino Haratischwili.

Hanns Dieter Hüsch (1925–2005)
Feiertage. © by Christiane Rasche-Hüsch.

Eva Ibbotson (1925–2010)
Der Große Karpfen Ferdinand. Aus: Rosamunde Pilcher (Hrsg.), Meine schönsten Weihnachtsgeschichten. © by Eva Ibbotson, 1984/2015. Mit freundlicher Genehmigung

von Curtis Brown Group Ltd., London und Anoukh Foerg Literary Agency, München. Aus dem Englischen von Annette Meyer-Prien. Für die deutsche Übersetzung: © 2006 List Verlag in der Ullstein Buchverlage GmbH, Berlin.

Otto Jägersberg (geb. 1941)

Weiße Weihnacht und die Frau, die alles tragen konnte. Aus: Otto Jägersberg, *Die Frau des Croupiers.* Copyright © 2016 by Diogenes Verlag, Zürich.

Marie Luise Kaschnitz (1901–1974)

Das Wunder. Aus: Marie Luise Kaschnitz: *Lange Schatten.* Erzählungen. © 1960 Claassen Verlag in der Ullstein Buchverlage GmbH, Berlin.

Erich Kästner (1899–1974)

Das Geschenk. Aus: Erich Kästner, *Das fliegende Klassenzimmer.* © Atrium Verlag, Zürich 1935.

Georg Kreisler (1922–2011)

Weihnachten bringt alles durcheinander. © Georg Kreisler 2000.

Daniela Krien (geb. 1975)

Das Kind in dir. Originalbeitrag für diese Anthologie. Copyright © 2016 by Daniela Krien.

Ossip Mandelstam (1891–1938)

Der Tannen weihnachtliches Leuchten. Aus: Paul Celan, *Gesammelte Werke in sieben Bänden. Fünfter Band: Übertragungen II.* Herausgegeben von Beda Allemann und Stefan Reichert. © Suhrkamp Verlag Frankfurt am Main 1983. Alle Rechte bei und vorbehalten durch Suhrkamp Verlag Berlin.

Mikko Rimminen (geb. 1975)

Über die Angst erwischt zu werden und die langsamste Verfolgungsjagd auf finnischen Straßen. Aus: Mikko Rimminen, *Der Tag der roten Nase.* © 2010 Mikko Rimminen (über Stilton Literary Agency). Aus dem Finnischen von Stefan Moster. © der deutschsprachigen Ausgabe: 2013 dtv Verlagsgesellschaft, München.

Astrid Rosenfeld (geb. 1977)

Die fette Lady singt schon lange nicht mehr. Aus: Astrid Rosenfeld, *Sing mir ein Lied.* Copyright © 2014 by Diogenes Verlag, Zürich.

Patrick Roth (geb. 1953)

Lichternacht. Aus: Patrick Roth, *Lichternacht.* © Insel Verlag Frankfurt am Main und Leipzig 2006. Alle Rechte bei und vorbehalten durch Insel Verlag Berlin.

William Saroyan (1908–1981)

Am dritten Tag nach Weihnachten. © Langewiesche-Brandt, Ebenhausen bei München.

Hansjörg Schneider (geb. 1938)

Vom Licht der Sonne. Copyright © by Hansjörg Schneider.

Anton Čechov (1860–1904)

Wanjka. Aus: Anton Čechov, *Kaschtanka und andere Kindergeschichten.* Copyright © 2004 by Diogenes Verlag, Zürich. Übersetzung aus dem Russischen von Peter Urban.

David Wagner (geb. 1971)

Die Osterglocken. Originalbeitrag für diese Anthologie. Copyright © 2016 by David Wagner.

Benedict Wells (geb. 1984)

Das Grundschulheim. © by Benedict Wells. *Das Grundschulheim* ist der Anthologie *Unbehauste* entnommen, erschienen in zweiter Auflage im Dittrich Verlag http://www.dittrich-verlag.de, entwickelt und herausgegeben von Alexander Broicher. Weitere Informationen: http://www.abcreativedevelopment.com

Barbara Wood (geb. 1947)

Das Wunder von Joshua Tree. Aus dem Amerikanischen von Veronika Cordes. Aus: *Das wird ein Fest. 24 Geschichten für die Weihnachtszeit*, hrsg. von Christel Kindt. Originaltitel: *A Miracle At Joshua Tree.*

Bücher zur Weihnacht im Diogenes Verlag

»Dann und wann empfand er das Bedürfnis, tief aufzuatmen, denn jetzt, da der Gesang, dieser glockenreine A-cappella-Gesang die Luft erfüllte, zog sein Herz sich in einem fast schmerzhaften Glück zusammen. Weihnachten…«
Thomas Mann, Weihnacht bei den Buddenbrooks

Früher war mehr Lametta
Hinterhältige Weihnachtsgeschichten sowie acht Gedichte. Herausgegeben von Daniel Keel und Daniel Kampa
Auch als Diogenes Hörbuch erschienen, gelesen von Ingrid Noll, Martin Suter und Anna König

Früher war Weihnachten später
Hinterhältige Weihnachtsgeschichten. Ausgewählt von Daniel Kampa

Schöne Bescherung
Hinterhältige Weihnachtsgeschichten. Ausgewählt von Daniel Kampa

Weißer Weihnachtszauber
Nostalgische Weihnachtsgeschichten. Ausgewählt von Daniel Kampa

Weihnachts-Detektive
Weihnachten mit Sherlock Holmes, Pater Brown, Kommissar Maigret, Albert Campion, Miss Marple, Hercule Poirot und Nero Wolfe

Endlich Weihnachten
Geschichten über die schrecklich-schönste Zeit des Jahres. Ausgewählt von Daniel Kampa

Diesmal schenken wir uns nichts
Geschichten für eine entspannte Weihnachtszeit. Ausgewählt von Ursula Baumhauer

Lichterloh
Geschichten unterm Weihnachtsbaum. Ausgewählt von Kati Hertzsch

Kinder-Adventsbuch
Weihnachtsgeschichten für jeden Adventstag. Ausgewählt von Daniel Kampa

Weihnachten mit Loriot

Weihnachten mit Ringelnatz
Zusammengestellt von Daniel Kampa

Ray Bradbury
Das Weihnachtsgeschenk
und andere Weihnachtsgeschichten. Ausgewählt von Daniel Keel und Daniel Kampa

Raymond Briggs
O je, du fröhliche
Aus dem Englischen von Ingeborg Neske

Was macht der Weihnachtsmann im Juli?
Deutsch von Lionel v. d. Knesebeck

Jean de Brunhoff
Babar und der Weihnachtsmann
Aus dem Französischen von Françoise Sérusciat-Brütt

Charles Dickens
Weihnachtslied
Eine Gespenstergeschichte. Aus dem Englischen von Melanie Walz. Mit Zeichnungen von Tatjana Haupmann und einem Essay von John Irving

René Goscinny & Jean-Jacques Sempé
Weihnachten mit dem kleinen Nick
Zehn prima Geschichten vom kleinen Nick und seinen Freunden. Aus dem Französischen von Hans Georg Lenzen

Tomi Ungerer
Achtung Weihnachten
Hinterhältige Weihnachtsgeschichten und -gedichte. Ausgewählt von Jan Sidney. Mit vielen Bildern von Tomi Ungerer

Außerdem erschienen:

Weihnachten mit Ingrid Noll
Diogenes Hörbuch, 1 CD, gelesen von Uta Hallant

Hinterhältige Weihnachten im Diogenes Verlag

Früher war nicht nur mehr Lametta, sondern irgendwie türmten sich auch höhere Stapel von Geschenken unter dem Weihnachtsbaum…

Früher war mehr Lametta

Hinterhältige Weihnachtsgeschichten
Herausgegeben von Daniel Keel und Daniel Kampa

Endlich macht Weihnachten wieder Spaß: die hinterhältigsten Weihnachtsgeschichten der besten Erzähler. Mit Loriots *Adventsgedicht* als Zugabe.

»Loriot, Doris Dörrie, Ingrid Noll – sie alle haben nicht nur Gutes vom Fest zu erzählen. In amüsanter Weise darf sich hier jeder Weihnachtsmuffel verstanden fühlen.« *Cosmopolitan, München*

Ausgewählte Geschichten auch als
Diogenes Hörbuch erschienen, gelesen von
Uta Hallant, Anna König und Martin Suter

Früher war noch mehr Lametta

Hinterhältige Weihnachtsgeschichten
Herausgegeben von Daniel Kampa

Zum Glück gibt es dieses Jahr zum Feste wieder nur das Beste – an hinterhältigen Weihnachtsgeschichten: von Doris Dörrie, Alice Munro, Loriot, Helmut Qualtinger, Muriel Spark, David Sedaris, Raymond Carver, Jonathan Franzen, Italo Calvino, Siegfried Lenz, Martin Suter, Reiner Zimnik und nicht zuletzt John Updike und Roland Topor.

»Ein Riesenspaß, nicht nur zum Fest.«
Rostocker Sonntag

Ausgewählte Geschichten auch als Diogenes Hörbuch
erschienen, gelesen von Anna König, Hans Korte,
Martin Suter und Cordula Trantow

Früher war noch viel mehr Lametta

Hinterhältige Weihnachtsgeschichten
Herausgegeben von Daniel Kampa

»Schon seit Beginn der Woche achtundvierzig steht auf dem Empfangspult ein Adventsgebinde, das die Rezeptionistin möglicherweise selbst gesteckt hat... Schläfli will es nicht wissen! Zu Beginn der Woche neunundvierzig spiegelt sich dann auch prompt die erste Kerze so festlich in den erwartungsvollen Augen der Rezeptionistin, dass Schläfli nicht umhin kann, eine Bemerkung zu machen. ›Ah, jede Kerze anders‹, murmelt er und rettet sich in den Lift. Mein Gott, auch noch jede Kerze anders!, denkt er angewidert. Für den Rest der Woche gelingt es ihm dann aber einigermaßen, die Anzeichen auf die Woche zwoundfünfzig zu ignorieren.« Aber auch Martin Suters Held Schläfli muss schließlich kapitulieren, denn alle Jahre wieder... ist kein Entrinnen. Zum Glück gibt es für alle Weihnachtsmuffel wieder neue hinterhältige Weihnachtsgeschichten von Friedrich Dürrenmatt bis Doris Dörrie.

Ausgewählte Geschichten auch als
Diogenes Hörbuch erschienen, gelesen von
Claus Biederstaedt und Anna König

Früher war mehr Bescherung

Hinterhältige Weihnachtsgeschichten
Herausgegeben von Daniel Kampa

»Es gibt tatsächlich Menschen, die Weihnachtsfeste veranstalten. Ist das komisch!«, hat sich schon Gustave Flaubert gewundert. Was würde er wohl vom heutigen Geschenkwahn halten, der uns jedes Jahr in Trab hält. Kompletter Irrsinn! (Es sei denn, man kauft Bücher und unterstützt so Buchhandel und Verlage.) *Früher war mehr Bescherung* ist mehr als ein neuer Band mit garantiert hinterhältigen Weihnachtsgeschichten... Es ist schlicht das perfekte Geschenk für alle, die nichts wollen oder schon alles haben.

Früher war Weihnachten später

Hinterhältige Weihnachtsgeschichten
Ausgewählt von Daniel Kampa

»Wie man aus verlässlichen Kreisen hört, herrscht in der Hölle ständig Weihnachten«, bemerkte einmal Helmut Qualtinger. Heute muss man nicht mehr in der Hölle landen, um mit fast ewiger Weihnacht gequält zu werden. Die Blätter an den Bäumen sind noch nicht einmal gelb, geschweige denn welk, und schon hängt die Weihnachtsbeleuchtung in den Ästen. Immer früher stapeln sich die Schokoladen-Nikoläuse an den Kassen, beschallen elendig vertraute Weihnachtsmelodien die Fußgängerzonen und Supermarktgänge. *Früher war Weihnachten später* versammelt herrlich hinterhältige Weihnachtsgeschichten als Gegenmittel zum immer länger währenden Weihnachtsterror – mit bissigen, witzigen und spannenden Geschichten von T.C. Boyle, Martin Suter, David Sedaris, Andrej Kurkow oder Daniel Glattauer – und einer speziell für diesen Band geschriebenen Weihnachtsgeschichte von Ingrid Noll.

»Die besinnlichen Tage zwischen Weihnachten und Neujahr haben schon manchen um die Besinnung gebracht.« *Joachim Ringelnatz*

Früher war Weihnachten viel später

Hinterhältige Weihnachtsgeschichten
sowie 4 Gedichte
Ausgewählt von Daniel Kampa

Es ist eine Plage: Weihnachten ist ja schon schlimm genug, und zu allem Überfluss zieht es sich immer mehr in die Länge. Um die quälend zähe Vorweihnachtszeit besser zu verkraften, die gefühlt schon am Ostermontag beginnt, gibt es auch in diesem Jahr einen neuen Band mit hinterhältigen Weihnachtsgeschichten. In einer davon kauft sich ein Schauspieler aus einer

Laune heraus ein Tannenbäumlein und feiert Weihnachten, mitten im Sommer – und seine Nachbarn machen mit, so mitreißend ist seine schauspielerische Darbietung. Nur die Regie versagt: Es will partout nicht schneien. Bei Martin Suter führt ein Weihnachtsbaum zur Führungskrise im Topmanagement, Daniel Glattauer durchleuchtet die Typologie der Christbaumkäufer (von Baummuffel bis Baumseelsorger), und mit Georg Kreisler kann man sich zu Recht aufregen, denn »Weihnachten bringt alles durcheinander«.

»Inzwischen würde ich in der Vorweihnachtszeit etwas vermissen, wenn der Diogenes Verlag seine hinterhältigen Weihnachtsgeschichten für sich behalten würde.« *Christine Westermann / Westdeutscher Rundfunk, Köln*

Mit Geschichten durchs Jahr

Ein literarischer Kalender
mit 365 Geschichten

Ausgewählt von Daniel Kampa

365 kurze Geschichten für jeden Tag des Jahres, Geschichten als literarische Kalenderblätter: zum Lesen nach dem Aufstehen oder im Bett, bevor man das Licht ausschaltet. Zum Lesen während der Fahrt zur Arbeit, beim Warten auf den Bus, als literarisches Dessert nach dem Essen oder als Verschnaufpause für Kopf und Seele zwischendurch.
Spannend, berührend, grotesk, phantastisch, tiefgründig, realistisch, märchenhaft, schockierend, raffiniert, melancholisch, vergnüglich, verträumt – so unterschiedlich die Geschichten in diesem prall gefüllten Band auch sind, immer sind sie knapp erzählt, nur einige Zeilen bis maximal fünf Seiten lang. 365 kleine Geschichten von über 250 großen Schriftstellern, von beliebten Klassikern und Bestsellerautoren.

»Ich glaube nicht, dass die Menschen je müde werden, Geschichten zu hören.« *Jorge Luis Borges*

Mit Gedichten durchs Jahr

Ein lyrischer Kalender mit 365 Gedichten

Ausgewählt von
Daniel Kampa

Wer liest heute eigentlich noch Gedichte? Vielleicht sollten wir Goethes Ratschlag folgen und es jeden Tag mit wenigstens einem versuchen. *Mit Gedichten durchs Jahr* enthält 365 Gedichte von klassischen und zeitgenössischen Autoren, einige davon berühmt, andere regelrechte Fundstücke, aus den verschiedensten Epochen und Ländern über die unterschiedlichsten Themen. Gedichte können kleine, wundersame Pausen im Alltag sein, ein kurzes Innehalten oder ein tiefes Einatmen inmitten der Wirren des Tages. *Mit Gedichten durchs Jahr* – eine Einladung.

»Man soll alle Tage wenigstens ein gutes Gedicht lesen.« *Johann Wolfgang Goethe*